吴克敬文集

手铐上的蓝花花

吴克敬 著

陕西师范大学出版总社

图书代号　WX23N2192

图书在版编目（CIP）数据

手铐上的蓝花花／吴克敬著.—西安：陕西师范大学出版总社
有限公司，2024.1
（吴克敬文集）
ISBN 978-7-5695-3981-3

Ⅰ.①手…　Ⅱ.①吴…　Ⅲ.①中篇小说－小说集－中
国－当代　Ⅳ.①I247.5

中国国家版本馆CIP数据核字（2023）第232331号

手铐上的蓝花花　SHOU KAO SHANG DE LAN HUA HUA

吴克敬　著

出版统筹	刘东风
责任编辑	姚蓓蕾
责任校对	彭　燕
特约编辑	王慧子　巩亚男
装帧设计	张潇伊
封面摄影	武　强
出版发行	陕西师范大学出版总社
	（西安市长安南路199号　邮编 710062）
网　　址	http：//www.snupg.com
印　　刷	陕西龙山海天艺术印务有限公司
开　　本	880 mm×1230 mm　1/32
印　　张	7.75
插　　页	2
字　　数	192千
版　　次	2024年1月第1版
印　　次	2024年1月第1次印刷
书　　号	ISBN 978-7-5695-3981-3
定　　价	59.00元

读者购书、书店添货或发现印装质量问题，请与本公司营销部联系、调换。
电话：（029）85307864　85303629 传真：（029）85303879

兄（总序）

陈乃霞

兄当年把他点灯熬油呕心沥血泼洒出来的一堆文字梳理了一番，欲出个集子。是夜，我接过手稿约了约，沉甸甸的，使人心酸，使人勾连起早年的一个幻想。我幻想给兄画一幅像，这幅画像在我构思了将近三千六百个日和夜之后，终于画出了一个奇高奇瘦的"人"字。兄而今把他创作出的文学作品整理出来，要出文集了，我抱在怀里，像抱着他养育出来的孩子，孩子成长得健康茁壮，我都要抱不动了。

也真是的，兄怎么就不知"计划生育"呢！二十八本书，像他二十八个血肉丰满的孩子一样。不过挺好，诗仙李白写给扶风人诗歌里的"扶风豪士天下奇，意气相倾山可移。作人不倚将军势，饮酒岂顾尚书期"句子——他智慧地借用了——刚好二十八个字，为他的二十八本书取名，倒也十分恰切。兄是扶风人，兄是有那么点儿李白所说的豪士气。现在我改这篇短文，像十年前一样，依然幻想着给兄画一幅像，那一次我把他画得奇高奇瘦，今日来画，他胖了一些，一个奇高奇瘦的"人"字是他，一个丰满丰硕的"人"还是他。当年我嘻笑着把那个奇写的"人"字拿给兄看，他先是惊疑，不明白这是个什么东西。待兄恍然悟出这东西即他时，便不再言语，燃起一根香烟

（兄在平时是不染香烟的），在朦胧的烟雾中轻声地说："画吧。任你去画。"我不再嘻笑，不再把兄的瘦长条个儿、瘦长条脸、驼背、八字脚当作乐儿，郑重其事地将东西似的"兄"珍存了起来。这一次画的兄，没变那一个"人"字，我像上一次一样拿给他看，他依旧惊疑，不过没有那一次凝重，他只说："我胖了吗？"

瘦还是胖，兄终是我的兄，他的形体可能在变，但他的人是永远不变的。

父亲意外而又意料中走的那年，兄只有十四岁。少年时代的兄生得浓眉大眼，虎虎生气，招人喜爱，更得父亲欢心，整日影跟神随父亲，走召公、到法门，去闯生活大世界。可是父亲走了，在那个秋风扫落叶的晚上，背着"文革"巨大的精神折磨，结束了他一个庄稼把式和乡里人的生命。

兄不明白世事的悲凉。

但悲凉的世事一度压得兄的背直不起来，腰弓了腿弯了，一双四十三码的大脚往外撇，走起路来一摇一摇，给人的印象好辛酸、好苍凉。

兄辍学了。十四岁年纪的人儿，一夜间变得成熟了。这种精神上的成熟和肉体上的稚嫩极不相符，可兄似无感觉。他与母亲相依为命，从老宅搬出来，在村口"新院"里遥望星河的时候，西北风裹着霜雪盖地铺天而降，用树枝撑起的窗洞任母亲怎么封堵，也挡不住寒流的渗透，缺吃短烧的母亲便只有唉声叹气。兄什么话也没说，也未向母亲告别，拿了一根绳子，头也不回地上了乔山。

兄以后的人生就是这么走过来的。生活注定了他的生生不息，锲而不舍。

两日后，兄犹如一只刺猬，蜷缩在一捆柴火下面，让人感觉是柴火垛颤巍巍地进了门。

在他的身后，还有一大捆一大捆的山柴积在借来的架子车上。

乔山上有豹子、有狼、有冤魂野鬼，儿啊，儿是咋过来的？母亲苍白的头摇着，两眼噙着泪水。兄却抹抹脸上的污垢和血痂，很自信地笑了。

兄的生命力不值钱。兄的生命力却呈现出少有的旺盛和适应性。他的人生、他的生命力，几乎包含了广大中国农民不弃生命之苦，一代一代，像泥土、像日月一样追求生命的精神。他没有伟岸，也没有清高。他的人生决定了他的世俗，他的无奈。

兄用他在乔山上练就的一副肩膀、一双手，又学会木匠和漆匠手艺。到他十八岁的时候，已经是扶风北乡那一带叫得响的匠人了。兄为人盖房、打家具，兄打制漆彩的描金箱子和梳妆匣子，是乡左人家娶媳妇嫁女必备的添箱……兄因此吃百家饭，睡百家屋，兄的肚子装满了百家的故事。这些故事在兄的脑子里沉淀、起浮，再沉淀、再起浮。到二十八岁那年，兄感觉到那些个故事的躁动和鼓舞，他是该把它们讲出来了。

兄十四岁失学，兄为练就讲故事的本领吃尽了苦头。

他就是这样一个人，只要是决定要干的事，总是一丝不苟。因为他知道，从做木匠到讲故事，有一段很长的距离，是精神和人格的一种飞跃。要实现这一飞跃，不脱几层皮，不掉几斤肉，是不可能的。那几乎是一个脱胎换骨的过程。

八百里秦川厚土赋予了他一身的豪迈，他赖以生长的乔山，和乔山脚下法门寺的钟灵，又给了他无尽的灵气。尽管乔山与众多大山比起来，只是一个土疙瘩，尽管法门寺也不如其他寺庙雄伟，而只是一座乡村庙宇；但我要说，乔山也还是山，一架无法抹掉的山，法门寺也是寺，一座曾经的皇家寺庙。兄沉浸在他的生活世界里，从《渭河五女》到《状元羊》到《手铐上的兰花花》到《初婚》……兄只管一路讲着他的故事。

讲故事的兄做了"写家"（当地人语）。

做了写家的兄走出了乡村，走进了西安城，凭着一支秃笔，做过西安一家官媒的负责人，后来转行到文艺口，又做起西安文学的当家人；但他依然是个背驼、腿弯、脚八字，依然世俗，依然无奈，依然不得伟岸、不得清高。他无法"洋"起来，即使穿西装打领带，依然是个土包子。因为给他勇气的故乡，山是土包子，地是土地神。

兄和我商量，他的文集不想以数字编目，想要用诗仙李太白《扶风豪士歌》的句子，我同意了。李太白的《扶风豪士歌》是写给一位叫万巨的扶风人的，兄与万巨虽不同代，但扶风人的性格，在兄的身上体现得很充分，兄不吃烟，兄好酒，酒后还真有那么点儿豪士气的。兄选择李太白的这四句诗，给他的文集编目，倒也适合他，同时还可能对他今后的人生起到大的激励作用。

兄不是别人。兄是书的作者吴克敬，我即是兄的婆娘陈乃霞。

我祝福兄，祝福他和他创作地老天荒。

2016年9月9日　再改于西安曲江

目 录

手铐上的蓝花花

一

杀死了丈夫的阎小样从看守所的铁门里走出来了。

纵然她是一个罪犯，纵然她在森严的看守所里被关押了很长时间，纵然冷冰冰的手铐箍在她的手腕上，她却还是那么出类拔萃，还是那么无所畏惧，甚至还是那么风情万种……头顶上，明晃晃的太阳，照着一步步走来的阎小样，让前来押解她的青年民警宋冲云顿觉一种惊心动魄的美丽！

宋冲云痛苦地闭上了眼睛，他难以相信，如此美丽的女子会是杀人犯。但他知道，这是事实，一个不容怀疑的事实。对阎小样，神圣的法律已经做出了公正的判决——死缓两年。宋冲云今天就是要押解阎小样到在西安的省女子监狱去服刑的。

按捺不住激烈跳动的心，这让穿着警服的宋冲云十分无奈。

宋冲云在心里无声地警告自己：他是来提杀人犯的，要把杀人犯阎小样押解到省女子监狱去服刑。他努力地压抑着自己那颗狂跳的心，却很无奈——怎么都压抑不住。他感觉怦怦猛跳的心，像是一颗火红的子弹，就要从喉咙眼儿里弹射出来了！没有办法，他俊朗的脸，不由自主地红了起来。

赶在这个时候，谷又黄来到了看守所的门口。

谷又黄是接受了任务，和宋冲云一起来押解阎小样的。

与看守所的监管人员交接，是必要的程序。宋冲云从押送阎小样出来的监管人员手里接过一个档案袋，抽出装在其中的档案纸，依着规定的程序问话了。

宋冲云的态度是公事公办的，他问："你叫什么？"

阎小样接受了许多次提审，对这个程序已经相当熟悉了。她很干脆地回答："我叫阎小样。"

宋冲云接着问："年龄？"

阎小样接着回答："二十岁。"

宋冲云又问："所犯罪行？"

阎小样又答："杀人。"

宋冲云原以为在这枯燥单调的交接程序里，自己的脸色能够恢复正常，但是没有，他的脸还是红着的，像是一个正发高烧的病人的脸。

敏感的谷又黄，非常清楚地看到了宋冲云的脸红。

谷又黄知道宋冲云为什么脸红。汉子嘛，见不得姿色艳丽的女子，特别是姿色艳丽却又犯了罪的女子。这一点，在公安队伍里滚爬了两年的谷又黄见得多了。她发现，自觉不自觉地，汉子警员在面对漂亮的女犯时，还很有那么点儿怜香惜玉的情怀，就会表现得"心慈手软"了。而她谷又黄就不，绝对不。纵然是个美若天仙的女犯，到了她的手里，该咋办就咋办，决不会下不了手，硬不了心肠。好像她与犯罪的女子，天生是仇敌。譬如眼前，不就是个杀人犯吗？还臭美个啥？还无所畏惧？还风情万种？瞧着好了，看咱怎么收拾你！

发恨想着，谷又黄觉得她的眼睛像染了毒一样，有种火烧的痛感。因此，她恨恨地盯了阎小样一眼，还不解恨，回过头来，又把宋冲云剜了一眼。

然而谷又黄也许是因为今日的心情好，还不想把气氛弄得太紧张。从陕北的保安县押解罪犯到省城西安去，路途可是远着哩，气氛太紧张，弄出些别扭和麻烦，那实在是不合算的。而且阎小样杀人，那是她的事，法律已对她做出惩治，咱又何必与人家过不去。女人柔软温暖的心肠，又一时让谷又黄恨不起来。但她还是想把脸红的宋冲云"刺"一把。

谷又黄贴到宋冲云的耳边，问："你呀，脸红什么？"

宋冲云掩饰地说："我脸红了吗？"

例行的交接仪式结束了，"刺"了宋冲云一把的谷又黄，心情不错地跨步靠近了阎小样，拽住阎小样的一条胳膊，向停在看守所门口的那辆警用吉普车走去。

让阎小样坐在哪儿好呢？起初，心里暗气的谷又黄没有想过这个问题，现在心情好了，脑子里却还满是宋冲云的红脸，还有宋冲云的眼神……她要那样的红脸和眼神，永远都是对着她的，而不是对着一个女杀人犯的。

与宋冲云一起工作了两年，他俩之间是有点儿意思的，只差捅破那层纸，就是一对掏心掏肺的恋人了。这样看来，谷又黄是该有这么点儿小心眼儿的。

谷又黄安排阎小样坐在了吉普车后座的中央。以阎小样为界，宋冲云坐在一边，她坐在另一边。在警官学校读书时，教科书上规定，押解犯人的方法就是这样。唯有这样，才能有效控制罪犯，以免节外生枝。但今日，谷又黄心里对这样的安排生出了一种无法忍受的别扭之感。大家都已坐进了吉普车，司机老展也已发动了引擎，只要他右手松开手刹杆，脚在油门上"轰"一下，吉普车就会向前驶去。此时，谷又黄却又打开了车门，跳到车下。

谷又黄吆喝着阎小样，让阎小样坐到自己先前的位置上，又轻声指挥着宋冲云，让他坐在中间。她自己绕了车一圈，拉开车门，坐在了宋冲云的身边。

很显然，这样的安排是不对的，谷又黄却不管不顾，使着性子这么安排了。

谷又黄要使自己的心情舒坦起来呢。

可是呢，她也只是舒坦了一个瞬间，就又发现这样安排不行。怎么宋冲云总是挨着阎小样？这太不妙了。谷又黄不要宋冲云和阎小样挨着身子坐在车上，这会破坏她的好心情，让她心烦。于是，在吉普车又一次将要发动时，谷又黄再一次把车门打开，跳到了车下。

谷又黄让宋冲云也下车，她先上车坐在后座的中间，让罪犯阎小样坐在她一边，宋冲云坐在她的另一边。这么看来，倒像她成了罪犯，被阎小样和宋冲云押解着了。

唉，谁让她把心贴在宋冲云的身上了呢。

反复地折腾了这么几遭，司机老展这才发动了吉普车，慢慢地向前开去了。

坐在车窗一边的阎小样，却善解人意地轻声笑了一下。

谷又黄想这是笑自己的，她不要阎小样笑，便不无气恼地轻声呵斥道："笑什么笑？"

阎小样就不笑了。

可是司机老展也笑了，自然也是轻声地笑呢。

谷又黄能怎么样呢？受聘为协警的老展，虽然算不得国家编制内的警察，却也经常工作在一起，知根知底的，谷又黄能对他恶语相向吗。所以她也笑了，轻轻地笑着责怪道："不要笑。"

二

肚腹的右下侧疼，一直疼。

大约从夜半时分就一点一点地疼起来了，到天明时分，便疼得令人难以忍受。放在平时，堪称"警花"的谷又黄，才不会忍着腹痛去执行任务呢。但她对宋冲云那么上心，现在有个与他同去西安城的机会，当然很积极了。她的目的很单纯——公私兼顾，和宋冲云到省城西安去，把罪犯交出去，两人在西安城逛一逛。钟楼是要去的，鼓楼是要去的。还有大雁塔、小雁塔，也是要去的。有可能的话，就在大慈恩寺的佛堂上烧一炷高香，祈求神灵保佑他们的姻缘……啊！怎么说呢？谷又黄只有忍着肚腹疼痛，和呆头呆脑的宋冲云一起押解女犯阎小样。她想等到了西安，就找个机会，把他们的关系确定下来。因此，她是要忍着的，咬牙忍着也要忍到西安去。

　　为了确保能去西安，在来看守所提解阎小样前，谷又黄绕道去了一趟县医院，在那里看了医生。

　　医生只是做了个简单的临床检查，就说她是阑尾炎发作，要在医院住下来，观察治疗。

　　谷又黄哪里听得进去，她笑嘻嘻地说她还没那么稀贵，缠磨着医生开了几样药后，就往看守所赶去了。

　　尽管谷又黄赶得很急，到看守所还是晚了些，加之她在安排座位时又倒腾了那么一阵儿，时间又往后推了不少。原本冷寂的保安县城，此时已人来人往，开始热闹起来了。

　　要从看守所开往县城外的公路，必须穿过一段街区。吉普车一会儿鸣声喇叭，一会儿又鸣声喇叭，颇为艰难地在人群里向前爬行。

　　但这是罪犯阎小样所希望的。她侧着脸，希望吉普车走得再慢些。她眼睛眨也不眨地看着车窗外的县城街道，以及街道上熙来攘往的人群，还有街道两旁的树木和房子。她要把每一个人、每一棵树、每一幢房子，都印在她的脑子里。尽管这人、这树、这房子，与她并无多大关系，她却比往常的任何时候都留意。

是啊！谁能体会阎小样此刻的心情呢——一个被判了"死缓"的女犯。她太热爱生她养她的故土了。

街的一边，就是县城中学的大门。

起名为"保安中学"的县城中学，在陕北是有很大名气的。谁要考进这所中学读书，那就等于一只脚已经跨进大学的校门了，只要在校用心学习，很少有考不上的。县城东南乡阎家沟村的碎女子阎小样，就凭着成绩单很豪迈地走进了保安中学，成了这所名校里学习刻苦、成绩优秀的学生之一。老师和同学都喜欢她，对她抱有极大的期望。

吉普车依然缓慢地在人群中蠕动。

阎小样一眼眼地看着，就又看见了街边的影剧院。

这座规模不是很大的影剧院，建成已有些年头了。那个时候，阎小样还在保安中学读书。她知道县政府出资，填高了县城边上的一片河滩地，号召县城的干部群众义务出工，修建了这座影剧院，它是县城建设史上从来没有过的大工程。

修建影剧院之前，保安县城多是窑洞，有青砖卷箍的，有麻石卷箍的，还有在石岩上、土崖上掏掘的。当地人曾经骄傲地说："保安堪称世界窑洞博物馆。"

为了建这座现代风格的影剧院，老师也组织在校学生到工地上来劳动。农家女子阎小样是吃得了苦的，她在工地上搬砖头、抬灰浆，干得热火朝天。打心眼儿里，阎小样是期望他们的保安县城有座像样的影剧院的，这样她也能到影剧院里去看电影、看演出了。那该是多么令人享受的事啊！

在工地上义务劳动时，阎小样看到了许多水泥预制件。竖起来的两排是柱子，横架起来的是屋梁。水泥的柱子是粗壮的，水泥的屋梁是高耸的。在组装这些大型水泥预制件时，工人们动用了两台移动式大吊车。在施工人员吹响的哨子声里，一根根的柱子竖起来了，一根根的屋梁架起来了。

多么辉煌的一座建筑呀！阎小样仰着头看，把脖子仰疼了，把眼睛看酸了，好像还不过瘾。

落成之日，全县城的人自发地走上街头，扭秧歌，跑旱船，敲锣打鼓，竭尽所能地欢庆此事。

然而，所有的热闹与红火，随着时间的推移都冷却下来了。如今的影剧院，除了偶尔有一两部叫座的电影放映外，其他的演出活动基本没有了。曾经那么吸引人的影剧院，就这样一天天、一年年地闲置，显得破败而落寞。不过，尽管影剧院的位置原本靠着城边，但因为县城规模扩大，不断地有人投资修楼建房，就把它的位置推到县城的中心地段了。有商业眼光的人，租了影剧院临街的场所，隔出一两间门面房，做起了生意。

阎小样看得清楚，那里的生意还是很不错的。有人卖音响设备，有人卖音像图书，还有人卖儿童服装和玩具……总而言之，有了那么点儿繁华景象。

阎小样在影剧院看过一场电影。那是在影剧院落成后不久，为了报答义务出工人员，影剧院提供了免费放映场次。县城中学的三好学生阎小样，作为学生代表，坐在新建成的影剧院里，看了很受陕北人喜爱的《黄土地》。这部电影拍得太美了，陕北普通的山山水水、沟沟塌塌，在银幕上展现出来，就比现实中更好看、更喜人。再就是电影里唱的歌儿了——都是陕北人经年累月地喜欢唱的信天游，但从剧中人的嘴里唱出来，就是特别好听、耐听。

当时的阎小样，完全沉迷到电影里了。

直到电影放映完毕，影剧院的场灯全都亮起来，碎女子阎小样还沉浸在《黄土地》的世界里醒不过来。也许就在那一刻，阎小样生出了成为陕北民歌歌手的想法。

阎小样记得当时自己对自己说："我要唱歌。"

也是上天有意，给了阎小样一个少见的俏模样，还给了阎小样一副少有的亮嗓子。

在她读书的保安中学，不经意地，她就唱出名了。

那时候，阎小样没敢想得太远。她觉得只要有民歌唱，就很值得高兴了。学习之余，阎小样就去音乐老师王厚草那里，请她教自己唱陕北民歌。王厚草老师就怕没有学生学唱歌，特别是像阎小样这么天赋异禀的学生，人家自觉来学唱陕北民歌，她没有不认真教的理由。

王厚草老师被阎小样感动了。她像发现了一颗歌坛新星似的，把自己所有的技巧和功夫都教给了阎小样。

不料遗憾却来了。阎小样的母亲病了，不是一般的病，是个花钱如流水却又无法治愈的恶疾。有一天，阎小样从王厚草老师的教室里被叫出来，到了母亲的病床前。她俯身趴到母亲的身上，却没能听到母亲最后的一声嘱咐，就眼睁睁地看着母亲撒手去了。

在母亲的灵床前，阎小样哭了。她以为自己会号啕大哭的，却没有。她只是静静地流着泪，心里头无声地给母亲唱起了一首信天游。

阎小样唱的是《家常饭》：

> 葫芦黄瓜嫩菠菜，
> 青菜白菜小萝卜菜。
> 绿豆小米豆钱钱，
> 荞麦三棱儿麦子尖。
> 苦菜叶叶儿搓拌汤，
> 榆钱叶叶儿熬糊汤。
> 硬糜子馍馍软糜子糕，

烧酒盅盅子摆开了。

阎小样不知道自己为什么会无声地在心里哼唱信天游。是因为母亲也会唱信天游吧。是啊，母亲是太会唱，也太爱唱她们陕北的信天游了，她能唱的信天游很多很多，是阎家沟村难不住的"唱家子"。而且，许多信天游还都是由母亲现编现唱的。手头、眼前是个什么，她就编唱什么。正如阎小样现时唱的信天游，就是母亲从家常生活里编唱出来的。她用心唱给母亲，也是对母亲的祭奠。

没错，阎小样就是这样祭奠她的母亲的。

亲爱的母亲喜欢唱信天游，阎小样也喜欢唱信天游。人常说，她遗传了母亲的特长。

然而，遗传了母亲特长的阎小样，很是不幸，只能像她的母亲一样，被圈在阎家沟里唱信天游了。没有办法，只剩下父亲、长兄和小弟，三条汉子，没个女人照料家里还真是不行。

阎小样辍学回了家，接过母亲的责任，料理起家里的生活。

三

让人魂牵梦萦的保安县城，被司机老展驾驶的四轮吉普车，抛在身后看不见了。

莺飞草长的陕北啊，天是那样高，云是那么淡。押解着阎小样的吉普车，像条活泼的旱天鱼，在陕北独有的沟沟墚墚上翻转。一会儿呢，呼呼啦啦地沉入深不可测的沟底；一会儿呢，又飘飘摇摇蹿到高可及天的墚顶。

下到沟底，自然会有一条小河，流淌着，呜呜溅溅，不歇不停，不知疲累。这儿、那儿，又少不了成群的鸭子或者白鹅，浮在清清浅浅的水面上，悠然地游着。间或是一只鸭子，撅起肥硕的屁股，把头扎进水底——它叼住了一条小鱼吗？不知道。你见它从水里仰起头来，扑棱着翅膀，就能猜到它一定有所收获了。"嘎儿——嘎儿——"大叫着的，应该是骄傲的大白鹅了，它是在唱信天游吗？好像不是。随着它高亢的叫声，另一只雪白的大鹅划动着红红的脚蹼，迅捷地游到它的身边，于是，它把叫声压低了，它们把头颈相互绕在一起，"叽叽咕咕"说个不停……

河的两岸，是一棵一棵的柳树。

陕北的柳树啊！它们都有一个奇怪的习性，喜欢被刀砍斧剁——把它蓬勃生长的树冠，从齐人高的地方砍下来，只待来年，那里就又生出更加蓬勃的新枝来。好像柳树不遭"砍头"就不自在，长着长着，会自绝性命而死去；倒是遭受了"砍头"的柳树，总是精力旺盛，生得葳葳蕤蕤，劲头十足。

这就是陕北柳树的好了。它们像是知道陕北人的需要，一次次"断头牺牲"，给陕北人奉献了生活中略显短缺的用材。

吉普车爬到墚顶上了……到处都是高入云天的井架。新时期的陕北，有了新的风景，就是这些涂了黄漆的井架，这是油田工人在钻新的油井……还有"磕头虫"——这是当地人对抽油设备的俗称，它们或者独立一处，或者成群排列，节奏有序地上来、下去，无始无终地运动着，黏稠的黑色原油，就从地下的深处冲出来，汇入相连如织的输油管道里。

不眨眼地望着车窗外的景致，阎小样有些疲倦了，她回了一下头。

正是她的这一回头，看到坐在座位中间的谷又黄。谷又黄脸色煞白，细碎的汗水像是草叶上的露珠，不断地浸出来。阎小样就很吃惊了。

阎小样小心地问："哎，怎么了？你不舒服吗？"

谷又黄却不买账，说："咸吃萝卜淡操心。"

一旁的宋冲云也注意到谷又黄的脸色，伸手在她的额头上试了试，说："不发烧呀！"

是个粗心人呢！谷又黄白了他一眼，说："你才发烧哩。"

宋冲云却还不明白，说："那你说，你的脸色咋那么难看？"

谷又黄的话就不好听了，她说："难看了你甭看。"

宋冲云知错了，依然慢言软语，说："我是担心哩。给我说，你哪儿不好受？"

谷又黄这就乖顺起来了，说："小肚子那儿，不晓得咋的，有些疼。"

宋冲云就很紧张了，说："啊呀！这可咋办呢？"

谷又黄却还故作轻松，说："凉拌（办）么。别害怕，死不了人。"

两人是，你要鸡上一口，他就鸭上一口，拌着那种幸福的嘴。一边的阎小样，还有驾车的司机老展，就都成了无足轻重的旁人了。不知司机老展是怎么想的，他只关切地回头看了一眼谷又黄和宋冲云，就又聚精会神地驾驶着吉普车往前奔驰。阎小样想的就多了一点。她知道，她是一个被押解的服刑犯，是没有资格关心人的，倘若表现出一点点关切的意思，恐怕都只能惹得人烦，不高兴。呛她一头，吐她一脸，她也得满盘子满碗地接着呢。

这么想着，阎小样就想哭。

可是现在，她还哭得出来吗？不会了。一个人的眼泪是有限的，不可能像条河，长年累月地流，即便是河水，也有流干的时候。阎小样觉得她的眼泪，就如断流的河水，已经彻底地流干了。

她现在却想哭，心头上泪汪汪的。

想要眼泪汪汪地哭，是为了自己吗？好像是，又好像不是。那么就是为了押解她的女警察谷又黄？是的啊，一定是的。只是过了短短的时间，阎小样已敏锐地发现，谷又黄和宋冲云的关系不一般。他们是一对小夫妻吗？不大像哩，是小夫妻的话，要比他们现在的样子亲密。那么，他们就该是一对小恋人了。虽这么想着，阎小样在心里却依然否定着，她感觉这两人离着小恋人的关系也还存在一点儿距离……这么说，他们就是一对有点儿意思的人儿了！是的啊，一定是的，他们现在的样子，怎么看都是这样的一对人儿哩。

这么一想，阎小样清楚了——她之所以想哭，既是为了押解她的一对小警察的幸福，也是为了她的不幸。

按说呢，年轻的女子都有一个梦想——被她想爱的人所爱，爱她想爱的人。阎小样就有这样的梦想，但她不能实现了，也许永远都不能实现了。

是怕汪汪的泪水流出眼眶吗？

阎小样把头转向了车窗外，这一转，她便看见了熟悉的山梁、熟悉的沟坡、熟悉的小河了……

她那更为熟悉的家。

生了她、养了她的家啊！

就在眼前的那道山梁的背后，袅袅的炊烟，自由地从山梁的那边飘飞起来，翻过了山梁，带来了狗的轻吠、鸡的啼鸣、羊的呜咽……阎小样在心里告别着故乡，告别着家，默默地为她的亲人祷告着。

阎小样默祷说："亲人啊，小样对不起你们了。"

将心比心，一个将远离家乡去服刑的犯人，隔着车窗玻璃，如此深情地注视车窗外的一切，在宋冲云和谷又黄看来，是能够理解的。

一路走来，阎小样不错眼地盯视着车窗外边，宋冲云和谷又黄又盯视着阎小样。这么长时间的盯视，让宋冲云和谷又黄的心头，渐渐地，很没道理地生出了一些同情。特别是宋冲云，感觉阎小样其实是不该受这牢狱之灾的。

因为什么呢？

就因为阎小样爱唱信天游吗？

就因为阎小样生得俊俏宜人？

宋冲云的脸不再烧了，心也不再急。但他还是不由得想起阎小样的不幸和灾难。

四

辍学回家的阎小样，去了半山腰母亲的坟前。她拿了一卷纸——是她在学校俭省下来的纸哩，有的已经订成作业本，上面或者写了字，或者还没有写字，这可都是阎小样心爱的。她拿到了母亲的坟堆前，点上火，一页一页地烧了。

火苗在风中打起了旋儿，忽悠悠腾空而起，打着旋儿飘在没有云彩的天空，像一只只火焚的鸟儿。

阎小样知道，她正烧着她的希望，也烧着她的决心。

决心既下，阎小样回到家里，就像母亲活着时一样，为了家里的生计，不分黑明地担起了责任，为他们的家操持烟火了。

俗话说得好，"穷人的孩子早当家"。

便是这样，一旦把家的责任搁到她的嫩肩上，无论担得起担不起，阎小样都必须担着走了。多亏阎小样悟性好，入道快，家里家外，没有几天时间，就都归置得有模有样，如她母亲在世时一个样子了。

老爸是个肉性子，天大的事都不起火。所以呢，母亲在世时，家中大事小情，都是由着母亲操弄的。现在，阎小样接过了母亲的责任，自然也就由她来承担了。性情柔软的老爸看在眼里，就在一天清晨，当着阎小样的哥哥阎小虎和弟弟阎小豹的面说了。

老爸说话前，先赧颜笑了笑，说："小样啊，你太像你娘了。"

什么意思呢，别人听不明白，阎小样听明白了，她的哥哥阎小虎、弟弟阎小豹都听明白了——此前还有些不放心的老爸，此后放心阎小样管家了。大事小事，都指望阎小样来经管了。

也的确如此，从此以后，家里有一分钱的收入、一分钱的花费，就都过阎小样的手了，老爸不闻也不问。

案上锅上的洗切蒸煮、炕上炕下的缝补拆洗，阎小样有条不紊地做妥帖，她还要帮助老爸下沟收种，上垴放羊。

要是由着阎小样的性子来，她是宁肯下沟上垴，也不情愿在锅边炕头上转的。在沟垴做活放羊，苦累自然要重一些，但却叫人放松。特别是赶着羊群去了坡梁上，羊儿是要撵着好草去，阎小样就跟着羊群走。羊儿吃吃走走，累了，四蹄撑着歇上一会儿，阎小样也就歇下了。在距离羊群不远的地方，随便一坐，或者侧身一躺，听沟底的小河流水，看天上的飞霞流云……适逢这样的时候，阎小样就想唱歌，唱陕北热辣辣、甜润润的信天游。

阎小样唱的是传统民歌《女儿谣》。

六月里黄河冰不化，

扭住我成亲的是我大。

五谷里数不过豌豆圆，

人是头数不过女儿可怜。女儿哟！

湾水上的鸭子刮水上的鹅，

公家人不知我会唱歌。

青石板上栽葱难扎根，

想说心事口儿难开。口儿哟！

天上的沙鸥一对对飞，

不想我的娘亲在想谁，

不想我的娘亲在想谁？娘亲哟！

本来呢，阎小样的信天游唱得就好，在保安中学的校园里，又有敬爱的王厚草老师为她进行了许多专业辅导，她便唱得更好了。好像是，在野外的坡梁上迎着明媚的阳光，迎着风，她就唱得更好了。

有好几回，阎小样把家里的羊群赶到坡梁上，自己纵情唱起信天游，对面坡梁上像条黑色缎带的公路沿边，会有一两辆行驶的汽车停下来，钻出几个人，手往眉眼上一搭，瞭望着在这边坡梁上唱着信天游的她，久久地不肯离去。

坡梁这边的阎小样，心里是得意的，她喜欢人家听她唱信天游。于是阎小样唱了一首还会再唱一首。

阎小样就唱她爱唱的《这么好的妹子咋就见不上面》：

这么长的个鞭子——鞭子哎，

咋探呀么探不上个天。

这么好的个妹子——妹子哎，

咋见呀么见不上个面。

这么大的个锅来——锅来哎，

咋下呀下不了两颗米。

这么旺的个火来——火来哎，

　　咋烧呀烧不热个你。

　　三个疙瘩的石头——石头哎，

　　咋呀么咋是两块砖。

　　什么呀的个人来哟，

　　哎哟，把人的个心呀么心扰乱。

　　这就是陕北的信天游，这就是陕北女子阎小样。她是不会掩饰的，老辈人这么热热火火地唱了，她也就热热火火地唱。尽管听起来有那么点儿挑逗和"激将"的意味，但听的人感到特别过瘾——不是一点点过瘾，而是像喝了羊羔汤、吃了糜子糕一样过瘾哩。

　　果然就有大胆的汉子，好生不知羞惭，在对面坡梁上听着不能自禁，张开了嘴巴，要来对上几声了。

　　对面山上的圪壕壕，

　　哎哟，那是一个谁？

　　那就是我要命的，哎哟，

　　要命的三妹妹。

　　阎小样笑了。她发现和她对歌的人，白白胖胖，虽有了些年纪，却精神爽朗。他开车在对面山上的公路上行驶，只要听见阎小样唱信天游，是一定要停车听的。阎小样就想，那是一个像她一样热爱信天游的汉子呢，但他也只有平白地喜欢了，天生的破嗓子，绝对是唱不好信天游的。

　　这让阎小样很遗憾，像这位白胖的汉子一样想和她对唱的人不少，却没有一个人能对得好。

有一次呢，阎小样的老爸从沟底下爬到了坡梁上。他像个隐身人一样，静悄悄地，坐在散漫的羊群边上，眼睛看着羊儿吃草，却支着耳朵，一字不落地听阎小样唱信天游。听得他一张满是沟壑的老脸一抽一抽，一会儿就流泪了。老人顺势抹了一把，把沾在手掌上的泪水甩在了草叶上。

阎小样发现了老爸。

发现了一把一把地把泪抹下来、摔在草叶上的老爸，这着实把阎小样吓了一跳。她自己就如一只白嫩的羊儿似的，跑到了老爸的身边。

阎小样关切地问："爸呀，你是咋了？咋的流泪了？"

老爸却泪眼婆娑地笑起来，说："我是高兴哩，高兴你的信天游唱得像你的娘亲一样好。"

这是个绕不开的话题。自从娘亲去世后，老爸逢着什么事，都会情不自禁地想起阎小样的娘亲，情不自禁给阎小样说她娘亲这样好、那样好。

这一天，老爸终于抹干了脸上的眼泪，给阎小样说她娘亲的信天游好了，说他就是被阎小样娘亲的信天游吸引了，才死死活活地追着阎小样的娘亲，结成了他们死死活活的一对。

老爸说着阎小样娘亲的信天游时，还情不自禁地，张开了口，唱起了一曲信天游。老爸唱的是《小妹妹不嫌穷哥哥》：

> 鸡蛋壳壳点灯半炕炕明，
> 酒盅盅量米不嫌哥哥穷。
> 耳听见哥哥唱着歌儿来，
> 热身子扑在冷窗台。
> 只要和哥哥搭对对，
> 铡刀断头也不后悔。

阎小样原来只晓得娘亲的信天游唱得好，没想到老爸的信天游唱得也不差。此时此刻，她正聚精会神听老爸唱着信天游，老爸却不唱了，像是一条欢畅流淌的小河，生生地断流了……老爸难得地笑着，是那种发自内心的幸福的笑哩。

老爸给阎小样指着吃草的羊群说，你看吃草的羊吧，没人教它，它总是撵着高草去吃。但是有那么多的高草让它吃吗？没有啊，高草太少了，是不够它们羊儿吃的，最后还都得吃蹄子下的矮草。老爸这么说着，话题一转，就又说起阎小样的娘亲了。老爸说了，你的娘亲呢，心性是很高的，一辈子的心性高，我把她亏下了。我是没有一点儿办法的，只能把你的娘亲亏下了。

年轻时戴了大红花、穿了绿军装、骑了大白马，被秧歌锣鼓送到部队吃了几年公粮的老爸，据说是很英俊的呢。本来，老爸是有条件留在部队上的，可他念着阎小样的娘亲，于是就戴着他在部队上挣来的两枚军功章，乐乐呵呵地回到阎家沟村，高高兴兴地娶了阎小样的娘亲。

老爸的绵软性子，是他爱娘亲爱出来的。

老爸习惯了，就成了现如今的绵软人。

老爸给阎小样说了羊吃高草的话，说了娘亲心性高的话……老爸是想说什么呢？是说她阎小样如她的娘亲一样，心性也高吗？

心性高了不好吗？阎小样才不这么认为。她倒是觉得，人呢，是该有些心性的，而且越高越好，越高活得才越有品位。

阎小样在坡梁上放羊时就还唱她的信天游。

五

随山赋形，忽高忽低，或转或弯的陕北山地公路，总有一些被碾碎的路面，呈现出大小不一的坑槽。避让不及，碾上去了，车就弹起来，弹得老高。车上的宋冲云、谷又黄，还有阎小样，就都随着吉普车蹿起来、落下去，一刻不得消停。有几次，谷又黄弹跳得歪到了阎小样的怀里，她就赶紧收起身来，好像罪犯阎小样会连累了她似的。自然了，谷又黄也会弹跳得歪在宋冲云的怀里，要是这样，她就会多赖一会儿，多享受一会儿她想要的温暖。靠着车窗的阎小样不是一块石头，她也会被颠簸的吉普车弄得弹跳起来，有时会歪向车窗，头重重地撞在车窗上，有时会歪向谷又黄，头撞在谷又黄的身上。这时，谷又黄会不无厌恶地推她一把，毫不客气地呵斥她。

谷又黄怒责："坐正！"

谷又黄痛斥："坐稳！"

行驶了一段路程，押解阎小样的吉普车上，就不断地响起谷又黄的吆喝，她出语短促而严厉，很有一股警察对罪犯的威严。

阎小样是委屈的。她也想坐正，也想坐稳，避免撞上谷又黄。但是，客观条件决定了她再怎么努力都没法坐正坐稳，好像她越是僵硬着身子，就越坐不正、坐不稳，越是要不由自主地撞上紧挨她坐的谷又黄。

终于，吉普车没躲开路面上的一个坑槽，弹跳起来，刚落下来，就又遭遇了一个坑槽，吉普车又一次弹跳起来，凌空飞蹿了一瞬，落下来，只听"啪"的一声炸响，吉普车便趴在坑槽前不动了。

不用检查，大家都知道是吉普车爆胎了。

司机老展和宋冲云下了车，留下谷又黄在吉普车上看守阎小样。

谷又黄就又用短促而严厉的语气警告阎小样了。

谷又黄说："坐好了，不要动！"

阎小样就很听话地坐着，纹丝不动，但这不能保证她的思绪也不动。她眼望车窗外的山川地势和眼前的公路，想她在阎家沟的时候，自由地放牧的家里的羊群。她在坡梁上唱信天游，公路上有人驻足聆听，一天过去了，一个月过去了，一年过去了……有多少过往的行人聆听了她唱的信天游，她也不知道。那一天，阎小样赶着羊群又出了坡。奇怪的是，这天她的右眼老是跳。听人说，"左眼跳财，右眼跳祸"，她不晓得自己会有什么祸端，便心慌慌地看着羊儿，看羊儿差不多刚好吃饱肚皮，就吆着羊群回家了。

刚一回家，阎小样发现，哥哥阎小虎早她一步也回家来了，和哥哥阎小虎一起来家的，竟然就是那个呆立在公路边，多次听她唱信天游的白白胖胖的人。

阎小样就只有吃惊了。

同样吃惊的还有这个白白胖胖的人，他大睁着眼睛把阎小样看了好一阵子。他说："怎么是你呀！"

阎小样知道"有理不打上门客"。而且，阎小样也不讨厌这个白白胖胖的人。隔山听她唱信天游，听得那样的痴迷，作为爱唱信天游的她，应该感谢人家才对呀。但是本能告诉阎小样，她不能太给这个人好脸色。于是，她转身对着她哥阎小虎翻着白眼。那样的意思她哥应该看得明白——别把陌生人往家里带。

白白胖胖的人却不知趣，还沉浸在他的惊讶中，不住嘴地说："真个是巧，听你在坡梁上唱信天游，把人的心都唱醉咧！"

白白胖胖的人话说得轻佻了。阎小样毫不客气地斜了他一眼。对这一眼，白白胖胖的人是有感觉的，就不再说别的，只说阎小样的哥哥救了他，是他的恩人哩！

平白无故，怎么就成了恩人了？

阎小样不解地看着她哥阎小虎，这才注意到哥哥的一条胳膊曲着，用一条布带吊在脖子上，往袖筒里看，隐约看见胳膊上打着石膏绷带。阎小样这么看着她哥，使她哥阎小虎有点儿不好意思。他倒退了几步，于是阎小样发现，哥哥的腿上也有伤，一拐一瘸，俨然无法受力的样子。

撇下手里的放羊鞭，阎小样扑到哥哥阎小虎的身边，伸手去摸哥哥受伤的胳膊，很是惊恐地问："哥啊，你是咋的了？"

哥哥阎小虎却躲着阎小样伸来的手不说话。

阎小样就又问："很严重吗，啊？哥你说。"

哥哥阎小虎还是不说。

阎小样就急得直跳脚，心疼得眼里冒起了水花花。

哥哥阎小虎就笑起来了，是个带着幸运、带着喜悦的笑哩。好像他的受伤，是件多么光彩的事。

阎小样的这位哥哥呀，叫阎小样怎么说呢？阎小样是爱着他的，同时又在心里暗藏着一点儿小小的"恨"意。

之所以还有"恨"意，是恨她的哥哥阎小虎太不争气了。他不像她的弟弟阎小豹，上学读书，就认真地上学读书；回到家了，眼里便全都是活儿，能做什么做什么，手脚不失闲。阎小豹先在阎家沟的小学上学，后来像姐姐一样，也一路高分考进了保安中学，是学校着意培养的好学生。阎小样打听到消息，她的弟弟阎小豹，只要不松劲，国家重点大学的校门就已经向他敞开了。可她的哥哥阎小虎，却奇了怪——拿起书就打瞌睡，放下书就精神，根本不是个读书的料子。这样也还罢了，回到家，眼里根本没有活儿。不说烦琐的家务活了，沟底下、滩地里的农活，老爸忙得手脚朝天，喊他去侍弄，他却死活不动弹；阎小样想腾出手来做点儿家务，让他去赶坡，他仍是犟着脖项不去。枪杆高的一条汉子，还能在家里吃闲饭不成？

阎小样和她哥阎小虎大吵了一场。

老爸和小弟阎小豹，自然地，都站在了阎小样的一边，让阎小虎大失颜面，很是狼狈孤立。

狼狈孤立的人，却不认输，一跺脚，从嘴里蹦出一口狠话来："家里没我站的，好么，我走呀！"

阎小虎咬牙下着决心，说："不信天底下那么大，就没我站脚的地方。"

狠话既已从口吐出，想收就不好收回了。无奈，阎小虎就出门走了，不知都走到哪里去了。阎小样四处打听，能打听的人、能打听的地方，都没给她带来阎小虎的消息。

哥哥阎小虎去了哪儿呢？

这让阎小样一直后悔着，不该和哥哥吵那一架的。

阎小样还在后悔着，阎小虎却突然回家来了。

回来了，却又成了那白白胖胖的人的"恩人"。

那白白胖胖的人，能随便让人当他的恩人吗？他是多么富有的人啊，在陕北地界上钻了许多油井，是个呼风风来、唤雨雨到的油老板呢。隔三差五的，他总要在报纸、电视上露个脸。这些事，阎小样是见得着的——中学扩建，号召大家资助，白白胖胖的人便捐款了；县城铺设城区道路，号召大家资助，白白胖胖的人也捐款了；再是整修河道、绿化荒山等等的公益善事，只要政府有号召，白白胖胖的人总是积极响应，踊跃捐款……他这样的举动，让阎小样不断地改变着态度，觉得像他这样的油老板，是很有些值得肯定的地方的。但是呢，她的态度也仅限于此，并未从根本上改变——她的心灵深处，对他们总存着点儿瞧不起。譬如春节时，白白胖胖的人上了电视，做广告似的在电视上向群众拜年，统共说了三句话，竟没一句说得通顺，特别是他做的那个拜年的动作，阎小样当时看了，就很是不以为然。

阎小样为此还嗔骂了一句："黄鼠狼给鸡拜年——没安好心肠。"

啊呀呀，我的天啦，白白胖胖的这个人，个子不高，起的名字倒还好听，叫了个"顾长龙"。这太好笑了。不过呢，钻出黑色石油的他，却生得那样白，还是叫人惊讶的。

不知是笑好呢，还是板着脸好，阎小样一时没了主张。她应酬不了顾长龙，就让她哥阎小虎在家先陪着，她出门去了沟底下，叫回了她的老爸。性情绵软的老爸，同样应酬不了顾老龙。他先让顾长龙进窑里坐，再给顾长龙泡了茶，就又举着他的旱烟袋，装了一烟锅的烟叶子，甚是恭敬地往顾长龙手上递，让人家也抽上一锅，还说："抽烟么，就抽老旱烟，老旱烟的劲道足哩。"

顾长龙还接到了手上，划着火抽了一口，就把黄铜烟锅里的旱烟叶子磕掉了。

顾长龙强装呛了他似的，"咔咔咔"干咳了几声，就把他一直夹在胳肢窝里的黑皮包拿到手里，"唰拉"一声拉开拉链，从中取出一盒大红的中华烟，颠出两支来，给了阎小样老爸一支，他自己也叼了一支，打着了火，很是过瘾地抽起来了。

阎小样的老爸，手里捉着中华烟，也是很香地抽着了。

抽着中华牌的香烟，顾长龙说了。他说真该感谢阎小虎的！油井上买了几台"磕头虫"，都是几吨重的钢家伙！他租了平板大汽车，把"磕头虫"拉到井口上用吊车卸。这一台吊车呢，过去也卸过那样的钢家伙，不承想，这次卸货时却出了问题。是个大问题呀——吊车刚刚把钢家伙吊到空中，摆着吊臂往下落，吊车的前伸臂歪了一下。这就不得了了，当时顾长龙就站在吊臂一边，如果躲闪不及，砸他半死还是好的。千钧一发之际，阎小虎冲上来了，他把顾长龙推出了危险之地，自己却受了伤。

顾长龙是动了情的，他给阎小样的老爸说："你养了一个好儿子。"

不是阎小样敏感，她发现，顾长龙在向她老爸说这些话时，眼神一飘一飘的，总是往她的身上飞。

阎小样就有意识地躲着顾长龙。

仿佛她的躲闪更能引起顾长龙的兴趣，他给阎小样的老爸说了那一番话后，就把脸对着阎小样了。

顾长龙跟阎小样说："你的信天游唱得真好！"

阎小样就还想躲。

顾长龙却叫住了她，说："你不要躲。我给你说，麻烦你了，叫你哥先在家养伤，伤好了就到我的油井上来，我的油井上缺他这样的员工。再说呢，你哥是我的恩人，你有要求了，我也会满足你的，你说呢？"

六

坡梁上，那一点点的红，肯定是山丹丹了……还有那一点点的蓝，又肯定是蓝花花了……特殊的地理环境，造就了陕北特有的植物，极尽可能地装饰着连绵不绝的山川和沟坡，使得原本单调的黄土地，显得多姿多彩，绚烂迷人。

又是一个小小的坑槽，换好了车胎的吉普车跑在上面，自然又要蹿跳一下的。谷又黄皱紧了眉头，在吉普车每一次的蹿跳中，她都要忍无可忍地轻吟一声。

宋冲云是担忧的，谷又黄有一声轻吟，他就有一声问候："你没事吧，啊？给我说，你哪儿不舒服，是肚子疼吗？"

没错，谷又黄就是肚子疼，而且是越来越疼了。她把手握成了拳，死命地抵在小腹上，尽量不发出声。

但是呢，谷又黄控制不了自己，在吉普车兔子一样蹿跳在陕北山地的公路上时，她还是要轻吟的。

一旁想着心事的阎小样，不是石头人，她能够感受到谷又黄的忍耐。她是很想关心谷又黄的，而前头的教训又告诫她，她是不好关心谷又黄的。可她知道谷又黄忍受疼痛，是因为宋冲云。阎小样以一个女人的敏感，肯定谷又黄是爱着宋冲云的。为了爱，谷又黄就只有忍受了。这么一想，阎小样对这个有些严厉的女警察，生出了许多好感，甚至敬意。

阎小样侧过头去，来看另一边的宋冲云。她发现了他的粗心大意，对他就有了些微的埋怨……汉子们呀，咋就那么迟钝呢？

阎小样忍不住了，她用戴着手铐的胳膊肘轻轻地捅了一下谷又黄。这一次还好，没有听到谷又黄的呵责。阎小样便想，她是体会到了自己的关心了。都是年龄相仿的女子，这一点应该是好沟通的，阎小样呢，就不再犹豫了，她要说出自己的担心了。

阎小样叫了谷又黄一声"大姐"，说："你别硬忍了，疼就是疼，哪儿不好，你得说呀。"

谷又黄感觉到了阎小样的善意。她觉得这个爱唱信天游的漂亮女子，自己被判了那么重的刑，却还不知愁苦，凭着本能急煎煎地关心别人，实在是太难得了。为此，谷又黄想自己不能再是一副凶巴巴的面孔，是该有一点暖色了，哪怕对方是一个罪犯。不过呢，谷又黄不好转变得太快，她还得装，装出一副没事的样子。

阎小样却是不忍的，她又叫了谷又黄一声"大姐"，说："你听我说，哪儿不好是要找医生的，可别耽搁了。"

谷又黄没有理会阎小样，倒是宋冲云在阎小样温婉的劝说中，关切地看着谷又黄，同时又一瞥一瞥地看着阎小样，这就使阎小样很感激了。便是谷又黄，自然也是很受用的，她从宋冲云的那一边，看着车窗外的坡梁。

忍受着疼痛的谷又黄，一定看见坡上的山丹丹和蓝花花了。显然，她非常喜欢满坡满墚、朝气蓬勃开放着的山丹丹和蓝花花，每一朵，开得都是那么的鲜艳、奔放，张扬着一种野性的美丽。

是为了转移自己的注意力吧，谷又黄赞美起山丹丹和蓝花花来。她说："多么自在的花儿呀！"

不用谷又黄说，阎小样也是喜欢山丹丹和蓝花花的，但在此刻，阎小样晓得，谷又黄之所以赞美山丹丹和蓝花花，是说给宋冲云听的。而宋冲云也听懂了谷又黄的意思。因而，宋冲云趴在司机老展的耳朵上，给他耳语了几句，善解人意的老展，就停下了车。车还没有停稳，宋冲云就跳了下来，向公路边的坡梁上攀爬去了。

矫健的身姿，像是陕北坡梁上奔跑跳荡的山豹，宋冲云一忽儿采下一朵山丹丹，一忽儿采下一朵蓝花花……他的怀里，很快就是一束壮观的花团了。可他好像还不满足，还在坡梁上追逐着山丹丹和蓝花花，在奔跑、在跳荡……阎小样观察着谷又黄的表情，发现她被宋冲云的身姿吸引着，神情倏忽变得安详了。

虽然眼睛追着宋冲云，谷又黄却还考虑着阎小样。她问："想方便吗？"

都是女孩子，幸亏谷又黄想得到，阎小样就很老实地回答："有点儿想哩。"

谷又黄就押解着阎小样，去了坡梁上的一个背洼地。她护着阎小样，让阎小样解了个小手，然后又由阎小样护着她，她也解了个小手。到她俩回到吉普车跟前时，宋冲云已从坡梁上先于她俩到了吉普车旁。

很大很大的一束山丹丹和蓝花花哩！宋冲云早用坡梁上的葛条绑

扎好了，举起来，送到了谷又黄的怀里。

让阎小样奇怪的是，宋冲云采来的花仿佛不是花，而是可以疗疾的药——谷又黄惨白的脸，埋在大团的花束里，也像山丹丹一样红亮，原来严肃得有些发冷的神色，也一下子柔和温暖起来了。

一旁的阎小样，忍不住说："大姐，你真漂亮。"

算是一种认同吧，谷又黄竟然有些不好意思地笑了一笑。

宋冲云也是，在他把采来的山丹丹和蓝花花送给谷又黄后，情不自禁地踮起脚尖，风车轮子似的，原地转了几个圈儿。

还有驾驶吉普车的司机老展，原本那么沉默寡言，却在这时，抽着一支当地产的"圣地"香烟，吐出一口浓浓的烟雾。他扯开了大嗓门，没头没尾地唱起了一曲信天游。

司机老展唱的是《风流的妹子风流的汉》：

> 山丹丹花儿背洼洼开，
> 你有心思慢慢来。
> 前半晌来了后半晌走，
> 定下关系咱好接头。
>
> 马兰的花儿蓝莹莹开，
> 你是干妹子的心尖尖。
> 抱住肩膀亲了个嘴，
> 肚子里的冰疙瘩化成了水。

应该说，司机老展的信天游唱得是不错的。他还没有唱罢，就惹得宋冲云扑到他的身边，伸手把他的嘴捂住了，催他说："谁都不会把你当哑巴，咱今日有事，咱要赶路，闭了你的嘴，咱走。"长了宋冲云一些岁数的老展，本来就是逗宋冲云玩儿的。他瞪着眼睛，很是狡黠地冲着谷又黄扮了个鬼脸，便守职责地上了驾驶位，等着他们都上了车，就发动引擎，在陕北的山路上颠簸着向前走了。

车厢里有了那一大束的山丹丹和蓝花花，空间自然显小了一些，但却充溢着花的馨香……谷又黄一会儿把脸偎在花束里闻一下；一会儿又把脸偎在花束里闻一下，脸上是久久褪却不了的红晕。

在山丹丹和蓝花花浓郁的香气里，阎小样困了。这是从来没有的困倦呢，她的头向后一枕，当下便睡了过去……睡梦里，她听人唱起了信天游。

是她的母亲吗？

是的，是活在阎小样心里的母亲在唱了。

母亲唱的是陕北人人都会唱的《蓝花花》：

> 青线线的来格蓝线线，
> 蓝格莹莹的彩，
> 生下一个蓝花花，
> 实实地爱死个人。
> 五谷里来格田苗子，
> 数上个高粱高，
> 一十三省的女儿哟，
> 数上个蓝花花好！

眼泪水水，像是一颗颗晶莹剔透的珍珠，从阎小样闭着的眼皮下滚落出来了。

七

女孩子都有一颗爱花的心。

阎小样也是，她还仔细地想过，说不定她就是转世的一朵花魂。阎小样成长的历程中，总有一些关于花的机缘。她能记得的最早的一次，是她亲爱的母亲带着她去串亲戚，半道上采了一枝山丹丹，系在她的一根辫梢上；然后又采了一枝蓝花花，系在她的另一根辫梢上，摔摔打打的两条毛辫子，因为山丹丹和蓝花花的点缀，一下子就生动活泼起来，到了亲戚家，亲戚都说阎小样花儿一样好看。

阎小样相信，她是堪比花儿的。

渐渐长大，阎小样上学了。在上学的路上，她受山丹丹和蓝花花的诱惑，采来一大把，认真地编成一个花环，戴在她的头顶上，光鲜艳丽地去学校。后来，她吆着羊群在坡梁上游走，很自然地，也会把手边盛开的山丹丹和蓝花花采下来，带回家里，插进一个黑陶罐子里，让色彩鲜艳的山丹丹和蓝花花，为她的生活增添一抹珍贵的亮色。

这是阎小样的自我采撷、自我欣赏。

很意外地，她也得到了别人献给她的花。但是接受了这次的献花，让阎小样日后想起来，总是心惊肉跳，追悔莫及。

邻家的小嫂子到阎小样的家里来，帮助阎小样拆洗被褥。经过了一个冬天，到了春暖花开的日子，按照陕北农村的习惯，家家户户是要赶着季节拆洗被褥的。主持家务的女人把这段时间当成了一种节日。今天呢，邀约几个相好的，到你的家里，帮助你拆洗了被褥；明天呢，转移到她的家里去，帮助她家拆洗被褥。花花绿绿的被面子，白格生生的被里子，在河沟里漂洗干净了，搭在场院的晾杆上，让日头晒着，叫微风吹着。相约在一起的人，一边等被面子被里子变干燥，一边拉着家常。这个时候，什么样的话都是能说的，有夸自己家人的，就有骂自己家人的，当然，也少不了说别人是非的。怎么说，在这些日子里，大家都是亲密无间的。

阎小样约了邻家的小嫂子，两人拉的家常话，大多都是关于小嫂子家里的。小嫂子骂自家男人"死"到外面不回来，打工，打工，就不知道家里还有个想他念他的女人……这样的话题，阎小样是不好插话的，她只有脸儿红红地笑了。

小嫂子骂了自家男人，却突然看定了阎小样，给她说："哎哟，你看我，差点儿忘了呢。"

阎小样就接了话，说："嫂子好记性，能把啥忘了的？"

小嫂子就说："死鬼男人给家里装了个电视，我看电视上说，县里要办赛歌会，赛出的头一名，还要代表县上到省里去赛歌哩！"

这倒是让阎小样欣喜的一个好消息。

对此，阎小样之前也有耳闻。说心里话，几天了，阎小样还正是为着这个消息瞀乱（方言，心烦意乱）着。她是很想报名参加的，心里却又怯怯的，像是揣了几只坡梁上吃草撒欢的羊羔儿，总是难以平静。

阎小样说："我知道的。"

小嫂子说："知道了，咋不去报名？"

阎小样说："我报名干啥？"

小嫂子说："赛歌儿呀！"

心已经热烈地跳着了，阎小样却还在表面上装得很冷静。而且，小嫂子也是个爱唱信天游的人。在阎家沟，如果说阎小样是唱得最好的那一个，小嫂子就是紧挨她的那个。

阎小样就也鼓励她的小嫂子了，说："你怎么不去呢？你要去了，我也去。"

小嫂子拿眼剜着阎小样，说："我是想去的，可我怎么去？上有汉子管着，下有娃子绊着，我心想去，身子去不了。"

应该承认，小嫂子说的是真心话。在陕北，婆姨家在村头上、野地里唱几句信天游是可以的，要到县城里的舞台上去赛歌，拖家带口，人家不说骚，自己先就骚上了脸。她阎小样就不同了，黄花大闺女一个，说去赛歌，给家里撂句话，抬脚就能走人，谁管得着？况且呢，赛好了，是家里的光荣，也是村上的骄傲。阎小样的娘亲，当年信天游唱得好，就不仅在阎家沟村受人喜爱，在四乡八社也有好名声。可惜了，她的娘亲没有好机会；如果有，娘亲肯定会去赛歌的。再者说，阎小样回村几年，更亲密地接触山和水、蓝天和白云，她面对着熟悉的山、熟悉的水，总是无拘无束地唱，唱她想唱的信天游，唱她爱唱的信天游，倒把她的亮嗓子唱得山高水长、飞天流云、炉火纯青了。

小嫂子鼓励她说："就爱听你那满口的腔，唱得太好听了。"

小嫂子的一番话，把她的心说活了。她说："我心里乱，没有底。"

小嫂子就还打气说："去吧。你要一去，头名肯定是你的，别人拿不去。"

弟弟阎小豹，从县城的保安中学回家背馍馍，也向姐姐阎小样说了赛歌的消息。和邻家小嫂子一样，弟弟阎小豹也是鼓励她去赛歌的。

阎小样说了："我去赛歌，谁给你烙馍馍呀？"

阎小豹说："不妨的，我回家了自己烙。"

阎小样说："吃不好，你咋念书？"

阎小豹说："我向姐姐发誓，姐姐赛歌期间，我会加倍念好书。"

信心爆满的阎小豹，还适时地抬出了县城中学的音乐老师王厚草。阎小豹说他见到王老师了，王老师说忘不了阎小样——从她退学回家后，几年了，再没遇到过像她一样天赋卓越的人才。王老师也鼓励她赛歌哩！

这倒是一个很好的鼓励，阎小样下定决心了。她喜滋滋地看着阎小豹，觉得她的这个弟弟太可爱了，啥话都能说到她的心坎上。

阎小样要到县城参加赛歌活动，其实还是有许多顾虑的。老爸和弟弟的吃用是一个方面，最重要的是，她这是要到县上的大舞台赛歌哩，吊着两只空手，张着一个嘴巴，还不让人笑掉了牙？穿什么呢？戴什么呢？怎么走台？唱哪首信天游？问题一大堆，谁来帮她解决呢？

哥哥阎小虎就在阎小样愁肠百结的时候，回到家里来了。

作为油老板顾长龙的"恩人"，阎小虎伤好后，就到了顾长龙的公司，做了顾长龙的贴身保镖。顾长龙走到哪儿，他就跟到哪儿，像是顾长龙用肥肉美酒养着的一条狗，很有一些忠诚劲儿。家里人从他的话中也是听得明白的：顾长龙这也好，顾长龙那也好，仿佛是世上至善至美不可多见的一个好人。自然了，阎小虎的着装和派头也发生了变化——穿了西装，打了领带，戴了墨镜。脚上的那一双皮鞋，啥时候都擦得油光锃亮，照得见人的影子。原来的那个愣头青，竟有了点儿文雅的样子。过去不甚待见他的阎小样，对于他的变化也不能不另眼相看了。

而且呢，阎小虎这一次回家，真还把阎小样赛歌的愁肠全都解开了。

通过央视三套的《星光大道》，哥哥阎小虎惊喜地发现了唱信天游的阿宝。他绘声绘色地给阎小样说："阿宝太幸运了，他的演唱怎么样呢，也就那样吧。还有他的人样儿，怎么样呢，也就那样吧。可他却在《星光大道》上火起来了，拿了一个年度冠军，红透了全国演艺界，成了一个腕儿了。"阎小虎竭尽所能地贬低着阿宝，同时又竭尽所能地夸着他的妹子阎小样，说："我们小样的嗓子好，人样好，这一回到县上赛歌，下一回就到省上赛歌，一回一回地赛下来，就能到中央电视台赛歌去了。我们小样一旦上了中央电视台，阿宝的风光就要变了，变成我们小样的风光了。"

阎小虎还往家里提回了一个硬壳壳的拉杆箱。

阎小虎把新崭崭的大红色拉杆箱交到阎小样的手上，让她自己打开来看，看他给他的妹子都带回了什么。

哥哥阎小虎不无自豪地说："赛歌么，没有好的行头怎么行！"

人靠衣装马靠鞍，这个理儿，阎小样是懂得的。在她想象中，大红色拉杆箱里的衣物已经很奢华了。但是呢，当她把拉杆箱的盖子打开来，一件一件地取出演出服和漂亮的头饰以及这样那样的精美配件时，她把眼睛睁了个圆，不知道说什么好了。

阎小虎看出了妹子的惊喜，他说："怎么样，还可以吧？"

阎小样没有多想，她歪了一下脑袋，很是感激地瞟了哥哥一眼。

在兄妹俩的记忆中，阎小样少有地给了哥哥阎小虎一个好脸色。这下子，阎小虎很高兴，当天就把阎小样接进了保安县城，住在县城的招待所里，后来又给她租了一间民房。安顿好了吃住，阎小样去了保安中学，找到了她敬爱的王厚草老师。曾经的师生几年后重逢，两人都很兴奋，说了不少的话，谈了不少的事。

王厚草老师说："你来赛歌，老师高兴哩。"

阎小样也说："有老师帮助，是我的福气哩。"

听起来，都只是些客套话，其实不然。搞了一辈子的音乐，王厚草多想通过她的努力，培养出几个唱得响的歌手啊。在她看来，阎小样是最有希望的。而且，身为县音乐协会主席的王厚草老师，担任这次赛歌会评委会的主任，她也有这个能力帮助阎小样取得好名次。

说着话，师生俩就很投入地练起歌来了。

练歌期间，哥哥阎小虎还陪同油老板顾长龙看望了阎小样。这个时候，阎小样已经全身心地投入赛歌前的准备之中，对于顾长龙的看望，也表示了她的好感和谢意。阎小样知道县里能有这次赛歌活动，多亏顾长龙的赞助——如果没有他的慷慨解囊，说不定还办不起来呢。

这就到了赛歌的日子。阎小样曾义务劳动参与修建的影剧院，冷落了一些年头后，也因为赛歌会一下子又热闹起来了。并且呢，因为赛歌会，影剧院的设施也做了些特别的整修，看上去新颖又大方。有几架电视台的摄像机，或者架在舞台的台口上，或者吊在舞台的顶棚上，将对赛歌活动进行完整的现场直播。

赛歌现场的气氛是热烈的，同时又是激烈的。安排在阎小样前头的几个人都唱过了。她幸运地抓了一个尾号，因此，她有时间准备。这个准备包括酝酿情绪，还包括对前头歌手经验和教训的总结。阎小样听得仔细，看得仔细，发现已经演唱过的选手中，有个后生唱得不错，台前的评委呢，也都给他打了高分。阎小样就想，要征服评委，她是必须盖过这个后生的。

在一阵雷鸣般的掌声里，阎小样上场了。阎小样的耳朵里却响着那个后生的歌声。这可不好。她手轻轻地抬起来，捂在心怦怦轻跳的胸口上，向舞台下看了一眼。她看见了评委席上的王厚草老师，还看到了嘉宾席上的油老板顾长龙和随在顾长龙后排的她的哥哥阎小虎。而且，她亲爱的弟弟阎小豹也来了，就挨着阎小虎坐着。这些她熟悉的人，眼睛亮闪闪的，都还响亮地鼓着掌……阎小样平静下来了。

主持人极富煽情意味地介绍着阎小样，甚至用"黄土地上即将腾飞的百灵鸟"这样的话来鼓励她。

音乐声起，全场安静下来，只有阎小样的信天游在游荡。她唱的是陕北人都会唱的《蓝花花》：

…………

蓝花花那个下轿来，东眺西望，

眺见了周家的猴老子，

就像一座坟。

你要死来，就早早地死，

前晌你死来哟，后晌我蓝花走。

…………

我见到我的亲哥哥，

有说不完的话，

咱们俩死活哟，常在一搭！

　　高亢激越的一曲《蓝花花》唱完了。黑压压的舞台下，却静悄悄的，没有喝彩，没有掌声，这叫阎小样好不尴尬。这样的静场，维持了有十几秒钟，不知谁带头拍了一巴掌，顷刻之间，像山洪袭来，影剧院便都灌满了令人震耳欲聋的掌声，久久不能平息。

　　评委的打分牌举了起来，阎小样力压那位高分后生，夺得了赛歌会上的冠军，获得了赴省城参加赛歌的资格。

　　走上舞台给阎小样颁奖的，竟是油老板顾长龙。

　　顾长龙把自己收拾得容光焕发，他呵呵笑着，把一座水晶制作的宝塔山奖杯，和一个红封皮的获奖证书交给了阎小样。接着，还从礼仪小姐端着的托盘上，取来一束扎着丝带的鲜花，送到了阎小样的怀里。

　　这是阎小样有生以来，从他人手里获赠的第一束鲜花呀！

八

　　娘亲在世时，也是爱唱《蓝花花》的。

阎小样演唱的《蓝花花》，在一些细节上，吸收了娘亲演唱时的特点，所以，同一首信天游，阎小样却唱出了不同，那是被人所接受、所喜欢的不同。于是，县城的赛歌会结束后，阎小样就有了一个人们常说的名号：新小蓝花花。

这样的名号，阎小样自然是喜欢的。

为了准备赴省城西安参加赛歌，阎小样回家短暂地住了两日，就又到县城里来了。王厚草老师也从中学抽调出来，做了阎小样的专职辅导。

现在的阎小样，信天游唱得好与不好，就不只是她个人的事了，她代表的是保安人民。她不敢有丝毫的懈怠，跟着王厚草老师，没日没夜地苦练。所练曲目，重点还是《蓝花花》。

一个曲目要唱好、唱出感情来，理解曲目的意思是很重要的。为了提高阎小样的演唱水平，王厚草老师给阎小样讲了《蓝花花》的故事。

故事是悲惨的，阎小样不知道那样一个故事是否真实——她从王厚草老师的讲解中得知，在她们陕北，曾有一个会唱信天游的碎女子蓝花花。蓝花花唱得确实好，但她被一个有钱有势的地主老财看上了。不管蓝花花乐意不乐意、高兴不高兴，地主老财花钱把蓝花花买进府门，残暴地占有了蓝花花。不肯屈服的蓝花花，能有什么办法呢？她只有用歌声来抗争了。

阎小样被王厚草老师讲的故事感动了，再来练唱，果然多了一份感情，是那种悲愤又昂扬的感情啊！

赛歌会上曾与阎小样争锋的后生，在她练歌期间，一有空就来看望她。两个曾经的对手，在一起时，却表现得那么友好和谐。后生有些自己的心得，也不保留，会抖开包袱，都说给阎小样听。后来呢，两人还双双走上保安县的街头，一块儿去吃羊肉剁荞面，一块儿逛书城、逛音像店……在小小的保安县城，阎小样就是明星了，她走到哪里，哪里就是一片沸腾，而且又是和赛歌会上的一个帅后生在一起，没有闲话也成闲话了。

哥哥阎小虎来找她了，给她说："你要注意影响呢。"

阎小样是不解的，问："我咋了，你说这话？"

阎小虎说："你和谁上街逛来？"

阎小样明白过来了，说："这又怎么样？"

阎小虎说："怎么样不怎么样，你不知道？"

阎小样嘴上犟着，说："我不知道。"

嘴上是这么说的，行动上还是收敛了些，后生再来约她上街吃饭或是闲逛，她就都婉言拒绝了。在阎小样的心里，参加省城的赛歌会是压倒一切的大事，她不能把这件事误了。可是呢，后生却不罢休，有事没事地还要来，来看阎小样，来约阎小样上街吃饭、闲逛……有一日，哥哥阎小虎来看阎小样，她心烦地把这件事说了一下，想不到，第二天，后生就被人打了。

是谁打的呢？一定是阎小虎了！

阎小样去了油老板顾长龙设在保安县城的公司总部，找到她的哥哥阎小虎，甚是愤怒地质问他："为什么动手打人？"

阎小虎也不否认，对怒气冲冲的妹子说："他是自找的，找着挨打。"

阎小样哪里肯饶，说："是你手太长了。"

阎小虎说："我是手长。手长咋不打别人？"

阎小样被逼急了，说："你手长打人家，打到头是打你妹子的脸呢！"

说这话时，油老板顾长龙站在了阎小样的背后，帮着阎小样说话了。他说："阎小虎，你打人了吗？这可不好，咱有事，咱就说事，可不敢打人。听我的话，是你打的人，你就给人家道歉去，这不丢人。"顾长龙指教着阎小虎，眼睛却不离阎小样，还说阎小样懂礼数，说话占着理，要阎小虎留心向他妹子学习。

顾长龙说着话，还给阎小样拉了一把椅子，说："大明星了，难得来一回，坐着说话。"

阎小样对她哥阎小虎有气，但对油老板顾长龙是不能生气的。通过这次赛歌会的经历及以前的一些事情，阎小样已经相信，有钱的顾长龙是个好人哩。她这么想着，就很顺从地坐在顾长龙拉给她的椅子上了。她想了，她是不能在顾长龙面前发火的，但她心里毕竟又窝着气，屁股在椅子上沾了沾，就站起来，"噔噔噔噔"走出顾长龙的公司，走到人来人往的县城大街上。走了一程，猛地抬起头来，这就看见了县医院的大门。

鬼使神差地，阎小样的脚一斜，便走进了县医院的大门，三问两问，问到了挨了打的后生住的病房。后生见她进来，当下起了身，站在病房里，嘴唇子颤动着，像有千言万语，却一句都说不出来。

阎小样看着挨了打的后生，心想她是有话要说的，却一时也说不出来。

两人就都不尴不尬地站着，不知该怎么办了。

倒是后生心胸大，说："挨两下打没啥，只怕以后不能再去看你了。"

这个话不是阎小样想听的，既然人家说了，阎小样也不好说啥，就把身上仅有的几张大小票子掏出来，往后生病床旁的矮柜上一放，说了句"不能看了就不看"的话，转过身，就又从病房里出来了。

走出了县医院的门，阎小样却不知为了什么，忍不住流了一脸的泪。

…………

忍无可忍地呻吟一声，谷又黄一直挺着的身子，深深地弯了下去，弯得像只大虾米。

宋冲云伸手扶住了谷又黄，冲司机老展喊："快，去医院！"

这个时候，吉普车已经越过延安城，走过了三十里铺，快要接近店头镇了。店头镇是陕北的一个产煤区，有几家公司在这里打井采煤。道路上往来的车辆，大多是运输煤炭的。为了煤矿职工的健康，国家在镇子上设立了一家大型的职工医院，医疗技术在陕北是很有些名气的。

司机老展脚踩油门，快速而直接地把谷又黄拉到了职工医院的门口。

在这样的情况下，阎小样觉着她是该帮助病人的。何况，宋冲云在扶着谷又黄下车的一瞬间还看了她一眼，并且取出钥匙，打开了她一只手腕上的铐子。阎小样急乎乎地去扶谷又黄，可她的手还没有扶着谷又黄，宋冲云就把它拽着，将打开的那一节铐子，牢牢地铐在了吉普车前座的把手上。

已经铐停当了，阎小样还说："我能帮忙的。"

宋冲云却说："老实坐在车里，不要乱动。"

想想自己是一个囚犯，确实是不好帮助人的。正如宋冲云警告她的那样，她老实地坐在车里，坐了多久呢？阎小样不知道。只见医院门口人来人往，她想逮住个人问一问，却也只是在心里想一想，根本张不开口……时间在一点点地流走，阎小样担心着谷又黄，眼睛眨也不眨地看着职工医院的大门。这就看见了司机老展急匆匆走出门来，走到了吉普车跟前，打开了吉普车的车门。

阎小样问了："人怎么样？"

司机老展是个好脾气，说："开了刀咧。"

阎小样问："咋开刀呢？"

司机老展说:"急性阑尾炎,都穿孔了,不开刀怕出大问题。"

阎小样就很吃惊了:"啊!"

司机老展把谷又黄清晨提来的一个大提包取下车,提着又进了医院门。

阎小样呢,被一把手铐铐在吉普车里,她只有继续等待了。这样的等待是痛苦的。她像等待判决时一样,焦虑着、忧心着,神态就有些昏昏然了。

九

我不要,啥都不要。阎小样拒绝着,很坚决地拒绝着。她说:"我去省城赛歌,就穿我在县上赛歌的服装,我不要太多的服装。"

油老板顾长龙却不因阎小样的拒绝而放手,而是让跟着他来的阎小虎,给阎小样展示从省城订制的新的演出服装。

怎么说呢,这些订制的演出服确实好,不是阎小样在县城赛歌时穿的服装可比的。阎小样需要这些演出服,也喜欢这些演出服,但她是不能接受的——不能接受顾长龙为她添置的,尽管他很有钱。

顾长龙在旁边劝着阎小样:"别说你不要,去省城赛歌,不比小县城,没几身好行头,咋能出风头?"

阎小样自信地说:"我凭我的歌声。"

顾长龙说:"不错,是要有一个好嗓子的。可是呢,仅凭一个好嗓子就成了?没那么简单吧。老实给你说,现如今弄成个啥,背后没有一把硬手,就不要想成事。"

阎小样说:"你别胡说。"

顾长龙说："我胡说了吗？啊，你问你哥阎小虎，我胡说了吗？"

哥哥阎小虎在旁边帮腔了："你不能说老板胡说的。"

阎小样的犟劲上来了："我就说他胡说了。"

顾长龙却大人不记小人过的样子，接过了话说："对，算我胡说了。我不说了，让你哥说么。"

哥哥阎小虎便插起了话。他说："我该给你怎么说呢，打个比方吧，在咱陕北，顾老板有资格满陕北钻井抽油，别人就没资格了？不是呀，别人也是有资格的，大家都有资格，但偏偏是顾老板钻井抽油能弄下钱，别人怎么就弄不成呢？那是顾老板的背后，比别人多了一把硬手。"

阎小样不乐意听这些话，说："他是他，我是我，他与我无干。"

哥哥阎小虎不同意阎小样的说法。他说了："怎么与你无干？当然，如果只说钻井抽油，也确实是与你无干。但你参加赛歌会，是谁给你颁的奖，是谁给你献的花？是顾老板哩，顾老板花了钱了，资助了县上的赛歌会。还有，你在县上赛歌，穿的用的，哪一样不是顾老板掏的钱？就是你那个头名，不是顾老板给评委们使钱，你唱得再好，也拿不到！"

阎小样红了眼睛，她盯着她哥阎小虎看了。

有点儿心怯的阎小虎很怕阎小样那样看他，但却还说："我说的都是实情。过去，顾老板不让我给你说，今天，你都知道了，这不假，一点儿都不假。"

阎小样摇了一下头，又摇了一下头……她把自己从昏昏沉沉的状态中摇醒了。手上冰凉的铐子限制了她的自由，她就把头一下又一下地磕在吉普车前座的后背上。

梦里的事情，其实不是梦，而是现实中发生过的事。不过阎小样不愿意再想起罢了。

哥哥阎小虎当时咬牙要阎小样相信，他给她的演出服装，都是顾老板掏钱买的。顾老板给评委的红包，也是他给转送的。

也许，阎小样只有震惊了。

阎小样多想否认这个事实，但她否认不了。她必须承认，顾长龙和哥哥阎小虎说的都是事实。若不然，顾长龙不会那么理直气壮，不会那么不知廉耻。

老爸在窑洞里的炕沿上圪蹴着，嘴里咬着他的旱烟锅，一口一口地吞吐着呛人的烟云。

顾长龙笑了。他笑，是因为他来到阎小样的家里后，头一次观察到阎小样的无奈。他的目的很明确，就是要阎小样无奈。只要她无奈了，他的目的差不多也就实现了。开心笑着的顾长龙，不再与阎小样做言语上的较量了，他去了阎小样老爸的窑洞，把一摞红砖般瓷实的人民币，砸在老人家的炕边上。

顾长龙说了："我不能亏你。娃娃的娘亲去得早，你一个汉子抓养娃娃不容易，我得为你分担责任呢。"

口讷的老爸能说啥呢？他就只有不停嘴地抽旱烟了。

顾长龙却还说："你看么，娃娃现在都长大了，长得枪杆一样了。像你的大娃小虎，在我身边做事，你该很放心了吧？"

老爸抽着旱烟点着头。

顾长龙说："小虎在我身边，一月有一月的收入，贴到家里，家里情况好点儿了吧？"

老爸仍然抽着旱烟点着头，把他的头点得几乎像顾长龙油井上抽油的"磕头虫"。

顾长龙却还不停嘴地说："小虎不能总是单杆杆过日子，总得谈朋友的。还有你的碎娃小豹，听说争气得很，在县城中学读书，是摇了铃得好，考大学是没问题了。可现在的大学，剥人的皮哩，咱没钱就上不起。"

点头，点头，点头……阎小样的老爸在顾长龙滔滔不绝的话面前，就只有点头了。

这辈子只会受苦，不会说话的一个老人，这时候完全失了主意。他得承认，顾长龙说得都对，都是实话。可他很怕听这样的话。因为，顾长龙说的话，只有一个强烈的目的，那就是要老人答应，把自己花骨朵儿一样的阎小样嫁过去！这怎么能行呢？这两人之间，差着一辈人的年纪，顾长龙咋敢摆出娶他的女子阎小样的架势？他又岂能把女子阎小样嫁给顾长龙？

老爸的心在碎裂，他想："这太遭罪了！"

要想娶到阎小样，顾长龙知道，不是一时半会儿说得通的。他有这个思想准备，就撂下他带来的礼金，抛下回了家的阎小虎，独自一个人走了。在阎小样的家里，顾长龙连一口水都没喝，他却不觉得渴，倒还觉得甜，是那种润润的、能够甜到心里头的甜，因为他感觉得到，死死活活地，他是一定能够娶到阎小样了。

好事多磨，顾长龙是有这个思想准备的，要想阎小样做他的新娘子，先碰一鼻子灰是肯定的，就像信天游唱的那样：

> 头一回到你家，你呀你不在，
> 你家的大黄狗把我咬出来；
> 二一回到你家，你呀你不在，
> 你的妈打了我一呀一锅盖；
> 三一回到你家，你呀你不在，
> 你的爸把我骂呀么骂出来。

从阎小样的家里走出来，顾长龙就"咿咿呀呀"哼唱起这首信天游。一路哼一路唱，他竟不由自主地笑起来了。

在保安县城练着歌时，阎小样就已经被顾长龙搅扰了。为了躲避干扰，王厚草老师就给她安排好课业，让她回了阎家沟，在家里安心练。不承想，顾长龙跟腿儿撵到了她的家里来，明目张胆地要娶她做新娘。

岂有此理。愤怒的阎小样，对走出她家门的顾长龙吐了一口唾沫，她在心里骂："死了你的心吧！"

走了顾长龙，留下了阎小虎。

阎小样的这位哥哥留在家里的任务就只有一个——逮住机会劝说阎小样。他给她说："不要犯傻，这是机会呢。社会上美女多了去了，有钱的老板却不多。老板只要张嘴，啥样的美女都娶得到。也是顾老板好听信天游，你的信天游唱得好，看上了你，是你的福气哩……"原来不咋会言语的哥哥阎小虎，为他的老板帮起腔来一套一套的，真要让阎小样刮目相看了。她烦阎小虎的腔调，他说不完几句话，她就恶声恶气地顶回去。阎小样说："你爱做顾长龙的狗你做去，我是我，有没有福气我自己受，不要他的，他要给，我就当尿壶踢……"老爸不劝阎小样，也不反对阎小虎。老爸的窑洞里，一个晚上，又一个晚上，灯就不灭，老旱烟燃烧的味道，在老爸的窑洞里浓浓地飘荡着。

老爸就说："我嘴里没味了，一点点味道都没有。"

老爸说得没错，这些个日子，过去狼吞虎咽的他，没了胃口，吃饭像尝饭，苦焦着一张脸，就没有别的啥话说。

想不到，乡上的书记和乡长也来了阎小样的家，找阎小样的老爸说话，磨着嘴皮子，要阎小样的老爸不可失了主意："把顾长龙给咱拉住了，紧紧地拉住，咱们乡上就占大便宜了。大财神哩，谁家都想拉住的，他们没条件，咱有了，咱就不能放手。"

阎小样的老爸给乡上领导让着老旱烟，就还只说："我嘴里没味了，一点点味道都没有。"

乡上的领导前脚走，县上的领导后脚就到，说的话如出一辙——县上经济发展，顾长龙立了大功。

阎小样的老爸还是那句话："我嘴里没味了，一点点味道都没有。"

便是阎家沟最亲阎小样的邻家小嫂子，也登门劝说阎小样了。

大家都劝阎小样："从了吧，不吃亏的。"

阎小样咬着牙不吭声。拖到后来，老爸不说他嘴里没味了。一天夜里，阎小虎手拉着老爸，到了阎小样的跟前。阎小虎说了句"求你了"，就双膝跪在了阎小样的面前。

阎小样背过了身，她没有答应哥哥阎小虎。

阎小样说了，让弟弟阎小豹回来，她听弟弟一句话。

阎小豹就回来了。

和阎小豹一起回来的，还有辅导阎小样的王厚草老师。阎小样问："弟呀，你说姐该咋办呢？"

弟弟没说姐该咋办。他只坚决地说："姐，我不考大学了。"

阎小样的眼睛里弹出了一滴泪花儿。弟弟阎小豹的这一句话，让她没法不答应顾长龙，不能拒绝做他梦寐以求的新娘了。阎小样对她的哥哥阎小虎失望了，对老爸也失望了，她还能对弟弟阎小豹失望吗？不能啊，如果阎小豹不说他不考大学的话，阎小样是扛得下去的。光天化日，阎小样不答应，顾长龙还能把她抢去不成？他最大的能耐，就是使钱请说客……来吧，都来游说她，大不了，阎小样退出省城的赛歌会，谁还能再说啥？

王厚草老师也是说客吗？阎小样不知道，而且也不需要知道了。慈祥得像母亲一样的王老师，似乎猜透了阎小样的心思。王老师到了阎家沟阎小样的家里，把阎小样拉进怀里来，用手一遍遍地抚摸着她的头发，看她有泪弹出，就用手给她抹去眼泪……王老师啥话都不说了，她只坚定地给阎小样说："咱不要把练歌耽误了。"

王老师拥着阎小样，说："跟老师回县城去，咱好好练歌，去省城也红上一把。"

十

悲愁满面的宋冲云从医院的大门里出来了。

孤单地被锁在警用吉普车上的阎小样，在想心事的同时，看着到处都是运煤车辆的店头镇，心头没来由地生出一些慌乱。在陕北，阎小样知道，富足和奢侈的油老板们是一个群体，富足和奢侈的煤老板们是又一个群体，他们构成陕北的一个新阶层。不能说他们不好，但也不敢恭维他们的好。常有消息曝光，说煤窑下冒顶透水了、瓦斯爆炸了……出一次事故，就有一批矿工遇难。有人就说，黑宝石一般晶亮的煤炭，是用矿工的鲜血染成的。阎小样拒绝想这些问题，可这些问题却不请自来，充塞她的思绪，她就只有痛苦了。看着满载煤炭的运输车辆迅疾地从店头镇的大街上驶过，腾起一股一股的黑灰，阎小样悲伤地发现，眼前的人和物，都沾染上了浓厚的煤灰色。便是锁着她的那辆吉普车，此时也已蒙上厚厚的一层煤灰。

宋冲云出了医院门，每走一步都要回头看一眼。

这一切，就都通过被煤灰覆盖的车窗玻璃，映入了阎小样的瞳孔。她的目光随着宋冲云，直跟着他来到吉普车前。她看他嘬着嘴，使劲吹去车门把手上的煤灰，打开了车门，取出他的提包，从中找出一件夹克衫来，换下他身上那件深蓝色的制服，然后，打开把她锁在车内把手上的手铐，让她下了车，又把刚才打开的那一端手铐，锁在他的一只手腕上。

宋冲云用命令的口气说："走，搭长途客车走。"

阎小样就很乖觉地跟上走了。

阎小样不知道，宋冲云已经打电话请示了他的上级。鉴于谷又黄病急需住院手术，留下司机老展在医院照料，宋冲云将独自一人押解阎小样，搭乘普通客车去省城的女监。

老实地跟随宋冲云向前走着，阎小样的心里还记挂着谷又黄。她问："怎么样呢？人不要紧吧？"

宋冲云不想有人问他这个问题，他说："少管闲事。"

阎小样却还固执地坚持着自己的想法，说："这时候你不能走的。我看出来了，你们是相好的一对子，她在医院做手术，你咋能一走了之？这不对呀，不是你离开她的时候。"

应该承认，犯人阎小样的话说得对，在这个时候他是不该离开谷又黄的。既然他们的恋情还没有确定下来，那他留在医院也是个机会呢。可他没有办法，他向上级组织反映了情况，是组织安排老展留守医院，让他押解人犯的。

宋冲云心里对组织有意见，可他知道组织也是无奈的。司机老展只是协警，没有押解罪犯的资格，就只能留在医院照料谷又黄了。阎小样赶着点儿质问他，质问得很对。正因如此，就惹得他很心烦，也就对她的关心很不领情了。

宋冲云说话的口气很冲。他说："操你自己的心就行了。"

一句气话既出，宋冲云倏忽想起乘坐普通客车押解人犯的纪律，是有必要给阎小样宣讲一下的。于是，宋冲云说了："从现在起，你不要说一句话，也不要乱动，一切听从我的管教。你要牢牢记住我的话，你的每一句出格的话、每一个出格的动作，和由此引发的问题，都会成为你的新罪行，都会增加对你的新处罚。"

阎小样老实地听宋冲云说，不再说话了。

但有一个强烈的感觉在阎小样的心里激荡着。她看出了宋冲云的不愉快，他对她的态度，凶是凶了点，却绝对不是冲着她来的。这就是女孩子的敏感了，她理解宋冲云——一对有情有义的人，在一方住院做手术这样的关键时刻，另一方不能守在病床前，还要押解一个女犯离开，怎么说都是一种痛苦。

阎小样不敢多想，一种毫无来由的悲伤从心头涌起，她流泪了。

一路上，阎小样的心里泪汪汪的。她看见熟悉的沟河、熟悉的坡梁、熟悉的一棵树一棵草时，触景生情，心里总是泪汪汪的，眼睛里却很少流出一滴泪。阎小样想过了，在保安县的监狱里，她流了太多的泪，她把泪水流干了，不会流泪了……可是眼下，她眼睛里流泪了。阎小样是觉出了自己的委屈吗？好像是，又好像不是。她是从宋冲云和谷又黄的身上，想到了自己——都是年轻人，他们是多么自由啊！又是多么幸福啊！而她阎小样呢，太不幸了。

一切的不幸，都缘于油老板顾长龙看上了她，她嫁给了顾长龙。

新婚那天，顾长龙为阎小样举办的婚礼是盛大的。保安县城也大为轰动，张灯结彩。人们笑逐颜开，一张张喜悦的嘴巴，说的都是恭喜、赞美的话。县委书记来了，县长来了，县上有点儿身份的人都来了……自然了，来的还有阎小样的老爸、哥哥、弟弟，以及阎家沟她的邻家小嫂子和众多乡亲……这一天，阎小样坚持不穿婚纱。她铁定了心，一切都按陕北民间的婚俗进行。因此，邻家小嫂子就做了娘家的送女婆姨。当然，这也是阎小样的主意，她只要邻家小嫂子做她的送女婆姨。从清晨坐进花团锦簇的轿车，直到举办婚礼，步入洞房，阎小样的手拉着邻家小嫂子的手，就没松开过。

阎小样坐在轿车上时，就对邻家小嫂子说："我怕。"

邻家小嫂子就乐了起来，她是不解的，说："怕啥的怕？咱又不是跳穷坑，咱进的富窝窝，咱有啥怕的呢？"

在县城招待所的礼堂举行结婚仪式，惊天动地的炮仗炸飞的时候，阎小样又对邻家小嫂子说："我怕。"

邻家小嫂子免不了俗，前来参加婚礼的来客都免不了俗。谁都认为阎小样跌进了富窝窝，后面有她享不尽的福。如今的风气就是这样，是个人，都想攀个富亲戚的，何况她阎小样，彻底嫁了个富男人。大家都真诚地祝福着阎小样。县委书记、县长现场讲话，说阎小样和顾长龙是百灵鸟配财神，百年好合、千年幸福。还有与会嘉宾推出的代表，所祝愿的，也是如意吉祥的话。后来，人们把阎小样的老爸也推上台子来为阎小样祝福了。老人家喝了两杯酒，脸红脖子粗，站在台子上，手拿着麦克风，半晌说不出一句话来，大家就都鼓掌了。热烈的掌声激励了阎小样的老爸，他很大声地说话了。

阎小样的老爸说："我高兴，大家高兴。"

老爸是真高兴呢。高声大嗓地喊出这句话后，就又精神十足地下了台子，坐在婚宴席桌的中心位置，左边是哥哥阎小虎，右边是弟弟阎小豹，一家人坐在一起，大家都高兴着。

邻家小嫂子显然看见了这一切，她给说"怕"的阎小样耳语："你看啊，你老爸你哥你弟弟，都那么高兴，你怕啥呢？"

婚礼正进行着，婚宴大厅的一边突然爆发了一阵小骚动，有人吵了两声，哭了两声，又迅速地被人制止了。阎小样的耳朵不聋，她听得出来，那尖利的吵叫和哭喊声，是被顾长龙离弃的前妻弄出来的。于是，她不由自主地抖动着身子。

阎小样再一次地给邻家小嫂子说："我怕。"

邻家小嫂子就还只能劝说阎小样："好了，我的妹子呀，一会儿就入洞房了。到了洞房你就不怕了。"

雕龙画凤的一对大红蜡烛，就在阎小样的洞房里燃烧着。这是一栋由两层楼房改成的跃层式住宅，大红蜡烛燃烧着，漂亮的枝形彩灯也亮着，已经夜深如墨，屋子却被照得一片通明。阎小样孤独地坐在进门的大客厅里，身上依然还是她在白日婚礼上穿着的大红衣裙。在这个称作洞房的跃层式住宅里，正如邻家小嫂子所说，阎小样不怕了。她送走了前来参加婚礼的老爸、哥哥和弟弟，以及邻家小嫂子和众多亲戚邻里，便孤身一人留在洞房里，等待一个结局。

阎小样想着，顾长龙进了洞房，想要沾她的身子，她就和他打，她不要顾长龙沾她的身子，强要都不给。如果她不是心甘情愿，谁能上得了她的身子？除非把她打昏过去，他是甭想得逞的。

洞房里的阎小样，就是抱着这样一个信念等着顾长龙的。

油老板顾长龙太高兴了。婚礼上频频与人举杯，白酒、红酒、啤酒，来啥是啥，来者不拒，他都很是痛快地喝了……客人已经走完了，剩下了他的几个狐朋狗友，拉拉扯扯地又去了哪里，是不是又喝上了，阎小样是不知道的。到天黑时，为她做辅导的王厚草老师来了。

在白天的婚宴上，阎小样没有见到王厚草老师，她当时是有些遗憾的，同时还有些安慰，觉得王老师知道她的不快活，不愿看到她的不快活，因此就没来。晚上了，王老师一个人来，抑郁的阎小样心情好了一点儿。

王厚草老师还带了礼品，装在一只精美的盒子里，阎小样接过，埋怨王老师："你带什么礼物嘛。"

王厚草老师就说："是你的喜日哩，哪能不带？"

这是什么话？阎小样不很理解王老师了，说："喜日？我的喜日？"

王厚草老师说："是啊，是你的喜日。"

阎小样说："老师你也这么看？"

王厚草老师说："别犯傻，你有依靠了。以后呢，老师有啥求你的，你可不能拒绝。"

阎小样的心冷了。不知道这人都是怎么了，眼里似乎只剩下了钱。她被油老板顾长龙使钱娶进门，她就幸福了？唉，人啊！阎小样可不是这么想的。她不仅心里不快活，甚至还埋藏下了深深的恨意，恨有钱的顾长龙，还恨这样的社会风气。

原来她是有许多话要与王厚草老师说的，说了这么几句，就一下子没了话说。阎小样几次起身，只是一遍遍地给王老师的茶杯里续开水，到茶叶喝得淡了，没有味道了，王老师就起身从阎小样的洞房里走出去了。

洞房里的大红喜烛快要烧到根儿上了，阎小样还是一身的大红衣裙，坐在客厅的沙发上。有电视也不开，脑子里先还想这想那，这时啥都不想了，也想不起来，满身心都是一片空白……房门的锁孔，就是这时候起了动静的。

当时呢，阎小样吃了一惊，恍惚想起大白天与她拜堂的是顾长龙，这才醒悟，大概是喝高的顾长龙回来了。

他应该还是醉的吧，钥匙在锁孔上丁零当啷戳弄了好一阵，这才把门锁打开。扑进门来的他，果然是一身酒气。和他一起扑进门来的，还有远处不知哪个人唱的信天游。阎小样听得清楚，那隐隐约约的几声信天游，是她此刻最不想听到的《嫁老汉》：

> 你爸你妈爱银钱，
>
> 把你嫁给个老汉汉，
>
> 又抽洋烟又要钱，
>
> 耽误了你的青春好年华。

也不知道顾长龙听到这首信天游没有，扑进门来的他，竟然不知道关门，就嘴里喊着"宝贝，我的宝贝，想死我了，宝贝"，直往阁小样的身上扑。阁小样躲了一下，顾长龙没扑着，肥大的身子就扑在了沙发上。这是套做工考究的布艺沙发，扑趴在沙发上的顾长龙，立即就打起鼾声。阁小样以为他可能就这么沉睡下去了，就去关还大开着的房门。不承想，顾长龙从沙发上挣扎着爬起来，从身后拦腰抱住了阁小样，嘴里又"宝贝，宝贝"地叫着。这使阁小样无比反感，她使足全身的力气，把抱着她腰身的顾长龙拐了一胳膊肘。也许是酒醉的原因吧，顾长龙又轻又飘没有一点儿力量，当下就被阁小样拐了出去，向侧面倒下，他头的一侧，也就是太阳穴，重重地撞在了铁艺大茶几的尖角上，整个身子软软地滑在地上。

　　阁小样看见了血，也就是一点点的血。她没有想到顾长龙会死，便关了房门，上楼进了主卧室，往宽大的席梦思床上一靠，不知不觉地睡过去了。

　　天明醒来，阁小样从跃层的主卧室里出来，看见楼下的客厅里，顾长龙还横卧在铁艺茶几旁，她就觉得不妙。从楼梯上下来，去扳顾长龙时，他已经浑身冰冷，硬成一根冰棍儿了！

　　阁小样心跳发慌，她手指颤抖着拨通了110。

十一

　　黑色面料的夹克衫上，织着一道道的白纹，还有拉链和口袋上的皮饰，在阁小样的眼里都是那么熟悉。现在这件熟悉的夹克衫就穿在宋冲云的身上，阁小样却想起县城赛歌会上那个后生。那天晚上，早于阎小样出场的后生，就穿了这样一件夹克衫。

这个可怜的后生呀！其实呢，他是有资格取得赛歌会头名的。当然，阎小样也有这个资格。只是后生没有油老板顾长龙背后使钱，他不幸落选了，而阎小样有顾长龙在背后使钱，她有幸获选了。后生不知道这些背后的猫腻，还满心为她阎小样高兴，殷勤地与她交往。同样不知道背后猫腻的阎小样，当初甚至有点儿喜欢他呢。如果照此发展下去，他们二人走到一起，是很有希望的。后来就出了阎小虎打人的事，接着又出了顾长龙提亲娶她的事，本可以顺利发展下去的关系，便遭"腰斩"了。

普通客车上，人挨着人，人挤着人。一把手铐铐着宋冲云和阎小样，两人好不容易挤到客车的后座上，觅得一个位子，便紧挨着彼此坐了下来，任凭客车颠簸着向前走了。

宋冲云的夹克衫，让阎小样走了一会儿神，很快地，她又回到了现实中。

阎小样偏了一下头。

阎小样是想看一看宋冲云，看他撇下意中人谷又黄，和一个致夫亡命的女犯同坐一辆普通客车，会有什么表情。宋冲云的脸是阴沉的。他不说话，阎小样也只好阴沉着脸，不说话了。

是宋冲云的手机吧，"吱嘎"一声响。

宋冲云当时没有取出来看，隔了一会儿，又是"吱嘎"一声响，宋冲云就从裤子口袋里掏出了手机，打开来看。他这一看，阴着的脸突然放晴了，竟然有了难得一见的喜气。

阎小样小心地捕捉着宋冲云的情绪变化。当她发现宋冲云脸上的喜气时，就不由自主地，一双眼睛也去看宋冲云打开的手机屏幕。

手机的屏幕上是一条短信哩。

是谷又黄发来的短信吗？阎小样心想，一定是的。现在的宋冲云，也许只有收到谷又黄的短信，才可能面露喜气。无论如何，宋冲云都是操心术后的谷又黄的，有短信交流，对双方来说，无疑都是个很好的安慰。

阎小样想得没错，宋冲云收到的就是谷又黄的短信。

"知道我现在最想什么吗？我最想放屁了。听医生说，屁一通就什么都好了。祝一路顺利，我等你回来。"

心情颇感安慰的宋冲云，高高兴兴地看了短信后，就又在他的手机短信库里翻找着，找了一条，给谷又黄回了过去。过了不长时间，宋冲云就收到了谷又黄的回信。

是个什么样的回信呢？阎小样在宋冲云手机又"吱嘎"一声响起提示音时，留心着手机屏上的新短信。可她看不到了，宋冲云背过身去，躲着阎小样，自己看了。

阎小样感到了自己的无趣。怎么能偷看人家的短信？不过又一想，谷又黄太不容易了，甚至堪称坚强——刚做完手术就能撑着发短信，真是难为她了。

独自看着短信，宋冲云轻启了一下嘴唇。也就在这个时候，有一把亮闪闪的短刀逼在了宋冲云的眼前，同时他还听到一声断喝。

那声断喝是尖厉的："掏钱！快，把钱都给我掏出来！"

坐在客车后座上接收短信、发送短信的宋冲云，以他警察的敏感，早就发现了那几个车匪了。他们是在行车途中拦住客车上来的，先还老实地待在车厢里，过了一会儿，就都不老实了。他们中的一个瘦子，拿出三张扑克牌，有梅花尖、红桃尖和黑桃尖，倒来换去，让旁边的人猜。猜中了，瘦子给人十元钱；猜错了，别人给瘦子十元钱……猜了几番，可能是他的同伙，吵吵嚷嚷，就把十元的筹码升到二十元、三十元……好像是，"坐庄"的瘦子手气特别差，不断地被人猜中，瘦子就不断地往外输钱……这样的把戏，别说是侦查经验丰富的宋冲云，就是客车上的乘客差不多也都识破了，几个同伙就很无趣地自己玩着。不过，他们玩得越来越没耐心，贼一样的眼睛，在乘客的脸上扫来扫去，这就看到了车后座上的宋冲云……

那个时候，宋冲云尖利的眼睛也正看着他们。这样的两种目光接触上，势必会碰出火花来。

为那第一条短信乐着的阎小样，没有注意两种目光的碰撞。她正在想，谷又黄会发一个什么样的短信来呢？

恰在此时，瘦子一伙收起他们图谋骗人钱财的勾当，向客车的后座逼来了。

宋冲云没有被逼到眼前的短刀吓住，他甚至很是轻蔑地冲着短刀笑了一下，告诉他们："看明白了，我没钱。"

手握短刀的人，被宋冲云的镇定弄得有些羞恼。于是他把短刀向宋冲云逼得更近了一些，声音也更狰狞了一些。

车匪叫嚣着："别废话，小心我做了你！"

车匪之所以把矛头直接对着宋冲云，那是因为他们看清楚了，在这趟客车上想要弄到钱，是必须把这个人先拿下的。他太特殊了，高大、阳刚，很有些英武之气。尤其是他的那一双眼睛，在看他们玩骗人把戏时，每瞥他们一眼，就让他们心虚十分。瞥到最后，那目光就像他们当时还藏在身上的刀子一样，把他们的衣服皮全都剥了下来，让他们精光光地暴露在了众人面前。

宋冲云说的还是那句话："我没钱。"

宋冲云这么说话，是在拖延时间。他自己也在寻找机会，准备教训车匪了。这是他身为警察的责任，他不能让车匪再嚣张下去。当车匪的短刀几乎逼到宋冲云脸上时，他伸出那只没戴手铐的手，一把攥住车匪持刀的手腕。阎小样还没看清是咋回事，就见车匪的短刀掉在车厢地板上，整个人像只被夹住尾巴的老鼠一样蜷缩起来，嘴里的嚣叫变成悲惨的哀号。同伙里的其他人见状围了上来，一个剃了光头的家伙，挥舞着另一把短刀，向宋冲云身上刺来了。阎小样看得真切，她大喊一声"住手"，自己则如一只冲动的小兽，挺身而出，挡住了刺来的短刀。

阎小样感觉到，她的右大臂上被烫了一下似的，跟着，就有鲜血渗透衫袖往外流了。

宋冲云放开了他手抓的那个车匪，车匪们惊恐地退到了车门口，叫喊着停车。客车司机听话地停了车，让一帮车匪下了客车，向着四野逃遁而去。

满车的乘客，这时候才如梦方醒，纷纷站立起来，对着逃遁了的车匪的背景喊"打"。"这太可恶了，光天化日之下，竟敢骗人还持刀行凶，谁给他们的胆量呢？无法无天，抓住他们，不能让他们跑了！"有几个血性充沛的汉子，摩拳擦掌，相互呼应着，就要冲下车去抓车匪了。就在这个时候，终于有人发现了阎小样手臂上的伤。

惊呼声随之而起："啊！流血啦！"

同时又有人惊叫："前面就是南泥湾，那里有医院，快到那里去看看怎么样了，包扎一下。"

这时的宋冲云，一只手紧紧握着阎小样受伤的大臂，可他的大手，不能阻住涌流的鲜血。于是，他也催促客车司机加快速度，到南泥湾的医院去，给阎小样包扎伤口。

流着血的阎小样显得俊美而娇弱。

宋冲云解开手铐，半拥着娇弱的阎小样，这又使阎小样感到莫名的快慰和幸福。他俩双双下了漆皮斑驳的客车，在南泥湾的医院里做了紧急检查和处理。幸好车匪的短刀不是太锋利，没有伤着阎小样的筋骨和主动脉。宋冲云听到这个检查结果，长长地舒了一口气，就由着医院的医生，在阎小样的伤口上缝了几针，上了些药膏，包扎了一下，就又重新铐起阎小样，带她上了那辆等在医院外的客车。

正是秋熟时节，陕北红军的三五九旅当年在南泥湾开垦出来的荒地，经过许多年的耕种，现在已是非常成熟的耕地了。沿着河川的平地上，栽着吐穗的水稻；两边的坡地上，则点种了玉米和谷子，也都吐穗扬花了。客车穿行其中，就有阵阵的稻香和花香不可阻挡地钻进车厢来，让人产生一种欲醉非醉的美妙感觉。

十二

阵雨隔犁沟。宋冲云和阎小样搭乘的客车，还在"如诗如画赛江南"的南泥湾川道上行驶的时候，只见湛蓝湛蓝的天空上，有一朵飞速飘移的黑云，从前方的山尖上翻滚而去……有经验的人知道，前头哪个地方，是有一阵暴雨要降临了。

果然是，客车越是往前行驶，前头的路面越是泥泞，快要行驶到黄龙县城的时候，前头玩儿命驰动的车辆，都变成了刀戳的野猪，"吭吭哧哧"喘着粗气，靠在路边停下来了。

宋冲云和阎小样乘坐的客车，没有长翅膀，飞不过越停越长的汽车阵，只好挨着前头的汽车屁股，极不情愿地停了下来。司机下车探问了一番，带回来的消息是，暴雨使前头的一段黄土崖滑坡了，黄龙县正在组织力量，全力以赴地清除黄土，疏通道路。

这是个谁都不想遇到的问题。乘客中便起了怨言，许多都是"官摊话"，骂一骂，消解一点儿心头怨气，也就罢了，是不伤人的。但有个别的言语就不同了，矛头直指乘坐的客车和驾驶客车的司机。

有人说了："妈那个脚，咋坐了这么一辆车，倒霉！"

有人说了："人心黑啊！车匪骗子上车骗人行凶，车主儿倒装得镇定，该不是合伙弄人钱吧？"

宋冲云是有同感的，但他知道自己的使命，就闭着嘴，没有插话。要在别的情况下，他是要站出来，和这辆客车的司机理论一番的。他不能让车匪在他的眼皮子底下犯罪，还伤了他押解的犯人，然后又从容地逃遁。这是什么事儿呀？他还是个保护人民群众生命财产安全的警察吗？

因此，宋冲云看上去，是很羞恼的。

再看阎小样，人家女孩儿虽然身负重罪，是他押解的一个犯人，可在关键时候表现出来的勇敢和无畏，真是要让他汗颜的。试想一下，如果不是阎小样挺身而出，阻挡了车匪刺来的短刀，受伤的就该是他，而且从方向和高度判断，刺来的位置该是他的心脏了。多么危险啊！

啊！不敢想，不敢想。

押解阎小样的宋冲云，对阎小样就只有抱愧了。

宋冲云抬起头来，眼睛看着阎小样，很想对她说几句宽心话，却听见客车前头涌起一阵小小的骚动。是司机呢，他从驾驶座上站起来，怒目一瞪，很是霸蛮地扫视着车上的乘客。

司机的眼睛就如车匪手里的短刀，扫到哪里，哪里的乘客就矮下了一截子。

司机恶狠狠地问："谁说倒霉了，啊？大声说，我给你退钱，你下车去！"

避重就轻，司机不和骂他与车匪合伙的人较劲，却揪住自认倒霉的乘客发威。对阎小样抱愧着，又对司机抱怨着的宋冲云听不下去了，也看不下去了，便于乘客纷纷低头的空当，"嚯"地从客车后排的座位上站起来。手铐连着宋冲云和阎小样的手腕，在宋冲云十分冲动地站起时，也把阎小样带了起来。受了伤的阎小样不堪承受宋冲云这一带，撕扯着她刚缝合好的伤口，她痛得大喊起来。

正是阎小样疼痛难忍的喊声，提醒了宋冲云，使他发热的神经冷静了下来。但他还是睁着一双愤怒的眼睛，从乘客们低着的头顶看过去，与司机的怒目碰在了一起，碰得火花四溅。可也仅限于此，四目相碰了一小会儿，司机的眼神变化着，不是那么冷硬了。

多年上路跑车，司机该是一个见多识广的人。今日他在自己驾驶的客车上，能与任何一个乘客闹矛盾，却绝对不能与宋冲云闹意见。他看得出来，小伙子不是个善茬儿，而且人家同伴是在他的车上受的伤，他有不可推卸的责任。追究起来，够他"喝一壶"的。可是人家一直没有追究他的责任，这叫他自然就气短了。

眼神的变化，迅速传达到了面皮上。司机笑了，对着怒目相向的宋冲云，说："玩时尚啊。我知道，如今的小情人，时兴这一套，叫什么来着，情侣铐吧？"

司机的一句话，把宋冲云说了个大红脸。阎小样白嫩的面皮上，也烧起一片火烫的红云。

车厢里的气氛，因此和缓下来，大家的脸上就都有了轻松的一笑。接着有人建议把车门打开，大家到车外透透气，呼吸一下新鲜空气。

这个建议得到了司机的认可。他在驾驶室里拧了一下一个黑塑料壳的旋钮，"扑哧"一声，原来关着的车门，"哗啦"大开，大家相跟着下了车。

宋冲云脸色还红着，他问阎小样："咱也下去吗？"

阎小样似乎另有隐情，她也脸红着，蜂鸣一样，对宋冲云说："我是急了，很急的呢！"

宋冲云听懂了阎小样的隐情，女孩儿家，是要方便了。这是个问题呢，一路上早先有谷又黄在，阎小样需要方便，就由谷又黄陪着她一块儿去。现在怎么办？莫非还要他宋冲云陪着阎小样去了？这不能够。宋冲云在心里想着，还没想出个办法来，却已掏出一把小钥匙，插进手铐的锁孔里，为阎小样打开了手铐。阎小样却没有动，拿眼看着宋冲云，像是在问，你不怕我逃跑了？宋冲云也不回避阎小样的目光。他也用他的眼神告诉阎小样，我相信你。目送着阎小样爬上公路边的土坎，走到高处的一丛荆条后边，宋冲云把他的头拧转了过来。他感到自己的唐突。怎么能目不转睛地看着女孩儿阎小样方便呢？呸，不嫌害臊！在心里责骂着自己的宋冲云，似有一分不安。他不断地跺着脚，等方便完毕的阎小样从荆条丛的后边站起来，走下土坎，来到他的身边，他好再用手铐把阎小样铐起来。

"情侣铐！"司机那句解嘲的话，一直还在宋冲云的耳际萦绕着。他不能在乎别人说什么，他必须用手铐把他和阎小样铐在一起，这是一种职责，神圣的警员职责。

时间够长了吧？

就是尿银子、屙金子，躲在荆条后面的阎小样也该站起来了。可是没有。不好意思看，又不能不看的宋冲云，偷眼儿向隐藏着阎小样的那丛荆条看了几眼。一直不见阎小样站起来，宋冲云就有些急了，两眼便都盯在了那丛荆条上，却还是看不到阎小样站起来，甚至不见那丛荆条动一下……她是怎么了？

宋冲云不敢想，他怕阎小样借着他的信任，真的逃跑了！

这可不得了！

无法再等下去的宋冲云，从公路旁的土坎爬上去了，也向那丛荆条走了过去……是的，宋冲云担心极了，心缩得像一颗蔫核桃了。正在他就要钻到荆条里时，忽然听见更高的坡梁上，传来了阎小样唱响的信天游。

阎小样唱的是《蓝花花》。

保安县城举办的赛歌会，宋冲云约谷又黄看过了，对于取得冠军的阎小样还是很佩服的，尤其是她在舞台上演唱的《蓝花花》，声情并茂，不仅打动了评委的心，台下观众的心，也都被她切切实实地打动了。

现在，阎小样把大地做了她的舞台，把高天做了她的幕布，她在满坡满塆的花草丛中，尽情地演唱着了。她唱得真是好啊！一曲《蓝花花》唱罢，公路上阻滞的车流中，车里的人和车外的人群，全都鼓起掌来。这是自发的掌声哩，热烈而持久……其中，就有热情的人高呼大叫，问大家："唱得好不好？"大家就都异口同声地应："好！"热情分子就又高呼大叫："再来一个要不要？"大家就还异口同声地应："要！"

在坡梁上唱着信天游的阎小样，听见了大家的喝彩，她弯下腰，采着脚前脚后蓝透的蓝花花和火红的山丹丹，采下一束后，就用没有受伤的臂膀高举起来，朝着向她张望的宋冲云摇着……她看到宋冲云的鼓励了，于是，就在坡梁上铺天盖地的花草丛里又唱起来了。

这一次，阎小样唱的信天游是《老祖宗留下个人爱人》：

> 六月的日头腊月的风，
> 老祖宗留下个人爱人。
> 三月的桃花满山山红，
> 世上的男人爱女人。
> 天上的星星排队队，
> 大哥哥都有干妹妹。
> 骑上个骆驼风头头高，
> 人里头就数咱们二人好。

掌声……掌声……热烈的、持久的掌声……宋冲云看见，拥堵的盘山公路上，都是鼓掌的人，有一些人呢，还爬到了汽车车顶上，又是鼓掌，又是狂喊……可以肯定的是，在这受困的路上，还能够听到那么纯正、精彩的信天游，大家不能不为之鼓掌了。

宋冲云也情不自禁地为阎小样鼓掌了。而且，他还感到眼睛里热喷喷的，似有泪的涌动……他警告自己，忍住，必须忍住。

十三

从满是花草的坡梁上下来，阎小样用胳膊受伤的那只手捧着她采来的蓝花花和山丹丹，腾出另一只手来，送到宋冲云的面前。那个意思，宋冲云是知道的，就是要他再把她铐起来。

这是对的，作为犯人，阎小样是该被铐起来的。

阎小样有这个自觉，这很好。可是宋冲云却没有铐上她，而是把他刚从附近山民手上买来的鸡蛋和黄瓜什么的，塞进了阎小样的手里。

宋冲云说："饿了吧，吃点儿。"

阎小样手捧着鸡蛋和黄瓜，心头有些堵，她哽咽了，说："吓着你了？"

宋冲云也不客气，说："是哩，你吓着我了。"

阎小样就还笑了一下，说："你别害怕，我不会乱跑的。我只是想唱信天游。不晓得以后还有没有机会再唱。"

话头说得沉重了。宋冲云想要调节一下，说："怎么会没有呢？放心吧，还有你唱的机会哩。"

阎小样就很欣慰地吃起了鸡蛋和黄瓜，吃着还说："我想听你讲，我的信天游唱得好吗？"

宋冲云也吃起鸡蛋和黄瓜了，他点着头说："好着哩，好着哩。"

因为路边崖体滑坡，受阻的车辆越来越多。车辆中来得早的，已经熬了四个多小时。前不着村，后不着店，受困于公路上的司机和乘客，饮食是个问题了，大家又饥又渴。附近的山民看到了这一商机，便煮了鸡蛋，摘了黄瓜、西红柿，拿到公路上来兜售了。还有扛着瓶装纯净水的山民，一拨一拨向公路上走来。来了就有人买，尽管东西都加了价，甚至贵得离谱，人们却还买得很利索。

盘山而卧的汽车阵之间，在这个时候，穿插着聚拢起草草吃喝的人群。大家议论着前头的塌方险情，又议论着唱信天游的阎小样。阎小样从离自己很近的一些人嘴里听得到。

他们说了："嗓子太亮了，像摇响的铜铃铛。"

他们说了："看啊，你看么，人家……人家是什么，是一对对吧。"

瞎说八道。阎小样和宋冲云在心里排斥着他人的议论，却都没有从嘴里说出来。在这样的情况下，便是与人说，大概也是说不明白的。

有胆子大的人，来给阎小样献花了。也是从坡梁上采来的蓝花花和山丹丹……只一会儿的工夫，便来了八九个人，他们献的花，与阎小样先前采来的花堆在一起，几乎要把阎小样埋起来。

幸运的是，前头的塌方清理完工了。

受困于山野的汽车，又都缓慢地向前蠕动了。这时，太阳已经落山很久，如丝如缕的夜幕，黑沉沉地笼罩了整个山地。蜿蜿蜒蜒的汽车阵，前看不见头，后看不见尾，只有亮着的车灯，像一条明亮的火龙，在曲里拐弯的山道上，逶迤前行。

车过灯火通明的黄龙县城，有些汽车滑出了长长的车龙，钻进了喧嚣的县城街道；更多的汽车，依然开足了马力，向着前方疾驰。

宋冲云、阎小样乘坐的普通客车过黄龙县城时，连车速都没减，迅速地穿城而过。它的目的地是西安。因为滑坡受阻已经耽搁了不少时间，那位曾经十分霸蛮、后来又有点儿自嘲的司机，现在聚精会神地两眼直视着车窗前方，加速了，减速了，左打一把方向，右打一把方向……车上的乘客，在这样的情况下，也没了抱怨和不满。车厢里鸦雀无声，只听见汽车的四轮碾压着沥青路面，向前滑动时发出的"吱吱"的摩擦声。

已是深夜两点钟了。

宋冲云和阎小样他们乘坐的汽车，这才驶进了西安城北汽车站。疲惫不堪的乘客鱼贯而下，拖着各自的行李，走出了汽车站的大门，只剩下宋冲云和阎小样，还待在熄了许多大灯的候车室里。

阎小样抬眼看着宋冲云。她的身份她知道，在这里，她是不能说话的，唯一能做的，就是听从宋冲云的安排。

女监就在距离城北汽车站不远的地方。高墙上安装的探照灯，在黑漆漆的夜里显得特别刺眼，一会儿扫向东，一会儿扫向西，强烈的光柱像是一把飞扫的钢刀，把沉沉夜色割得支离破碎。

宋冲云朝着女监的方向看了一眼，有点儿无奈地说："今晚，咱们就在候车室里过夜吧。"

是的了，这时候便是去了女监，人家又怎么接收阎小样这个服刑犯呢？而这，对于阎小样来说，似乎又是个求之不得的机会——她可以在监狱外边，度过一个有着人间烟火味道的夜晚。

阎小样笑了，是种发自内心的笑呢！

宋冲云看到了阎小样的笑，他被感染了，竟然也情不自禁地微笑了。整整一天多的时间，作为一个押解罪犯的公安干警，他对自己押解的这个女犯阎小样，在心理上发生了多么大的变化啊！他希望阎小样不是罪犯，而且她也不该是个罪犯。然而阴差阳错，她却无法选择地成了一个杀了人的罪犯。在保安县城，民间是有大议论的，有人认为阎小样是谋财害命，想要继承顾长龙的遗产。法庭上，公诉人也是这么说的，幸亏法官没有采信，说是证据不足。如不然，阎小样怕是性命难保了。当时，宋冲云也曾这么想过，看来他是想错了，新婚之夜……阎小样应该就是过失杀人，她是没有一点儿主观意图的。案子判下来了，判得这么重……宋冲云自觉有了一种责任，他想，他该为这个不幸的姑娘做些什么。这个念头一旦在心里萌生出来，宋冲云沉重的心情一下子就轻松了许多。身负重刑的阎小样，她好像并不把那个重刑当回事，对生命、对自然还是保持着她天然的乐观。这是可贵的，太可贵了。

宋冲云说话了："饿不饿？走，到候车室外边找些吃的去。"

很听话的，阎小样跟在宋冲云的身后走出了候车室。

那里是一个烧烤摊呢！

摊主戴着一顶白帽子，双手各抓了一把串了牛羊肉的钢钎，在一个炭火槽子上烤着。他把肉正烤一阵，又反烤一阵，还不断地向烤肉上撒着盐、辣椒末儿、孜然末儿，使这些调料极尽可能地浸入烤肉里去，好让食客充分享受。

宋冲云和阎小样嗅到了烤肉的香气，相跟着到了烤肉摊前，拣了两个无人坐的马扎，凑在一处坐了，招呼摊主给他们烤了一把羊肉，同时还要了两瓶啤酒。香辣的烤羊肉送到他们的面前，两人便一口啤酒、一口烤羊肉地吃喝起来了。宋冲云吃得豪气，喝得豪爽，不像阎小样总是细细地嚼，慢慢地喝，这就惹得宋冲云要催她了："这肉很好吃的，好好吃！""这酒很好喝的，好好喝！"

这可都是最平常不过的关心呢，在阎小样看来，却是十分珍贵和奢侈的。"我是个夺人性命的犯人啊！"阎小样已经没有大的奢求了，能获得这样平常的关心，也让她刻骨铭心、至死不忘了。

在灯光昏暗的候车室里，宋冲云和阎小样选择坐在屋角的一条长条排椅上，宋冲云还是按押解纪律，把阎小样的手腕和自己的手腕铐在了一起。他们有一搭没一搭地说了些话。宋冲云问阎小样："你不喜欢顾长龙吗？"阎小样说了，说她说不上喜欢不喜欢。宋冲云就又说："你是不知道，顾长龙要娶你，全县都轰动了，都说你是个福人呢。"阎小样感到悲哀的就是这句话。她说这个福，咱不会享么。宋冲云就说她："不会享咱就不享啊，你咋能要人家的性命呢？"阎小样就很无辜地说："谁要他的性命呀，他喝瘫了，我手一拐他，他就倒了，倒在铁艺茶几的尖角上，把人给碰没命了。"宋冲云说："那你该打120急救电话的，为什么就不呢？"阎小样说："我是没有想到，人的性命咋就那么脆弱呢？就只那么一碰，一条命就没有了，我也是后悔，也是不知当时咋不打120急救电话……"原来一说就伤心的话，在这个特殊的晚上，无论宋冲云怎么说，自己怎么说，阎小样都不再伤心了。好像他们所说的，是另外一个人的事情。

说着话，阎小样先睡着了……到她醒来时，看见宋冲云也睡着了。这时的手铐，一端还铐在宋冲云手腕上，锁着阎小样的那一端，却空空地吊在排椅的一边……阎小样眼盯着那端空悬的手铐，不知道宋冲云是有意呢，还是无意。要放她走？这可是太出人意料了！阎小样真想站起身来，一走了之……监狱是不好坐的，而且是个死刑缓期两年执行！这么想着时，阎小样就还真站了起来，向后退了两步。也就仅只两步，阎小样就又站住不动了。她想她不能跑。这一跑，她要罪加一等，宋冲云也是要承担责任的，还有住院做了手术的谷又黄……他们该是幸福的一对儿呀，她不能破坏他们的幸福。于是，阎小样又走回排椅前，坐下来，把悬空的那一端手铐，学着宋冲云的样子，给自己铐在了手腕上。

阎小样想，宋冲云打开她手腕上的铐子，一定是考虑到她受伤的胳膊了。他不想让她太受罪。

天亮了。宋冲云从深睡中睁开眼睛，他看见阎小样坐在自己的身边，静静的，一动不动。昨夜谈心后，他看阎小样睡着，就解开了她手腕上的手铐，现在，手铐却又铐在了她的手腕上。他知道是阎小样自己所为，因此，对她就更敬重了。

从长条排椅上坐起来的宋冲云，揉了揉眼睛，说："走吧，该给你换药了。"

被一把手铐和宋冲云铐在一起的阎小样，跟着宋冲云，去了附近的一家医院。医生给阎小样的伤口换了药。接下来呢，没有啥事可以耽搁了，宋冲云应该押着阎小样，到省女子监狱去交差了。可是宋冲云却没有，他和阎小样出了医院的大门，抬头往湛蓝如洗的天空看了一眼，低下头来吸了一口气。

宋冲云说："今日是个响晴天哩！"

阎小样听出了一些蹊跷，说："是啊，是个大好的天气。"

宋冲云便乐了一下。他说了："咱们进城里去，去看钟楼怎么样？"

阎小样就有了些异样的感觉，她说："去看钟楼？"

宋冲云说："去看钟楼。"

这是一个意外呢。阎小样早就有去看钟楼的心愿。过去，陕北距离西安太远了，阎小样只把看钟楼的想法深深地埋在心底，从来没有给人流露过。成了杀人犯以后，她到了西安，心里又触碰了那个念想。她想去看钟楼。昨夜歇在候车室的长排椅上，她做了一个梦，梦见的就是钟楼。她兴高采烈地登上了钟楼，在钟楼上跳着、叫着，最后还敲了那个大得吓人的大铜钟。

不敢想，宋冲云咋会知道阎小样心里的念想呢？

手向路边扬了一下，就有一辆绿色的出租车滑到了宋冲云和阎小样的跟前。他俩的手臂有手铐连着，便手臂连着手臂地坐了上去。

在出租车上，阎小样仍然激动着，但她还是不解，就问宋冲云："你怎么知道我想看钟楼？"

宋冲云淡淡地笑着，说："昨晚在你的梦里。"

阎小样说："我说梦话了？"

宋冲云说："你说呢。"

十四

梦想中辉煌高大的钟楼，一旦被周遭新建的高楼大厦所包围，就显得有些矮小和委顿了。即便是这样，阎小样亦感到极大的满足。

在宋冲云的陪同下，一步一步……阎小样登上了庄严古朴的钟楼。她的心激烈地跳动哩，她多想如同梦中那样欢蹦乱跳、高声大叫啊！但她忍住了。一直转到钟楼西北角的黄铜大钟前，都已捉住了悬在大钟前的木制钟锤，她却还忍着，没有敲响大钟。

宋冲云鼓励她："敲吧。"

阎小样摇着头。

宋冲云说："有什么心愿，你可敲钟自许的。"

阎小样仍然摇着头。

对将要走进女监服刑的阎小样来说，她还有什么愿要许呢？她不知道。她只觉一路从保安县到西安城，现在似乎已经把她残存在心里的一个大愿望圆满地实现了。

阎小样清楚地知道，她是想被人爱的。

一路之上，波折不断、困难不断，而那所有的波折和困难，好像都是为她阎小样预设的，使她在波折和困难中，点点滴滴地，享受被人爱的滋味，甜蜜、温暖，她知足了。

是家婚纱影楼呢！

阎小样从钟楼上看过去，西南角是富贵堂皇的钟楼饭店，西北角是绿草匝地的钟楼广场，东北角是古朴庄严的邮政大楼，东南角是时尚感扑面的开元商城……这一切都是那么光彩迷人，阎小样看得眼睛眨也不眨。她看着，努力地看着，亮闪闪的一双眼睛，倏地被一家婚纱影楼吸引了。面朝大街的玻璃橱窗是宽大的，是透亮的，里边满是做工精良的婚纱，有几件就穿在模特身上，真是太漂亮了。当初顾长龙要娶阎小样，是要带她来西安选购婚纱、拍摄婚纱照的，可她没有心思穿婚纱，更没有心思拍婚纱照。然而今天、此时，阎小样太想穿上漂亮的婚纱，拍一张漂亮的婚纱照了。她用眼睛看着和她并肩站在一起的宋冲云，热切地征求他的意见。

宋冲云从阎小样热切的眼神里读出了她的愿望。他没有说话，用铐着手铐的手，拉了一把阎小样，从钟楼上下来，直接去了那家挂牌为"新新娘"的婚纱影楼。宋冲云解开手铐，阎小样选了一套自己喜欢的婚纱换上，就由一位化妆师引领着，坐在一面竖在墙面上的镜子前，又是打粉底，又是描唇膏，又是修眉毛，收拾得宋冲云都快不认识了。

一个脱胎换骨了似的阎小样满脸羞涩地站在宋冲云的面前，使他感到手足无措。

化妆师就在旁边催促了："别呆站了。坐到镜子前来，我给你也补些色。"

宋冲云听得出来，化妆师是在催促他了。他脸红了一下，还缩了缩脖子，说他不补色了，就给阎小样照相。

这太新鲜了，在婚纱影楼，从来都是双双对对照相的，他俩倒好，只给阎小样照相。听到这样的话，婚纱影楼里的情侣们，几乎把他们的眼光都聚焦在宋冲云和阎小样的身上，满脸的不理解。

宋冲云慌乱着，他的脸上竟然急出了一层细汗。

阎小样进摄影棚照相去了，宋冲云则从影楼亮闪闪的大门里出来，站在人来人往的大街上等着阎小样，等得他的肚皮都"咕咕"叫了，才等出了阎小样。于是呢，他又陪同阎小样，去了钟楼旁边的肯德基快餐店，去吃炸鸡翅、土豆泥、甜玉米、汉堡包……正吃得味浓的时候，宋冲云的手机响了。这一次不是短信，而是通话，好像还不是谷又黄打来的。宋冲云一接听，脸上立即像涂了层霜似的严肃起来了。

阎小样只在宋冲云把手机往耳朵上扣时听到了半句话："请报告，你现在在什么地方？"

宋冲云回答："西安。"

接下来，手机里都说了什么，阎小样一句都听不见了。她能听到的全是宋冲云"对对对，是是是"的承诺声了。

阎小样猜想，一定是组织上的查询电话了。她取来餐盘上的纸巾，擦了她的油嘴和油手，就把双手交给了宋冲云，看着他迟疑地、无奈地掏出手铐，铐住了她的双手。

宋冲云应该知道，他今天犯了纪律——严重地犯了纪律啊！等把阎小样押解进监狱，回到陕北的保安县之后，他是一定要受到处分的。轻则蹲几天禁闭，重则会脱了他的警服……这样的结果，宋冲云想过了，但他由不了自己，他给自己说，要处理就处理吧，蹲禁闭、脱警服，就由组织决定了！

省女子监狱在宋冲云纷乱的思绪里出现在眼前了。黑漆漆的大门，关得紧紧的。两个背着长枪的监管人员，在黑漆的大门前，一左一右，笔直而威严地站立着。阎小样站在门前，她心如止水，看着宋冲云与省女监的接收人员办理交接手续……一切都结束了，宋冲云和省女监的接收人员，双双来到她的面前。阎小样想得到，宋冲云是要把她手上戴着的手铐解下来，带回保安县去的。而她，将戴上省女监的手铐，走进黑漆的监门里，老实地服满刑期……

宋冲云把她手上的手铐打开了……不是鬼使神差，而是心的提醒吧。在这一刻，阎小样向宋冲云提出了一个要求。

阎小样说："谢谢你了！我能抱你一下吗？"

宋冲云向阎小样走近了一步，在阎小样展开双臂抱住他的时候，他也伸开双臂，把阎小样紧紧地抱住了！

阎小样蜂鸣似的说："答应我，把我的婚纱照取来送给我。"

　　2007年8月14日　草于西安大莲花池
　　2007年9月30日　改于西安后村

含泪的信天游

一

"梦想是美好的，但是实现梦想的历程却是艰难曲折的。"惠麦花后来见了我，张口就是这样一句话，让我瞠目结舌。不过我得承认，她说得对，说出了年轻人心里的话。

回忆起认识周占春的情形，惠麦花说，那时她刚刚回到老家，弄了一群羊在山上放。周占春下乡到他们村里来，远远地就喊上了。他喊："我说大姐呀，你这群羊雪白雪白的，可是太喜人啦！"周占春被惠麦花的羊儿所吸引，他让司机把小车停在半路上。他走下来，一路小跑，冲着惠麦花和她的羊群撵了过去。但他跑得太急了，又不知坡梁上的草其实是很滑的，大声喊了一句话后，还要往前跑，把自己一脚走失，滑趴在草坡上，哧溜溜直滑到惠麦花的脚后，把惠麦花吓了一跳。

这是谁呀？惠麦花回过头来，只把周占春看了一眼，便忍俊不禁起来。她看滑趴在她脚后的汉子，说白不白，说胖不胖的，衣着很是不俗。她就估摸，汉子该是脱产的干部呢。不过，惠麦花不憷干部。他干部长着两条胳膊两条腿，咱自己也是呀，一条都不少。何况惠麦花是见过些世面的，知道干部也是人。你把你的干部当，咱把咱的羊群放，干部不欠咱的啥，咱也不欠干部的啥，两清着，各奔各的日子，你说咱又憷的谁呢？

说白不白，说胖不胖的汉子周占春把自己滑趴得红了脸。

惠麦花不想让人红脸，就问："要贩羊吗？"

周占春挣扎着往起爬，说："我像个羊贩子吗？"

惠麦花摇头了，说："不太像。"

周占春站直了身子说："算你眼力好，我撵着你……你……你来，是看你的羊群叫人喜欢。"

惠麦花笑了，她最乐意人说她的羊群好了。

周占春奇怪自己怎么就吞吞吐吐的。平常日子里，他可是个很会说话的人呢，机会来时，滔滔不绝，大说几个小时，一个磕绊都不打。面对这样一个牧羊的女人，他却没来由地心跳心慌，说话也就不太流利了。这似乎不难理解——碧绿的一面草坡上，就这一群白绵羊，就这一个俏女子，而她素素净净、娉娉婷婷，眼神一个流转，就是一波秋水荡漾，白胖的汉子周占春还能怎么样？也就只有心跳心慌，吞吞吐吐了。

坡坬里黑黢黢一片窑洞，七上八下的，显得十分散乱。有一棵残了半边树冠的老枣树，树上架着一个高音喇叭碗。村支书陶本纯哇啦哇啦的喊话声，正从喇叭碗里顺风传过来。

陶本纯说："乡上要建白兔娃甜瓜集散中心，是咱新任乡长周占春的一项英明决策。咱们乡的白兔娃甜瓜是咱们乡的特产，咱们要支持周乡长的决策，把咱们的特产白兔娃甜瓜推出门去，推到西安、北京、上海去，给咱们老百姓增加收入……过去，咱们后沟门村不习惯种植白兔娃甜瓜，这是咱们保守，咱们不开放，以后咱们也要种白兔娃甜瓜。"

周占春听着高音喇叭里传来的话，脸上的红色渐渐褪了下来。他没再照着楚楚动人的惠麦花看，而是脸带微笑，朝着坡坬里的村庄看了。

正是周占春的这一看，牧羊女子惠麦花心里有了底，猜他可能就是陶本纯在喇叭上说的新任乡长周占春了。

惠麦花可是敢说话的人。她要试探一下这个汉子，就说："看把喉咙喊破了！都不抵众人的骂。"

乐滋滋听着高音喇叭喊话的周占春听了惠麦花的话，就又转回头看她，并且很有些不理解地问："众人的骂？众人骂甚哩？"

惠麦花说："骂乡上胡成精哩。"

周占春说："乡上也是为了群众致富呀。"

惠麦花说："别是打着为了群众致富的牌子给自己捞政绩吧。"

周占春显然不爱听惠麦花这么说，他抬脚把一块小小的碎石子踢飞，落在吃着草的羊群里，惊得羊群一阵纷乱。

惠麦花不高兴了，说："你是谁呀？"

周占春说："周占春。"

惠麦花调整着她的面部表情，说："乡政府新任的乡长呀！"

周占春说："知道了就好。"

惠麦花说："知道了。你当你的乡长，我放我的羊，咱没甚话说。"

周占春说："是吗？这可由不得你，我想和你说了，你就得和我说。"

惠麦花没等周占春把话说完，已经转过身不再理他，扬着手里的一把放羊铲，在草坡上铲了一撮土，抛向身前的羊群，撵着羊群向前边的草坡上转去了……正往前转着，还扯开她银铃一样的嗓子，唱起一曲信天游。

惠麦花唱的信天游叫《背对黄河面对着天》：

> 背对嘛黄河哟面对着天，
> 陕北里个山来呀山套着山。
> 毛墕子么柳树河曲湾湾生，
> 一方的水土嘛养活一方人。

二

新官上任三把火。从县委办公室副主任位子上下到榆树湾乡做了乡长的周占春，可不能乱烧火，但也不能不烧火。怎么办呢？他就连着召开了几个会。先是乡干部务虚会——让大家就榆树湾乡的发展方向，畅所欲言，集思广益，理出一个基本思路，再拿到乡长办公会上，定一个有突破性的目标——这就把全乡的村级干部都请到乡上来了。他要统一思想、统一行动，大干一场。

大干个什么呢？种植白兔娃甜瓜，号召大家都种，种出个规模来。

全乡一十五个村，村支部书记、村主任三十个人，再加上乡政府参加会议的人员，挨挨挤挤，坐在乡政府不是很大的会议室里。谁是什么表情，周占春的眼睛扫一圈子，就都看得清清楚楚……周占春感觉得到，他确定下来的这一工作目标，并不是谁都同意的。

乡党委书记蔡守训似乎就保留意见。周占春和蔡书记沟通的时候，蔡书记只说自己血压高、血糖高，并说已向组织反映了，希望把自己调回县上去，升不升职无所谓了，担子轻一点，把身体补一补。便是这全乡村级干部大会，身为乡党委书记的蔡守训都推辞了，口口声声说："你弄你的，甭管我。"这是什么话呢，周占春听不明白，还进一步问了蔡守训书记。

当时，蔡书记收拾着他的一些随身零碎，说他要回县上去。

周占春跟在他的屁股后边，说："书记呀，你说明白一点儿，是支持呢，还是有所顾虑？"

蔡守训回头看了周占春一眼，继续收拾他的随身零碎，说："看你这话问的，我放手让你干，你说是个啥？"

周占春听得心里还是没底，但不好再问蔡守训的态度了。周占春狠了心地想，蔡守训在基层泡了几十年了，用他的话说，泡的是群众的汗水、苦水和泪水呢。蔡守训在里头泡得心都软了，不敢再泡下去了。"你想脱身，那你想办法脱身去吧。你不想干，我干么，我刚下来，不仅要干，还一定要干出些名堂来的。"

会场上，村干部和参加会议的乡干部，都把眼睛盯在周占春的脸上。他是越讲话越有激情，三大六小九分段，讲得唾沫星子乱溅，把规模化种植白兔娃甜瓜的好处说得天花乱坠，最后还把嗓门提高了八度："从今往后，我给大家说哩，我也就是榆树湾乡的人了。咱不但要种植好白兔娃甜瓜，还要抓紧时间，在乡里建造一个白兔娃甜瓜集散中心。我想问大家一声，这样好不好？"村干部们已经考虑到钱的问题了，都没有跟着回答，只有几个乡上干部呼应了几声，而且也很不整齐。这不是周占春想要的效果，他就又大声地问大家了，声音很高，让人听了，还以为他撕破了喉咙。

周占春问："都应一声，好不好？"

结果与前次一样，还只是乡干部应了他。周占春的眼珠子就在会场上转开了。他的眼珠子似乎就是一把刀，转到谁身上，谁就会被割伤。大家都拼命地躲着他的目光……这么转着，就转到陶本纯的身上了。在这一刻，好像不仅周乡长的眼珠子转到陶本纯的身上，会场上的村级干部把眼珠子也都转到他身上了。

这不奇怪。在榆树湾乡的村支书中，敢挑头说话的，还就是他陶本纯。别说是新来的乡长周占春，就是一直在乡上当家的蔡守训，陶本纯该驳他的话时，照样往回驳。原因是，他并不热衷于村支书的位子。在他们后沟门村里，最让人头痛、最"不受人待见"的，就是他这个村支书了。他不想因为乡上的一些毫无边际的事情，让自己在村子里受刁难。两年前，由乡党委书记蔡守训做决策，撤销村级小学，并到几个优质教育点上，以便提高小学教育质量——咋说这都是个不错的决策哩——然而在并校规划中，他们后沟门村的小学被撤掉了，这使村里的后生女子要跑很远的路去上学，太不方便，也太让人操心了。陶本纯就联络一些被撤掉了小学的村的支书，集体去了乡政府，找到蔡守训，提出辞职。尽管蔡守训苦口婆心，分别做他们的工作，没有让他们辞了职，可他陶本纯"刺儿头支书"的名声，还是落下了。

现在，乡长周占春的目光刺在了他的身上，村干部们的目光也盯在了他的身上。他陶本纯可该咋办呢？过去，他不把村支书的位子当回事，如今不同，他倒很在乎这个位子了。他在众人的盯视中无可奈何地低下了头。陶本纯低头是想躲过发言的，周占春却不想让他躲过去，在他低头的那个瞬间，逼他说话了。

周占春点着他的名说："你说呢？陶支书。"

陶本纯还能躲吗？不能躲了。他说："乡长点名让我说我就说一点儿。我说的是钱。一文钱难倒英雄汉，乡上又是号召大种白兔娃甜瓜，又是要建白兔娃甜瓜集散中心，这我没有意见。原因大家都知道，后沟门村从来没种过白兔娃甜瓜，乡上总不能一刀切吧？再是建造白兔娃甜瓜集散中心，不能像吹气球一样，张嘴吹就能吹出一个，这是要花钱的，钱从哪儿来？"

后边两句话，陶本纯还没说出口，一个吹气球的比喻，就把在场的村干部们都惹笑了。

大家笑着，周占春没有笑。

周占春很有耐心地等大家都不笑了，这才清了清嗓子，接着陶本纯的话说开了。周占春没有批评陶本纯，尽管他阴得能拧出水来的脸色告诉大家，陶本纯的话让他心里很不爽，可他没有表达出来，反而还把陶本纯表扬了几句。周占春表扬陶本纯有思想，遇事想得细，一个"钱"字还真把他提醒了。这么说着，周占春停顿了一下，用他刀子一样的眼神，把参会的乡干部和村干部都不轻不重地刺了一遍，接着又说话了。

周占春说："我给大家交个底，乡上没有钱。"

会场上起了一阵小骚动，大家重复着周占春的话："没钱……没钱……"

周占春没理会场下的小骚动，说："没钱就不干事了？我给大家说哩，正因为咱们榆树湾乡穷，没钱，咱才要干事的。钱不会从天上掉下来，我的同志们，咱们建造白兔娃甜瓜集散中心，我请人算过账了，每个村民拿出一百元，咱就堂堂皇皇建造起来了！"

陶本纯听到这里，就只有目瞪口呆，暗自叫苦了，恨不能抬手抽自己一嘴巴。

后来，会是怎么散的，乡长周占春还说了哪些话，陶本纯全都不知道了……看见会议室的人都抬屁股，陶本纯也抬了屁股；别人都轻轻地挪着凳子，他却把凳子撞得翻了个儿，"啪啦啪啦"的巨大声响，让参会的村干部和乡长周占春，又都把眼珠子盯在了他的身上。他低垂着脑袋，两只眼睛在地上找，如果找得见一条地缝，他想他是一定会钻进去的。

地上没有地缝，陶本纯把头抬起来，就看见乡长周占春威严的眼睛，像猫看着已成猎物的老鼠一般看着他，这只猫还轻轻地动了一下嘴唇。

周占春说："你跟我来。"

这是猫的兴致。猫逮住一只老鼠，才不会一口咬了吞进肚子里。一般的情况是，猫要把成为猎物的老鼠耍一耍的，耍得老鼠筋疲力尽，服服帖帖了，再慢慢地把它嚼着吃进肚子里。陶本纯缩着头，吊着肩，真像一只被逮住的老鼠。他跟着周占春，从村干部们中间走过去，走进了周占春的办公室。周占春没有让他坐，他就没敢坐，周占春没给他说话，他也没敢多嘴说话，就那么聋子哑巴一般，站在周占春的办公室里，眼睛跟着周占春转。周占春洗了一只茶杯，添了茶叶添了水，放在了办公桌的一端，然后坐在办公桌前的黑色皮椅上，翻开一个蓝皮的文件夹，一页一页地读着文件夹里的文件。翻看了好一会儿，把陶本纯翻看得腿都软了，额头上冒出了虚汗，周占春这才抬了抬头，看着陶本纯说话了。

周占春说："坐呀。"

陶本纯坐下了。

周占春说："喝茶呀。"

陶本纯就伸手端来茶杯。

周占春说："我听说了，你在村干部中很有威信的，乡上干个什么事，你不高兴了，就聚拢几个村支书，来乡上闹集体辞职。我看出来了，这一次你又不高兴了。好啊，你也别找他人了，你现在就写辞职报告，我现在就批准你。"

周占春说着，还把他办公桌上的一叠纸和一支笔推到陶本纯的跟前。

陶本纯笑了，说："我怎么不高兴了？乡长大人，你可不能冤枉人。冤死了我你要赔命的。"

周占春说："那你说，你是怎么个高兴法？"

陶本纯说："像您乡长在会上表扬我的那样，回村上去，把今天会上决定的事完成好。"

周占春说："那好，过两天我可要去你村上看的。"

陶本纯都走到门口了，周占春从自己打开的红猫烟盒里，抽出一根香烟，也走到门口，把烟架到了陶本纯的耳朵上。

三

被召到乡上开会的村干部都还没有走，都还等在乡政府的门前，等着陶本纯出来……好像大家都为陶本纯提着什么心似的。其实呢，大家心里都明白，乡长周占春就是一只老虎。他要吃人，也得把人调顺了吃呀，他不至于人还横着，就把人生吞下去吧。要是那样，人是没命了，他吃人的老虎也得被噎死。因此，大家虽有担心，却并不是很担心。大不了，不干这劳什子的个村支书、村主任了，谁还少下啥了？距离城镇近便的村子，是人不是人，都争着抢着当村干部哩，如光着屁股过河一样，你不刻意去捞，捎带着也挟他一尻渠的水哩。有利可图，自然有人要干。如果没利可图，恐怕就另说了。都在村一级当着干部，乡上开会什么的，大家私下多有交流。别人的情况怎么样，都碍着情面没有说，陶本纯却给大家亮了底。他说在后沟门村当了几年村支书，受气是一个方面；另一方面，为了支应这样一个任务、那样一项工作，他自己把家底儿赔进去了，都不得够，他还借了一河滩的债，他是把这个村支书干得够够的了，确实不想再干了。看阵势，这个新上任的乡长周占春，可不是个省油的灯。他把陶本纯会后叫进办公室，陶本纯不脱一层皮才怪哩！陶本纯怎么办，他是要顺着周占春的脾气走呢，还是要逆着周占春的脾气来？过去给乡上领导难看，闹集体辞职，让乡上领导兼顾一下村干部的困难，这可都是陶本纯领的头。咱们不管陶本纯这一次怎么干，给他烘一烘场子，抬一抬气势，总是应该的吧。如果他辞职不干，还真有几位村干部，嘴上虽不明说，心里想着是要和陶本纯一起辞职不干的——他们不干了，有的是挤破头想当村干部的人。

灰头土脸的陶本纯，从乡政府略显破败的大门里走出来，一下子就被等在这里的村干部们围住了。

七嘴八舌，都是关切的问候。

有人说："他把你怎么了？"

有人说："你不会辞职吧？"

陶本纯听得懂大家对他的关心。一起当村干部，这一点儿感情还是有的。而且他能断定，乡长周占春真要把他怎么样了，或是他自己辞职不干了，一伙子的村干部里，肯定会有几个人和他绑在一起，跟周占春弄个高高低低的。陶本纯没有回答大家的问题。他看见惠名标，这个和他在后沟门村搭班子当村主任的人，没在围着他的村干部之中，而是远远地站在一边，正一眼一眼地看着他，看他会有什么动作做出来。

刚才还比较混乱的思路，一下子被惠名标的冷眼刺激得清醒过来了。陶本纯想，他不能乱说话，他必须有保留，有掩饰。

陶本纯说："乡长请我喝茶哩。"

这是围着他的村干部们没有想到的一句话。大家听得有点儿发愣。陶本纯就笑着又说了一句话。他在说这句话时，还从耳朵背后取下一根香烟让大家看，说是一根红猫烟哩。大家就伸着脖子，争相看他手里的红猫烟。

陶本纯说："是红猫烟吧，啊？乡长还请我抽烟了呢。"

围着陶本纯的村干部，个个都如吹胀了的气球，而陶本纯的话就像一根看不见锋芒的针，所有的气球一下子被都扎破了，纷纷萎缩了，垂了头，各朝自己要走的路上走去了。

陶本纯紧走了几步，撵到惠名标的身边，把乡长周占春给他的那根红猫烟塞到惠名标的手里，给他说："你知道，我不抽烟的。"

惠名标是要客气一下的，不客气就不是他了。他用手推着陶本纯送过来的烟，说："新乡长给你的香烟嘛，我怎么能接。"

陶本纯说："给我又耍心眼儿了。"

惠名标这才接过红猫烟，认真看了看牌子，非常珍惜地叼在两片嘴唇之间，打火点着，小心地抽起来了。

村子上的干部，除了陶本纯这个支书、惠名标这个村主任，还有一个会计叫穆文化。村里许多事都是他们三个人研究确定的，人称"后沟门村三大员"。

"三大员"三个姓，什么事都在这三姓之间较量，这就是后沟门村的"村情"了。譬如"三大员"中，陶姓有人当了支书，村主任就该姓惠的当了，自然还要选一个穆姓的人出来拨算盘。维持这样一个简单的平衡，对办好村上事务，还是有好处的。

现在是陶本纯担着村支书的责任，他就是后沟门村理所当然的"一把手"了。但他不想一手遮天，遇事是一定要和村主任惠名标商量的。会计穆文化要在的话，也不会被落下，三个人三张嘴，一块儿商量个结果出来。眼下穆文化没来乡上参加会议，就他和惠名标两人，他就只好先和惠名标商量了。

陶本纯说："会上的情况你都看到了，又要从村民口袋里掏钱，你说这掏得有理吗？"

抽着陶本纯转递给他的乡长的红猫烟，惠名标受活得猛咂了一口，把烟吞到肚子里，闭着嘴，任凭白雾一般的烟气，从他的两只鼻孔里慢慢地逸出……直到出完了，没有一点烟气了，他才开口说了话，说的却与陶本纯问他的话无关。

惠名标说："狗日的红猫烟还就是好抽。"

陶本纯太知道惠名标的心思了。这个比自己大了几岁的人，是很不服气自己在前头当着村支书的。陶本纯无论和他商量什么事，都如对牛弹琴一样，很难获得正面回应，这已成了惯例。陶本纯也并没有想要得到他的支持或帮助，之所以还要和他商量，无非是要告诉他，好让他知道自己的想法，免得以后他说不知道，不认账。

如往常一样，陶本纯就还像他们陕北的说书艺人一样自说自话了。他说："理不理的，我说你说都没用。周乡长委派下来了，你算一下，咱们村二百六十口子人，一人一百元，那可就是两万六千元呢！咱从谁口袋里掏？咱掏得出来吗？"

惠名标依然不接陶本纯的话茬，抽着红猫烟，头抬得很高地往回村的路上走。要出乡街口的时候，他看见一个卖菜的摊子，就走过去买了一把葱，又称了两根黄瓜，外加三个西红柿，让卖菜的给他装在一个蓝色的塑料袋里，提着走了两步，却又回过头来，给卖菜的说了两句话。

惠名标说："你不知道，你发财的日子可是到了。"

菜摊摊主和惠名标很熟，但没听明白他的话，就顺嘴问了他："我就是卖个菜，能发甚的个财？甭取笑我咧。"

惠名标就给他认真地说了："告诉你，咱乡上要建白兔娃甜瓜集散中心，你是轻车熟路，改卖菜为卖白兔娃甜瓜，怕你赚的钱数不过来，还要请人帮你数哩。"

离开几步的陶本纯，把惠名标的话一字不差地听进耳朵里去了。他不由自主地皱了皱眉头，手搭在额头上，把天上的日头看了看，就甩开大步，独自在回村的路上往前走去了。

翻了六道墚，过了六道水，再转一道湾，就能看见他们星散在两面土坡上的后沟门村了。陶本纯再紧着走上一程，就能回到自家的窑院里，坐在自家的窑炕上，端一碗凉开水，美美地喝几口，解一解渴，然后对着窑炕桌子上摆着的麦克风，向全村人宣传种植白兔娃甜瓜和建设白兔娃甜瓜集散中心的事，并号召全体村民舍小家顾大家，完成乡上集资建设白兔娃甜瓜集散中心的任务。他正边走边想，却听到一曲美妙的信天游从墚背后飘飘荡荡地传来。

陶本纯听得清楚，那是惠麦花唱的信天游呢。除了她，后沟门村其他人是唱不出来那个味儿的：

> 四十里那长涧哎羊羔羔的山，
> 好婆姨嘛就出在我沟门门畔。
> 沟门门畔起身哟沟门门底站，
> 沟门门底下么我把朋友呀看。
> …………
> 不唱了那个曲子儿我不好盛，
> 我唱上了那个曲子儿就想亲人。

　　陶本纯是十分爱听惠麦花唱信天游的。她现在唱的这曲《唱上曲子想亲人》，陶本纯不晓得听了多少遍，每一次听到，他的心就都像泡在醋里一样，又酸又软，忍不住就要脚斜过去——他怀疑惠麦花的信天游就是一根无影无形的绳子，拴在他的手脚上，拽着他一步一步地往过走……此时此刻，陶本纯就又朝着惠麦花的信天游走去了。

　　陶本纯一头汗水地翻上了塔顶，他看见了惠麦花，还看见惠麦花又壮大了的羊群，在绿油油的草坡上，顶着火亮的太阳，仿佛一片坠地的云彩，悠悠然然地移动着。羊儿们有的叼了一口草嚼着，有的干脆昂起头来，神往地朝惠麦花看。这让陶本纯心里妒忌，心想他要是一只羊儿就好了，可以时时刻刻厮守在惠麦花的身边，听她唱优美的信天游。

四

　　不用回头，惠麦花就知道陶本纯撵着她来了。

这是起小就有的敏感呢——无论什么时候，只要陶本纯攥着惠麦花来，无论看得见看不见他，惠麦花都感觉得到。在她的意识里，仿佛有一根神秘的线，无影无踪却总是牵系着陶本纯。他心里不敢想她，悄悄地萌动一点念想，惠麦花就都知道了。

惠麦花想陶本纯和她是一样的，她要想念陶本纯了，不给说，他也是知道的。所谓的心灵相通、心心相印、心领神会等等美好的字眼，说的就该是这个情形了。

他们长在后沟门村，打小爬草坡放羊，下河滩搂草，前前后后，不是你相跟着我，就是我相跟着你。到了上学的年龄，又前前后后相跟着从小学念到初中，从初中又相跟着念到高中……陶本纯的母亲去世早，他父亲既要做父亲，又要做母亲，偏偏人老实得怎么做都做不到人前面去。在这一点上，陶本纯怎么都不能和惠麦花比。她家是大人多，吃上穿上，自然要比陶本纯优越得多。这样，惠麦花就觉得她很对不起陶本纯，好像她的优越，就是一把锋利的剑，如不小心收敛，随时都会伤了陶本纯。因此，惠麦花有好看的衣服也不敢穿，有好吃的东西也不敢带，还和家里人闹过矛盾，吵吵闹闹，说她就爱穿旧衣服，就爱吃粗粮。上高中时，有一次，他们相跟着从学校回后沟门村，翻过一道墚又一道墚，涉过一道水涧又一道水涧，走乏了，就歇在一条小河畔，有一搭没一搭地说着学习上的事。

惠麦花惊奇于陶本纯，甚样的数学难题到他眼前，看两眼都像冰遇了火一样，很快就都化开了，而她费上九牛二虎的力气，却怎么都解不开。陶本纯不同意惠麦花的观点。他说："数学难题解快解慢，咱们都解开了。而老师把作文题布置下来，你眼睛眨吧眨就写出来了，写出来老师就夸你写得好。我就不行，我的脑袋里好像装了一锅糨糊，怎么也刨不出一篇好作文来。"

他们说话时面对的小河，曲曲弯弯，是要流过他们后沟门村的。他俩说着就说到了遥远的未来。惠麦花很肯定地说了，陶本纯没甚好操心的，一定会考上大学。还说她看得清清楚楚，西安、北京的大学校门，已为陶本纯敞开了。话题一转，说到自己，惠麦花却不那么自信了。她说她相跟着陶本纯，从小学相跟到初中，从初中相跟到高中，其实都是"陪着太子读书"哩。到时候，陶本纯上大学走了，她还得回到后沟门村来，像他们的祖辈一样讨生活。

惠麦花说得有点儿伤感，把自己说得眼圈都红了。

陶本纯是不同意惠麦花的说法的，他认为前头的路黑着，谁也不知道会是啥结果。也许到时候，惠麦花高高兴兴地上了大学，而他却要留在后沟门村哩。

"呸、呸、呸！"惠麦花对着小河连吐了三口唾沫，说，"你看你臭嘴么，可不敢胡说自己。"

陶本纯说："我是打个比方么。"

惠麦花说："比方都不能打……你听我说，咱可是相跟着，都要上大学的。"

陶本纯说："好么，咱相跟着一起上大学。"

对陶本纯的这个表态，惠麦花是开心的。她掩饰不住内心的高兴，脸上红扑扑像喝了酒一样……惠麦花注意到了，早就注意到了，陶本纯洗得掉色的衣袖上破了两个小洞，一个在右臂的肘关节上，一个在左臂的肘关节上——他是伏案时间太久了，才把左右肘关节处的衣袖磨破了。

惠麦花在她的书包里早就准备好了两块补丁，又准备了针和线，她要为陶本纯的肘关节衣袖补上好看的补丁了。

惠麦花红着脸说："你看，你的衣袖上破了两个洞，你知道吗？"

陶本纯抬了抬胳膊，用手摸着肘关节处，很有点儿不好意思地笑了。

惠麦花把补丁和针线掏出来了。说："脱下来我给你补补。"

陶本纯还要扭捏的，惠麦花却已抓住他的衣襟，来解他的衣扣了。陶本纯挡不住惠麦花，就也解着自己衣服上的纽扣，一个一个解开来，还迟迟疑疑地不脱。惠麦花又抓住他的胳膊，把补丁贴在肘关节上，说她手艺很粗糙的，别一针扎进去，把补丁打不上去，倒把他的胳膊扎出一堆血窟窿出来。

没办法，陶本纯只好乖乖脱下衣服来。

脱了衣服的陶本纯，袒露出身上饱满的肌肉，证明他已是个非常成熟的男子汉了。他坐在惠麦花一旁，看着她密针细线地给他缝着衣袖上的洞眼儿，心想，他的这个同乡加同学真是太好了。这么想着，陶本纯觉得他的心怦怦地跳动着，慌乱起来。因此，他想躲开惠麦花一会儿，便悄悄地站起身，向小河下游的一个拐弯处走了走。越走他越觉得身上发热，火烧火燎的，就又脱了裤子，钻进小河里，把水一遍遍往自己的身上浇……他听见惠麦花唱起信天游了，很亲切很优美的信天游啊，还带着那么一点点的忧伤，陶本纯听得陶醉了。

　　　　天上那个白鹅喝不上水，
　　　　拉话话那个不拉话见一见你。
　　　　半碗碗那个黑豆半碗碗米，
　　　　世上的那人儿哟谁也不如你。

惠麦花的信天游一落音，陶本纯忍不住也吼起一支曲子来。陶本纯听得出来，惠麦花唱的是《世上人谁也不如你》，他要吼的就是《好不容易遇到一搭搭》：

　　　　二茬茬韭菜嘛那两把把，
　　　　好不容易咱们遇到一搭搭；

两杯杯烧酒呀肠子里转，

转来转去那呀咱好把话拉。

　　那是多么美好的时光呀！陶本纯想起来，就像发生在昨天一样。然而理智告诉他，这已经是十年前的事了，他和惠麦花相跟着上完三年高中，又相跟着参加了高考。正如憧憬的那样，陶本纯考上了西安的一所大学，惠麦花考上了延安的一所大专。他们俩高兴着，后沟门村的乡亲们也高兴着，因为他俩是后沟门村有史以来头两个考进大学的好青年呀！但就在陶本纯怀揣红皮儿的大学入学通知书，准备离开后沟门村到西安去的时候，一个意外发生了。

　　陶本纯的老父亲夜里寻找两只迟归的小羊羔，从黑咕隆咚的草坡上一脚走失，滚下山沟摔伤了腰脊，趴在窑炕上再也起不来了。

　　这个突发的事故，像根邪恶的绳子，把陶本纯牢牢地拴在了后沟门村，他不能去西安上大学了。对此，陶本纯是悲哀的，惠麦花也是悲哀的。但有一个暗中看着陶本纯的人，虽说心里也悲哀着，却勇敢地走进了陶本纯的家，帮助陶本纯服侍他腰脊受伤的老父亲。

　　这个人就是陶本纯后来的婆姨穆杏娟。

　　这个前任村支书的女儿呀，她不知是受了老父亲的影响，还是自己本来就有心眼儿，觉得怀揣了大学入学通知书的陶本纯，就是老天给她送来的大礼物，她不能让人把这个大礼物抢去。她撺掇着老父亲，先是发展陶本纯入了党，然后发展陶本纯做了村会计，最后又让父亲让贤给陶本纯，让他当了村支书……很自然的，陶本纯和穆杏娟也成就了终身大事，做了一对称不上恩恩爱爱，却也是后脚踩着前脚走的好夫妻。

　　惠麦花回到村上来了。

　　惠麦花这一回来，让陶本纯的心不可避免地起了波澜，他不知道该怎样对待惠麦花了。

悄悄地走近惠麦花，陶本纯说："羊群里又添了几只羔儿。"

早已感知陶本纯走来的惠麦花，仍专心放牧着她的羊群，直到听了陶本纯的话，她才回过头来说："哦！什么风把陶支书刮来了。"

陶本纯听出了惠麦花话中的意思，她对他是有意见的。是个甚意见呢？陶本纯心里清亮得镜子一样。惠麦花回村后，陶本纯除帮助她承包下撤走了学生的小学院子，惠麦花是怎么发展她的养羊事业的，陶本纯就很少过问了。他得承认，自己是有意无意地躲着惠麦花的。他必须克制自己，免得惹出没有必要的麻烦来。但是今天，他撵着惠麦花的信天游来了，这是一个表面的理由；从内心深处检讨，他是很想惠麦花的，想见她，和她说说话。是的，陶本纯是有太多的话要和惠麦花说呢。譬如眼下，他就很想和惠麦花说说乡长周占春，说说周占春要在全乡大力推广种植白兔娃甜瓜，要在乡政府修建白兔娃甜瓜集散中心的事儿。

陶本纯没有犹豫，他说了："乡上开了会，要大力推广白兔娃甜瓜的种植。"

惠麦花事不关己地应着陶本纯的话，说："是吗？"

陶本纯又说："乡上还要在乡政府修建白兔娃甜瓜集散中心呢。"

惠麦花还是事不关己地说："是吗？"

陶本纯说："你别说是吗是吗，我想知道你对这件事的看法。"

惠麦花听得出陶本纯是真心问她的，而且问得还很心切，她便收敛起事不关己的腔调，很认真地和陶本纯讨论这件事儿了。惠麦花学的是农业科技，在这个问题上，她有资格给陶本纯出主意。

惠麦花说："十里水土不同，榆树湾乡有种植白兔娃甜瓜的传统，但咱们后沟门村没有，咱们这里的水土是否适合种植白兔娃甜瓜，这要试种以后才能说。"

陶本纯说："我没有时间试种，乡长周占春点火烧人屁股哩，我是能不能种都要按他的要求种，有钱没钱都要按他的要求掏了。"

五

村组干部就是一个针眼儿——上级政府有分工，千条线万条线，到了村组这里，就都要从这一个针眼儿里穿了。陶本纯听完惠麦花的话，他是打定了主意，把态度放积极，到最后能不能种植白兔娃甜瓜，能不能完成周占春派下来的任务——筹够修建白兔娃甜瓜集散中心的钱，就看下面的事态发展了。

当天晚上，陶本纯让他的婆姨穆杏娟烧了两大壶开水，端来老父亲死后留下的铁皮烟盒，招来村主任惠名标、会计穆文化，在他家窑炕顶上一盏昏暗的电灯泡下，商量乡长周占春布置下来的任务。

后沟门村没有村委办公的地方。谁当支书，谁的家就是干部碰头开会的办公室。这是一个现实存在——明面子上看得见的一个现实存在。除此之外，还有一个明面子上看不见的现实存在——他们"三大员"在一起开会，其实是开不出个结果的，就像陶本纯和惠名标从乡政府回村路上的状况一样。但是该开的会还是要开的，哪怕是个形式，陶本纯也要把这个形式走了，不走就是他陶本纯的错了。

会计穆文化撂下饭碗，先一步来到陶本纯的家。依着穆姓家族的辈分，穆文化是要叫穆杏娟姑姑的，因此他必须把陶本纯叫作姑夫。到了陶本纯的家里，姑姑穆杏娟要给他倒开水，他抢着自己倒了一大杯，看着陶本纯的茶缸里有添水的余地，还小心地给陶本纯的茶缸添了水……这惠名标是左等不见来，右等不见来，陶本纯和穆文化没话可说，就都一口一口地喝着水。直到他俩喝得都出窑门撒了两泡尿，惠名标才像一只警觉性很高的狗一样，脚前脚后地转着眼仁珠子，走进了陶本纯的家。

陶本纯想都没想，就问了他："打牌了？"

惠名标说："打了几圈。"

陶本纯说："怎么下的场？"

惠名标说："输了么。不输人家能放我听你开会。"

陶本纯让婆姨给惠名标倒了水，他把铁皮烟盒往惠名标的手边推了推。这只铁皮烟盒，对惠名标是有用的——他抽烟，一到陶本纯家里开会，是一定要卷几个大炮筒子抽的。今天，他却把陶本纯推给他的铁皮烟盒推了回去，从他的怀里掏出一盒香烟来，是周占春乡长抽的那种红猫烟。

惠名标说："乡长能抽红猫，咱村主任就不能抽了？"

陶本纯说："有钱你就抽么。"

说了两句闲话，陶本纯就不想再说了。他开门见山，给惠名标和穆文化说："村主任和我一起在乡上开的会，事情都知道了。刚才，我和文化也说了，你俩倒是说说看这事该咋弄。"

惠名标说："你是支书，你说么。"

惠名标的话说得阴阳怪气，穆文化不能跟上说，但也不能不有所表态，就也说："我听支书的。"

陶本纯早就料到他们二位的态度了，也便没有客气，非常明确地谈了他的意见。他说了："乡长周占春的决议，依我看，是必须遵守和执行的。这是他上任后安排的头一项工作，谁要不遵守，或是执行不力，就一定有谁好看的。既是这样，我们分个工，先把分配给我们修建白兔娃甜瓜集散中心的款收上来。收款的时候，要注意策略，多宣传种植白兔娃甜瓜的好处，争取获得村民的支持。要知道，乡长周占春是限定了时限的——十五天。我们要不抓紧开展工作，到时候……到时候谁的责任谁担好了。"

话说到最后，陶本纯想说狠一点的，但从嘴里蹦出来的话，却还是那么有气无力。

陶本纯心里明白，这将是一个再怎么抓都抓不出成效的工作。果然，在接下来的日子里，他们"三大员"聚首汇报情况时，负责村民一组工作的惠名标说，他的嘴皮子幸亏是肉的，要是铁做的，怕都磨成刀子了，但一点儿进展都没有，没人掏什么白兔娃甜瓜集散中心修建的款，也没人想要种植什么白兔娃甜瓜。穆文化负责的是村民二组的工作，他汇报的情况，和惠名标说的如出一辙。说到最后，他还加了一句，说是村民们说了，国家考虑到农民的困难，把农业税都取消了，乡上凭什么要大家掏钱修建白兔娃甜瓜集散中心？别说我们口袋里没有钱，就是有也不掏。对于这个结果，陶本纯是早有预料的，便是自己负责的村民三组和四组的工作，结果不也和惠名标、穆文化汇报的一样吗？

但这样的结果，确实让陶本纯头疼。

头疼归头疼，陶本纯心里所希望的，不也正是这个让他头疼的结果吗？他没有责怪谁，只是说他们要继续努力工作，设法完成乡长周占春布置的任务。他自己呢，不仅在村民三组和四组轮番地跑，还在喇叭上起劲地宣传种植白兔娃甜瓜和修建白兔娃甜瓜集散中心的种种好处。

乡长周占春，就是在陶本纯呜哩哇啦的喇叭宣传声中到了后沟门村的。

在村外的草坡上，周占春偶遇惠麦花，从她嘴里知道，后沟门村的村民骂他呢。骂就骂吧，做工作是不要指望不挨骂的，骂到最后，村民们尝到此项工作的甜头时，就不再骂了。到那时，村民们还会敲锣打鼓地感谢他呢。周占春沉浸在他自己的想象世界里，就没把惠麦花说村民骂他的话太当事儿，反而想着惠麦花和她的那一群羊。

周占春把惠麦花和她的那一群羊，看成他在榆树湾乡富民的又一条途径。他这个人，是太会想象了，前头还想象着榆树湾乡村村种植白兔娃甜瓜的美好景象，现在又想象起榆树湾乡处处放牧羊群的壮丽景色……周占春强忍着内心的喜悦，不想表现得太乐，却仍然满脸都带着笑。

是狗的叫声，把陶本纯从他家窑炕上的麦克风前叫出来的。他一出窑门，就看见周占春弯腰捡起土块，攥打着追他而来的几条狗。陶本纯紧跑了两步，堵在周占春的身边，几声吆喝，就把狂吠着的狗都吆喝退了。

陶本纯抱歉地对着周占春说："不知道您要来。"

周占春被狗吓着了，脸色有点儿发灰，但他不失威严地说："我说过了要来，就一定要来的。"

陶本纯便很敬服地点着头，领周占春进了他的窑院，喊他的婆姨穆杏娟，让她端水给周占春洗手洗脸，并大声地嘱咐穆杏娟要舍得，弄几个菜出来，他要陪乡长喝几杯。安排着招待乡长周占春的事宜，陶本纯心想，周占春要问他的头一件事，肯定是让他头疼的白兔娃甜瓜了。他的脑筋急煎煎转着弯，想着怎么应付周占春。周占春洗了手和脸，在窑院的那块石桌前，拉了个木凳坐下来，问的头一件事却是惠麦花和她的那一群绵羊。

周占春说："在村前草坡上牧羊的女子是谁呀？"

陶本纯愣了一下，但很快回过神来，说："惠麦花么……她可是个大学生哩。"

周占春听得吃了一惊，问："大学生？"

陶本纯就说了惠麦花的情况，说她如何上的大学，如何回的村，如何承包了村上闲置的小学院子，如何大力发展养羊事业。陶本纯说得仔细，周占春听得认真，听到后来，就让陶本纯把惠麦花叫来。他说在咱们榆树湾乡，还有惠麦花这样的人才，想不到，太想不到了，我们可不能埋没了人才。

惠麦花大大方方地来了。

惠麦花大大方方地进了陶本纯家的窑院，穆杏娟依着陶本纯的嘱咐，已经有荤有素、很是舍得地弄了几样菜，端到了自家窑院的石桌上……惠麦花来了，就想帮穆杏娟一手，却被周占春叫住了。周占春让她坐到石桌前来，说他有话和她说。

惠麦花本就不是个扭捏的人，周占春让她坐，她还真就面对面和他坐了。

陶本纯这时把家里存的一瓶榆林春拧开盖子，先给周占春倒了一杯，再给自己倒一杯，端起来要和周占春碰杯时，周占春却没有端酒杯，他看着惠麦花说话了。

周占春说："陶支书啊，你可不能歧视女性的。"

陶本纯还迟疑着，惠麦花自己拿来那瓶榆林春，给她自己也倒了一杯酒，端起来就和周占春碰了。她和周占春碰了一下，都把酒杯送到嘴边了，又拿下来，找着陶本纯的酒杯碰了一下，话也不说，"吱"的一声就全吸进肚子里了。

周占春为惠麦花喝彩了，说："痛快！"

几杯酒碰过，惠麦花的脸红扑扑的，还挂了一层米粒似的细汗，叫周占春看去，觉得她水淋淋的，有着一种别样的美丽。他的心不由一抽一抽，嘴上还"痛快，痛快"地说着，又喝了几杯榆林春，把自己喝得都有些飘飘然了。但他没忘下到后沟门村的目的，喝着酒，又问了惠麦花的一些问题。他很是豪气地说，没想到，还真是"野有遗珠"，在咱们榆树湾乡还隐藏着这么珍贵的人才。

陶本纯是想让周占春多喝一点儿的，喝多了自己好蒙混过关。陶本纯知道，周占春来他的后沟门村，根本目的不是发现惠麦花这个人才。周占春是来查看村上为乡政府修建白兔娃甜瓜集散中心的筹款情况的。他如果顺利地筹到款，一切都好说，问题是他一分钱都没有筹到，周占春问起来，他就不好说了。因此，陶本纯想让周占春喝多一点儿，但又不能喝得太多，把周占春喝得倒在后沟门村也不好办。

偏偏是，陶本纯担心的事，就还真的发生了。周占春往嘴里又倒了两杯酒，便完全地显出一种醉态来，满嘴的胡言乱语，说自己抛家舍业，到榆树湾乡来做什么？是来受孤单呢。受了孤单也还罢了，想给乡上百姓办点实事，竟也没人理解，没人支持，还张口骂他胡成精，是给自己弄政绩哩。周占春滔滔不绝地说着，喷出的酒气，把围着酒桌子转的两条狗和三只鸡，都熏得骞骞地跑远了。但他还停不了嘴，酒气冲天的，还要继续说。

周占春问惠麦花："你说是不是？"

惠麦花低了头没有表态。

周占春又还问她："你说你能理解我吗，啊？你可要理解我哩。"

惠麦花依然低着头没表态。

周占春就自问自答，说："你不表态我知道了，你是理解我的，你一定理解我了。"周占春这么安慰着自己，摇摇晃晃地站了起来，说他走呀，他还有几个村子要去看看的。他走一步一回头，一回头给惠麦花说一句话。

周占春说："我在乡上等着你，你有什么想法了，就直接来找我。"

摇摇晃晃，晃晃摇摇，都已走出陶本纯的窑院了，才又瞪着一双红赤赤的眼睛，看定了送他出门的陶本纯，看了好一阵子，看得陶本纯心里毛拉拉的，他才问："把乡上布置的工作完成得怎么样了？"

陶本纯以为酒能把周占春支应过去，还正为此庆幸，猛地听他这一问，结结巴巴竟说不出一句顺畅话来。

周占春却笑了起来，他的笑让陶本纯心惊肉跳。陶本纯觉得那样的笑有着太多的含义，甚至夹杂着一股淫邪的味道。

周占春说："我说的话，可是一定算话的。"

六

向来依顺陶本纯的穆杏娟，这一次不再依顺他了。穆杏娟忍无可忍地告诉陶本纯："我没钱，一分钱都没有。"

陶本纯却还腆着脸说："想想办法嘛。"

穆杏娟说："想办法，我能想个甚办法？"

陶本纯说："咱借么，跟你娘家人借么。"

穆杏娟说："我没脸借了。"

陶本纯说："那你说我咋办呀？"

穆杏娟说："把嘴扎起来……咱家别的东西不多，扎嘴的绳子还是有的，找根绳子把嘴扎起来，就把甚甚的问题都解决了。"

同在后沟门村里长大，能念书、会念书的陶本纯，一直以来，都是穆杏娟眼里的神。在村里的小学，与陶本纯同班念书的穆杏娟，跌跤趴步，大约还撵得上陶本纯，后来升到乡里的初级中学，穆杏娟就是熬破了夜、点烂了灯，也都撵不上陶本纯了……她眼睁睁看着陶本纯从她的身边走了过去，走进县城的高中继续他的升学梦去了。她没有办法，就只有流泪了。

泪眼婆娑的穆杏娟记得很清楚，在陶本纯背着铺盖和干粮，一步步走走出后沟门村，走上去县城的那条曲曲拐拐的山路时，她一步不落地躲在他的身后，跟着他往前走着，她多么想陪着他到县城的高中求学去呀！然而理智告诉她，这一切都不可能了，她没有资格陪读在陶本纯的身边，她成了后沟门村又一个回乡务农的女初中毕业生了。

在穆杏娟之前，后沟门村就有许多她这样的女初中毕业生。她们的生活就是她的镜子，她以后只能像她们一样，过几年，说个婆家，把自己嫁过去，幸福或不幸福地熬着日月，生孩子、养孩子，直到头发白了，牙齿掉了……长长的一生，她不知道自己是否还会再做梦。

当时的穆杏娟，就这么尾随着陶本纯，几近绝望地想着心事，尾随陶本纯，一路默默地送着他。送出村子很远了，她想她是不能再往前送了，就驻足在村头的墚巅上，用眼睛送着陶本纯往前走……倏忽之间，她听到有人不知从哪儿，悠扬地唱着信天游。

穆杏娟听得非常清晰，那不绝如缕的信天游叫《想亲亲》：

> 想亲亲那个想的我直愣愣的神，
>
> 称上的那个梨儿呀，
>
> 亲妹子我送不上你家的门。
>
> 人面前想你了呀装出一脸脸的笑，
>
> 人背后想你了呀，
>
> 亲妹子我的泪蛋蛋抛。

漫川漫坡，一时之间回荡着这曲叫人心碎的信天游……穆杏娟抹着脸上的泪珠，她眼睛一眨不眨地看着渐行渐远的陶本纯……他一步一步地走着，走向了一个身穿红衣的女子。

穆杏娟知道，红衣女子就是惠麦花。

惠麦花可真幸福啊！后沟门村能够陪着陶本纯到县城高中读书的

女孩子就只有她了。

穆杏娟有点妒忌，但更多的是沮丧。她低下了头。她想这一生她都将低着头活人时，在县城高中读了三年的陶本纯怀揣着一纸红皮儿的大学录取通知书，却没能走进大学的校门，而是回到了后沟门村。

对于此，穆杏娟不知道她是该伤心，还是该高兴。

陶本纯的老爹滚下沟伤了腰，睡在窑炕上起不来，穆杏娟就自觉地走进了陶本纯的家，走进了陶本纯老爹瘫睡的窑洞，自觉地担起了服侍老人家的重担……穆杏娟给老人家翻身挪位，洗手洗脸，端屎倒尿，没一样做得不仔细、不周到，别说身为老人家儿子的陶本纯看在眼里要感动，就是后沟门村及相邻村子知道这件事的人，都要为穆杏娟的行为而感动了。

惠麦花在等待入学的日子里，也常常到陶本纯家里来，穆杏娟在这里的一举一动，尽数映入她的眼睛。惠麦花看见了感动是自然的，她因此也要替穆杏娟帮两手的，但却往往是，她的帮忙成了添乱。譬如为老人家洗手洗脸，她正做着，不知怎么一带，竟把半脸盆的水泼在了老人家睡觉的窑炕上，弄湿了铺着的褥子和盖着的被子，害得穆杏娟赶忙进来，从老人家的身子下边抽出褥子，又换了被子，拿到窑院里，晒在阳光下。惠麦花羞愧于自己的笨拙和失措，就要红了脸埋怨自己。

惠麦花是站在穆杏娟的立场上埋怨自己的："看我能弄个甚？笨手笨脚的，倒给你添乱了。"

穆杏娟则是不以为然的，说："别把你说得百无一用，你是个念书的人，你的书就念得好么。"

惠麦花仍然羞愧着，说："你是骂我哩！书念得好，谁还能一辈子钻在学校捧着书念？到头来还是走出校门过日子哩。"

穆杏娟没接惠麦花的话。她打心里承认，惠麦花说得对，人呀，在哪里不是过日子？这么一想，她就把服侍陶本纯老爹的事情做得更认真了。

日子逼到陶本纯该去城里上大学的时候了，同样考上大学的惠麦花，到陶本纯的家里来，询问陶本纯准备好了没有，他们搭伴儿一起走。陶本纯没有回答惠麦花的问题，他在自己的家里，走出走进，看见窑院一角的几只羊了，扯上一把草扔过去；看见窑院门口卧着的那条大黄狗了，走上去，伸手摸着狗的头……看样子，陶本纯的心乱了，乱得没法收拾了。

惠麦花撵在陶本纯的身边，说："你倒是说话呀！"

陶本纯这才说话了，他说得有点儿上火："我是想说上大学的，可你看么，我能说甚话呢？"

惠麦花愣愣地看着陶本纯，她听懂了陶本纯的话，只是她不能相信，陶本纯会放弃上大学的机会。他俩早已有了约定，要一起走出后沟门村，一起到城里的大学去深造，一起……惠麦花不敢往下想了。

陶本纯却直白地告诉惠麦花："我不能背着老爹一起上大学吧？就是能去，我拿什么交学费，我拿什么给老爹看病？"

窑炕上传来了老爹痛不欲生的叹息声，伴随着的，还有穆杏娟温言软语的劝慰……惠麦花不和陶本纯争执了。她难过得心如刀绞，眼眶里蓄积着汪汪的酸涩泪水，有一颗滑落出来，就挂在她红过脸后又变得十分苍白的腮蛋上。

> 太阳公公出来哟一点点那红，
> 你是哥哥的哎心了疼疼。
> 大榆么树的哟毛呀毛歘歘，
> 你是哥哥的哎喜了人人。

在惠麦花含泪出村上大学的那个日子里，陶本纯感觉他的耳畔一直地轰响着这首在陕北传唱了千百年的信天游，这首信天游有个让人肝肠寸断的名字：《你叫哥哥心疼了》。

悄悄地，穆杏娟走到了陶本纯的身边，她看着他劈一块干树根。

陶本纯是举着一把镢斧来劈那块干树根的。不知甚时，陶本纯家的窑院就有了这块干树根，它常常要钻进陶本纯的眼睛里，但他没有想过要把它劈开来当柴烧。耳畔轰响着《你叫哥哥心疼了》这首信天游时，他的眼里却容不下这块干树根了。他要把干树根劈碎，劈得碎碎的，一块一块塞进灶膛里烧了……陶本纯劈得用劲，劈几下就脱了身上的夹衣，再劈几下又脱了身上的衬衣，把他青春年少的身体半裸出来。在洒满阳光的自家窑院，他每一次举镢斧向干树根劈下来时，半裸的身体上，都会掉落一片汗水。

穆杏娟看着陶本纯，看他把干树根劈开一小块一小块，散在院子里。她没有拣，也没有拾，就那么痴痴地看着陶本纯，直到他把干树根全都劈碎、随手把闪着亮光的镢斧丢在一边，这才转到他的面前，把一个用白色手绢扎着的小包塞到了陶本纯的手里。

穆杏娟说："你打开看看，看够你上大学的学费不？"

陶本纯身上的肌肉猛地痉挛了一下。他不相信自己的耳朵了，傻呆呆看定了穆杏娟，手一松，竟把穆杏娟给他包着钱的白手绢跌在了地上。他腾出手来，抓住了穆杏娟的双肩，把她仔细地看了一阵，再一用力，就整个儿地把穆杏娟搂在他的怀里了。

穆杏娟缩在陶本纯的怀里，她给他说："你是不能把老爹背着上大学去的。但你想么，还有我哩，我来服侍老爹，我会把老爹服侍得亲爹一样的，你信吗？"

呢呢喃喃，陶本纯说："我信。我信。"

过去了许多年，一直这样完全、坚决地相信着穆杏娟的陶本纯，突然吃了穆杏娟的一通软钉子，让他对自己有了一些怀疑——他是否真的相信穆杏娟？相信穆杏娟之于他的一切依顺和温暖？

在后沟门村，陶本纯家是陶姓人家里最弱势的一户。不是穆杏娟嫁给他当婆姨，他是入不了党，也当不上村支书的。

穆杏娟嫁给了陶本纯，大门大户的穆姓人家就都成了陶本纯的社会基础。穆杏娟的老父亲在村支书的位子上坐了二十多年，他需要一个接班的人。陶本纯成了他的乘龙快婿，他很自然地选择了陶本纯，把权交到了女婿的手上，还不忘全身心支持、帮助这个女婿。

可是，支持、帮助他的老岳父抗不过岁月的召唤，和陶本纯瘫卧窑炕上的老爹先后撒手而去了。陶本纯还能取得谁的支持和帮助呢？

现在怕就剩下一个穆杏娟了。

村官难当，难就难在一个钱字上。过去的情况是，陶本纯为了村上的事，手头没钱了，他向穆杏娟伸出手来，她二话不说都要满足他的需要。就是自己家里没有，穆杏娟出门转一圈子，借也要借钱回来，满足陶本纯的需要。

这一次，穆杏娟拒绝了陶本纯，斩钉截铁地拒绝了陶本纯。

七

走马灯一般，村主任惠名标刚从惠麦花租来圈羊的小学院子出来，乡长周占春就又走了进去。周占春出来了，村支书陶本纯跟着就又走了进去……不过，村主任惠名标到小学院子来，陶本纯没有看见；乡长周占春到小学院子来，陶本纯是看见了的。

陶本纯发现周占春像个贼娃子一样，在进惠麦花租来圈羊的小学院子前，东张张，西望望，贼头贼脑、心怀鬼胎地张望了一阵，这才缩着脖子进了院子……这一切，陶本纯都看见了，他没有立即进去，而是站在背人的地方，老实地等着周占春出来，然后他再进去。陶本纯心里装着事儿，和村主任惠名标没法商量，和他的婆姨穆杏娟也商量不到一块儿去，他就想起了惠麦花，觉得他是该和惠麦花商量一下的。他有这个自信，无论什么时候，什么事情，他和惠麦花商量了，她都会支持他的。

三年前，在城里上完大学、有了工作的惠麦花突然回到村里来，在已撤走老师和学生的村小学转磨了一整天。到太阳西下，天边现出一片璀璨的霞光时，陶本纯也到空寂的村小学来了。

陶本纯听人说了，回村的惠麦花在村小学转磨着，都已转磨了一天了，他的心便悸动起来，一揪一揪，想起他和惠麦花在村小学一起读书的时光。他们那时候两小无猜，惠麦花把他总是"哥哥、哥哥"地叫着，向他借半支铅笔，向他问一道数学题……他们一起上了初中，一起上了高中……一幕幕、一件件如烟云消散的往事，都鲜活地重现在了陶本纯的眼前。他不由自主地又来到惠麦花跟前，他想知道她在村小学转磨甚哩。

在向村小学所在的那道墚洼里爬的时候，陶本纯听见不知是谁，也不知是在什么地方，很努力地唱着一曲信天游：

> 不大大的那个哎嗨小青马马喂上二升料，
> 三天的那个路程么亲亲呀我两天到。
> 水流流的那个哎嗨千里呀么归大海，
> 走西口的那个人儿么亲亲我转了回来。
> 大青山的那个哎嗨高哟乌拉山低，
> 马鞭子的那个一甩么亲亲我回口里。

这曲名叫《走西口的人儿回来了》的信天游，陶本纯也是会唱的，他转着圈子，在坡坡塌塌和沟沟洼洼找着那个唱曲的人，却怎么都找不到。他就想，这曲信天游莫不是从自己心里流出来的？这么一想，陶本纯笑了。

就那么浅浅地笑着，陶本纯走进了村小学，走近了还在村小学转磨的惠麦花，他问惠麦花了。陶本纯问惠麦花："甚时回来的？"惠麦花回答陶本纯刚回来没两天。陶本纯又问惠麦花："在村小学转磨甚哩？"惠麦花却没有立即回答陶本纯，只拿她好看的毛眼睛看定了陶本纯，把陶本纯的脸都看红了，她才答了话，不过，她的答话竟是一个反问。

惠麦花问："你说哩，你说我在转磨甚哩？"

陶本纯结巴起来了，说："小学被撤并走了，几年工夫，都破败成了这样子。"

惠麦花听懂了陶本纯的话，知道他想起的是他们在小学读书的情景。她不再卖关子，咳了一声，清清喉咙，很直接地告诉陶本纯，说："我想把小学院子租下来。"

陶本纯是吃惊的，说："租小学？你租小学院子做甚呀？"

惠麦花说："养羊。"

陶本纯有点儿不相信自己的耳朵，说："养羊，你养甚的个羊？"

惠麦花说："你甭管养的甚羊，只说你租不租给我。"

事情就这么带着些荒唐，带着些疑惑地定了下来。正如惠麦花说的，她在租下来的小学院子里养起羊来了。

惠麦花养的羊儿，还真与陕北人过去养的老绵羊不一样。她说她养的羊是引进的国外品种，叫莎能羊，体型大，繁殖力旺盛，乳汁营养价值高。惠麦花养了三年，羊奶好不好喝，陶本纯没有喝过不好说，不过，他长着眼睛，能看出来——确如惠麦花说的，收益是很可观的。比如，听闻了惠麦花养莎能羊的消息后，近到他们后沟门村，远到几十里外的村庄，人们不断到惠麦花养羊的小学来，和她谈引种的事。谈好了，惠麦花就卖给他们几只种羊，并且签订协议，免费回答他们饲养当中遇到的问题。

小学院子被惠麦花租来养了羊，但原来墙壁上题写的一些标语，还或深或淡地残留着，例如校门口的"八字"耳墙上，一边写着"好好学习"，一边写着"天天向上"，因为是用油漆写的，就还好好地保留着。陶本纯看着乡长周占春从校门里鬼鬼祟祟地走出来，鬼鬼祟祟地走远了，他才又走到校门口，站着看了一眼校门口依然鲜艳的漆写标语，不由自主地笑了起来。

陶本纯心想，惠麦花的莎能羊，莫非都成了小学生，在小学校园里"好好学习，天天向上"地成长着？

正哑然笑着，隔着校园的围墙，陶本纯听到一声一声羊儿的叫声。他得承认，那些羊的叫声虽然不同，有高有低，有浊有清，但都是很好听的，像歌声一样悦耳迷人。

陶本纯没有防顾，猛听得惠麦花叫他，说："今日咋的了，村主任惠名标刚走，乡长周占春来了；乡长周占春刚走，你村支书陶本纯又来了。"

听到惠麦花的招呼声，陶本纯真想转过身去，离开这里。但他还没转身，就改变了主意，像踩在一团云上，脚下轻飘飘地，软软地走了进来……这是陶本纯把小学院子租给惠麦花养羊后，头一回进小学的院门。陶本纯没给别人说，但他在心里给自己定了一条规矩：不是万不得已，绝不踏进这个门。陶本纯这样克制自己，其实是对惠麦花的一种支持和保护。他不能因为自己的不慎，而影响惠麦花蒸蒸日上的养羊事业。

背后已经有人嚼舌头了，说甚的，惠麦花回村养羊，是不忘陶本纯的旧情，陶本纯把小学院子租给惠麦花养羊，也是续他们的旧情哩……别人还只是背后说说，他的婆姨穆杏娟，却已大张着嘴巴，和他当面说了。

穆杏娟警告过陶本纯：别吃着碗里看锅里，吃撑了自己！

陶本纯心里的鬼，瞒不住穆杏娟，自然更瞒不住惠麦花。他走进小学院门的一瞬间，惠麦花就全都看出来了。陶本纯不说，她也不说，只跟在陶本纯的身后。他转到哪儿，她跟到哪儿……转着转着，陶本纯说话了。他夸她的莎能羊养得好，一只一只，都像牛犊一样哩！惠麦花回答了他，说你要喜欢，捉几只回去扎个圈也养么。陶本纯就抱怨说没工夫，怕侍候不好宝贝疙瘩一样的莎能羊。惠麦花就还问他，你把工夫弄了甚了？陶本纯说，谁知道呢？东山的日头背到西山，一天一天就这么混没了……陶本纯这么无奈地说着，突然转换了话题，问起惠麦花一些饲养莎能羊的技术问题。惠麦花的羊群不断壮大，她在村上支持的几家饲养户的莎能羊种群也在迅速增长。他担心，山坡上的饲草是有限的，不能满足羊群的生长需要。

这的确是个问题呢！

陶本纯不提出来，惠麦花也已思谋过了。她深知传统的放养形式，是根本不能满足羊群快速增长需要的。而且，无限度的放养，还会使原来的草坡遭破坏而退化，甚至酿成灾难，怎么办呢？惠麦花想过了，必须放弃传统的放养，改用新式的圈养。这有一个好处——既可满足羊群的饲草供应，又可保护环境。但也有一个问题：村里的草坡必须合理划分，有偿使用，而这将增加养羊的成本。惠麦花自己是没问题的，她愿意支付这笔成本，可村上其他人家呢？他们能如她一样想吗？

在陶本纯之前，惠麦花的本家哥哥惠名标来找她，她已经和他说了这件事。作为村主任的惠名标对于此事，却一点儿热情都没有，让她以后再说这事。他话撵话地只给惠麦花说，村上急需用钱，让她把租小学院子的租金先交上来。惠麦花就奇怪了，说她不欠村上钱，为甚要她先交。惠名标就说，以前交的是以前，这次交的是以后，他都在账上记着哩，不会向她多收的。惠麦花却没有给他交。惠麦花说，要交也要交到陶本纯手上，她是从陶本纯手上租的小学院子。本家哥哥就有点儿气急败坏了，问惠麦花是和本家哥哥亲，还是和陶本纯亲。惠麦花没有回答他的问题，把他撇在一边，只顾照管她的莎能羊去了。被晾着的惠名标，向惠麦花的身边逼了两步，给她说："到你后悔的时候，可不要嫌本家哥哥不帮忙。"这是个甚话呢，是威胁还是另有隐情，惠麦花想她必须和陶本纯说一说了。

后来乡长周占春的纠缠，更增加了她对陶本纯的担心。她感觉，后沟门村将有一件意想不到的事情要发生！是个甚事呢，惠麦花感觉得到，却说不清楚，就想着要和陶本纯说了。还好，陶本纯来了。可是，他俩说着话，惠麦花有意往她想说的话题上引，引了几次都没能引上去。原因是陶本纯对惠麦花所说的改传统放养羊群为新式圈养的话题特别有兴趣，他扯住这个话题，是要打破砂锅问到底了。

陶本纯兴趣盎然地要求惠麦花，说："你给我说仔细一些，这是个好办法，我支持你。"

惠麦花却没仔细说，只是逮住陶本纯的话头，说："你能支持，我很高兴，但你能咋支持我呢？"

是啊，能怎么支持惠麦花呢？总不是拿嘴哄人吧。

惠麦花笑了，说："听我给你说，你把后沟门村的支书当好、当牢靠了，就是对我最大的支持，这你应该懂吧。"

陶本纯点头了，点了一点，觉得不甚到位，就跟着又点了两下。

惠麦花转身进了她住的窑洞里，取出来一个纸包，交给陶本纯，说："你去给乡里把集资建甜瓜集散中心的钱交了去吧。"

陶本纯拿在手里的纸包，仿佛一块烧红的铁块。他很快把它推回给惠麦花，说："不，不，我不要你的钱！"

八

在自己宿办合一的窑炕上辗转反侧，乡长周占春想着惠麦花，觉得她像个传说一般迷人。从头一次与她在后沟门村的草坡上邂逅，到他再一次寻到她租养羊群的后沟门小学去，他感到，自己已经无法自拔地喜欢上了这个返乡养羊的女大学生。

鬼鬼祟祟地到惠麦花养羊的小学来，又鬼鬼祟祟地从惠麦花养羊的小学走，那只是陶本纯对他的看法。作为乡长的周占春，他自己是一点儿这样的感觉都没有的。他虽然心里惦念着惠麦花，来和她说的事却都是堂堂正正、光明正大的，是甚时候都能摆到台面上来的。

周占春希望惠麦花把她的羊群处理掉，到乡政府来工作。如果说在此之前周占春还想让惠麦花大力发展养羊事业，同时带动榆树湾乡的养羊产业，现在他不这样想了。他只想要惠麦花离他近一些，想见她了，就能很快见到她。这是周占春的私心，当然还有他的"公心"——他的白兔娃甜瓜种植计划，在乡上开展得并不顺利，为此，他准备在乡政府成立一个推广白兔娃甜瓜种植办公室。乡政府的干部，他仔细地将码了一遍，动动嘴皮子都还可以，但要上阵推广先进的白兔娃甜瓜种植技术，都是"瞎子挑灯——白费蜡"。惠麦花就不同了，她是科班出身，回到村里，选择的是养羊致富的路子，如果劝说她卖掉羊群，专心专意来乡甜瓜办工作，她会很快熟悉起来，成为他周占春不可多得的一个帮手。

说服惠麦花。周占春在走进羊叫声一片的小学时，是充满了信心的。

周占春想，他说服惠麦花到乡上的甜瓜办工作，成为他发展甜瓜产业种植的好帮手，时间一长，惠麦花就会感受到他对她的关心和好意，在他感到孤身炕凉时，说不定会自觉地钻进他的被窝，拿她的热身子给他暖被窝哩……周占春就是这么想着，走进了惠麦花养羊的小学。

他在走进校门前，想起了一句流行很广的话，说他们乡镇干部："村村都有丈母娘，夜夜都能做新郎。"

忍俊不禁，周占春扑哧笑了起来。

周占春就这么美滋滋地笑着，走进了惠麦花养羊的小学。他寻找惠麦花的身影时，满眼都是惠麦花引进饲养的莎能羊，一团一团，像是粉白粉白的雪团儿，游走在扎得很整齐的几个羊圈里。周占春不由自己地要佩服惠麦花了。她一个大学毕业的知识女性，甘愿回村当羊倌，可得下多大的决心，费多大的心思啊！

莎能羊对走进小学的周占春，咩咩咩咩欢叫着一路夹道欢迎，看着他向女主人那挂着彩绣了牡丹花样门帘的窑洞走去。

周占春不知道，正俯案读书的惠麦花，透过窑窗上的玻璃，早已发现他来了。但她只偏了一下头，扫了周占春一眼，就又埋头在她的书本里了。

惠麦花看的是一本莎能羊圈养的书，而且开始了自己的实践。凭着一种对科学知识的敏感，惠麦花深切地认识到，她要在故乡发展优质莎能羊的饲养，仅凭传统的散养是不能的。不仅是她的出生地后沟门村，就是广大的陕北地区，生态环境都已经脆弱到了非常严重的地步。放眼望去，一架又一架的山、一座又一座的墚，差不多都已秃成黄灿灿寸草不生的荒山荒墚了。如果继续放任羊群在坡坡墚墚上散养，要不了几年，坡墚上的草根怕也都要被羊的嘴巴刨出来，吃进肚子去了。

周占春掀开窑洞门上的门帘，把身子往门上一堵，窑洞里的光线当下暗了许多。惠麦花想她这时再不搭理周占春，那可就是她的错了。

惠麦花把头从书本上抬起来，朝窑门口看去，脸上当即堆起一些笑意来，她说："哪股风呢，把乡长吹到这里来了。"

周占春说："科技之风么。"

惠麦花的窑洞里就只有她坐的一把椅子，她站起来，让给周占春坐。周占春也不客气，稳稳当当地坐上去，随手把惠麦花看的圈养莎能羊的书翻了翻，顺手又推到一边，也不和惠麦花说话，把他的一双眼睛贴在眼前插满书籍的书架上……惠麦花的这个书架太简陋了，连个腿脚都没有，就支靠在同样简陋的书桌上，等分了三层，挤挤挨挨，除了几本小说和时尚读物外，都是农业生产技术方面的书。周占春一本一本地看着书籍上的名称，看得很仔细。有本讲科学种植甜瓜的书突然撞进了他的眼里，他如获至宝，当即伸手取了，认真地翻看起来。

一股淡淡的草香味，弥漫在不是很大的窑洞里。熟悉陕北生活的人，知道这是名叫"地椒椒"的草的味道。吃了这种草的羊，熬汤吃肉就没有膻腥气。割回来晒干，扎一把挂在窑洞里，就又有了一种别样的用途——可以驱除蚊虫，又能清新空气，是不比市面上流行的薰衣草差甚的。

惠麦花把一杯白开水端给乡长周占春。他是嗅到那好闻的地椒椒草味了，但他不相信那只是地椒椒的草味，他想其中一定还有惠麦花自身散发出来的味道。

接过惠麦花端来的白开水，周占春双手捯着喝了一口，他说话了："你可以猜猜，本乡长亲顾你的茅庐是为着何来？"

惠麦花从周占春在她窑洞里表现出的几个细节，已经看出了他的用意，但她不想猜谜，便说："乡长把自己看成刘皇叔了吧？可我不是诸葛亮，我养羊的小学也不是茅庐。"

周占春被惠麦花说得兴趣盎然，他接着说："我还就把你看成诸葛亮了。你知道我在全乡大抓白兔娃甜瓜的种植，这是咱们乡的一项优势产业。只我一个人抓不行，我要大家都行动起来。特别是你，你这个有着坚实科技基础的人才。"

惠麦花听得笑了起来。周占春看得懂，惠麦花的笑应是那种事不关己的笑。

周占春不能让惠麦花事不关己，他说："我说的是真心话。"

惠麦花收住了笑，说："可你看错人了。"

周占春便强调，他怎么会看错人？他是弄甚的，在榆树湾乡打着灯笼找人，还就真的找见你惠麦花了。"我没给上天烧香，也没给地神烧纸，上天和地神都支持我，让我在后沟门村找到了你，你说你能不帮我来抓白兔娃甜瓜的发展吗？"周占春滔滔不绝地说着，把他在乡政府成立甜瓜办的设想，和盘端给了惠麦花，最后十分肯定地说："我当甜瓜办的主任，你当甜瓜办的副主任，我就不信白兔娃甜瓜抓不出成效来！这个事就等着你了，你一出马，咱的白兔娃甜瓜就能长出腿来，跑出陕北，跑到全国的消费者口中去。"

这一番豪言壮语，差点儿要使惠麦花感动了呢。但她忍着没有表现出来，因为她没有对白兔娃甜瓜做过任何研究，也没有做过任何调查，她不能乱感动，那样是会坏事的。何况，她现在的兴趣不在白兔娃甜瓜的种植上，而在莎能羊的饲养上。

忍着感动的惠麦花只能给周占春说："对不起，我要让乡长失望了。"

周占春从椅子上站起来，带着些男人的冲动说："你不想支持我？"

惠麦花说："乡长把话说重了。"

周占春说："我说重了吗？有我在榆树湾乡当乡长，我就不能看着一个农大毕业生在草坡上放羊。"

惠麦花说："我放羊又咋的了？"

周占春说："那是对知识的糟践，更是对知识分子的糟践！"

惠麦花说："谢谢乡长，我咋就感觉不到呢？"

周占春说："你不是感觉不到，你只是不愿意承认罢了。"

惠麦花的心尖尖悠悠忽忽痛了一下。她得承认，周占春的话是有些道理的。在农业大学读书的时候，惠麦花的信心满得能从嘴巴和眼神里溢出来。大学毕业了，她参加省上组织的公务员考试，网上公布笔试成绩，她骄傲地名列前茅。参加面试，考官们对她也颇多赞许。她满以为有条件发挥她的所学了，可到公布录取名单时，却再也找不见她的名字。为此，她找了相关部门，大家的脸倒是不难看，说的话也不难听，告诉她你很有实力，下次吧，下次还有机会。为了这个镜中的机会，她又努力了一年，结果还是一个样。这时她听人说，有实力不算啥，你得有人帮忙才行。她到哪儿找人呢？在她的人生履历中，上翻三代，下找三代，也找不出个帮忙的人。失望的情绪，像一团乌云笼罩着农大毕业生惠麦花。没办法，她到人才市场上找出路，这一找还真让她找着了，那是个电视上有影儿、报纸上有字儿的农业合作有限公司。她进去后，当即成了其中的技术骨干，一时到黄河滩上去与人合作种植速生杨，说是国家急缺纸浆木材，种植三年就可砍伐……一时又到毛乌素沙漠去，与人合作开展生态种植，说是学习以色列的农作物种植经验……两年多近三年的时间里，惠麦花路没少跑，汗没少出，各种各样的规划和计划也没少做。她不是农业技术工程师，在与合作者谈判时，她被介绍的职务，却已是公司的资深工程师了。忽然有一天，来了一帮戴大盖帽的人，把公司的门封了，把公司的账本和资料也封了，并给公司董事长、总经理等人戴上手铐，推进一辆警车，拉到警察局控制起来让他们交代问题……这一干人中，就有惠麦花。谜底水落石出后，惠麦花才知道这是个诈骗团伙，他们以与人合作开发现代农业为借口，骗人钱财。公司的董事长、总经理等因此被正式逮捕判刑。协从的惠麦花配合调查态度积极，说明问题清楚，获得宽大处理，无罪释放。

本来，惠麦花还说了个男朋友，两人都同居了一些日子，就差领证结婚了。出了那样的事，她的男朋友躲得远远的，连面都见不上了。心灰意冷的惠麦花，痛定思痛，怀揣着她的农大毕业证，决心回乡创业了。

惠麦花很慎重地选择了国外引进的莎能羊来饲养，现在正是大力发展的关键时刻，她又怎能撂下不管，去弄周占春说得天花乱坠的白兔娃甜瓜种植呢？

不能了。惠麦花疼了一下的心尖尖，眼看就要软下来时，又变得硬了起来。

惠麦花对周占春很是抱歉地说："我放不下我的羊。"

一时不能说服惠麦花，周占春一点儿都不气馁。他把惠麦花的那本种植甜瓜的书拿在手上，给惠麦花说："借给我读读好吗？"惠麦花答应了他，他就拿着书走出了惠麦花的窑洞……在窑洞门口，他站了站，回头又对惠麦花说："我的话你再考虑考虑，我还会再来找你的。"

九

一碗不咸不淡的疙瘩汤端在手里，还没往嘴里拨一口，就听窑院的门外一片人声。作为村支书的陶本纯，本能地想要走出门去，看看出了什么事。可他抬脚走了没有两步，就见窑院的门被人"咚"的一声踹了开来。不十分结实的两页榆木门扇，像是两片受了惊吓的树叶，在开向两侧时，剧烈地颤抖着。

陶本纯的心蓦然像泡在了醋里，又酸又涩，逼得他快要流泪了。

破门而入的人，不是别人，都是他家婆姨穆杏娟的娘家人。在这些人的背后，还跟着他们陶姓人家的一些人。

他们气势汹汹，踹门进来做甚呀？

陶本纯心怯怯地回头看了一眼，他是在找他的婆姨穆杏娟，却没有找到。百依百顺的穆杏娟，和陶本纯为了借钱的事，大吵了一架后，立刻卷裹了一个小包袱，回娘家去了。

是的，穆杏娟到娘家已经好几天了，这在陶本纯和穆杏娟的婚姻生活里是少见的。过去，他们也拌嘴，差不多是炕脚底拌嘴，上了炕又亲热在了一起，从来没有出过半个晚上。好像是，每拌一次嘴，他们的感情还会更亲密一些。这次奇了怪了，就吵了那么两句，穆杏娟便吃了秤砣铁了心似的，把他彻底晾在一边，连个说话的机会都没给他。

其中有没有惠麦花的因素呢？

即便穆杏娟没有说，陶本纯也不能不往这上头想。他和惠麦花相好，自小就是村里人口头上吊着的话。他们长大了，双双上了县城的高中，双双考上了城里的大学，村里人嘴上就算不说，就算谁不说陶本纯和惠麦花是天设地造的一对儿。后来的变故，迫使陶本纯和穆杏娟好在了一起，他们结成了夫妻，在一盘炕上睡觉，在一个锅里下面，原来想就这么一直过下去了。却不承想，在城里上了几年大学，也工作了几年的惠麦花又回到了后沟门村。她要租小学院子养羊，陶本纯就很干脆地租给了她，和穆杏娟连个商量都没有。是不把穆杏娟往心里放呢，还是熄灭了的旧情又像干枯在坡梁上的败草，重新燃烧了起来？

穆杏娟拿捏不准陶本纯的心。

有段时间，穆杏娟的心惴惴不安，她睁着一双大眼睛，紧紧地盯着陶本纯，仔细观察陶本纯和惠麦花的动静。让她稍觉安慰的是，陶本纯除了把小学院子租给了惠麦花养羊之外，他们之间再没有甚新的动静。可是穆杏娟还不放心。她想她和陶本纯一起过了五六年，睡在一盘炕上，光溜溜你搂我抱，陶本纯没少出汗，她也没少呻吟，快乐时还把嘴唇咬出了血，可她就是怀不上孩子。对此，陶本纯倒是没有说啥，但她心里急呀。她不能给陶本纯怀孩子，别人呢，别人就不会给陶本纯怀孩子了？

这成了一个挥之不去的巨大的阴影，罩在穆杏娟的头上，把她压得受不了了。

待在娘家的穆杏娟，比在自己的小家里时心还慌。她有几次挟了包袱就要回去，却不知是哪一根神经起了作用，拽着她就是动不了身。她是在等陶本纯，等陶本纯来她娘家接她回家的。只要陶本纯到她娘家院里一站，她二话不说，就会乖乖地跟他回家。

可是，陶本纯不来她的娘家接她，她也就硬挺着耽搁了下来。

耽搁的结果是，当会计的本家哥哥传来话说，陶本纯被乡上暂停了职务。

暂停职务！

乍听这个消息，穆杏娟的心咯噔跳了一下，脑袋里也乱如麻。她一时想不清楚，这对她是个坏事呢，还是个好事。

然而，事到临头，已不允许穆杏娟多想了。本家之中最具影响力的人物三爷爷，在一伙本家人的簇拥下找她来了。在她娘家的窑院，三爷爷逮住穆杏娟，摇着手里的几张白条子，开门见山地给她说："你说咋弄呀，陶本纯被暂停了职务，他借我的钱可不能也被暂停不还吧？"三爷爷一开口，跟来的本家人，就都手摇着白条子，闹闹哄哄让穆杏娟想办法给他们还钱……穆杏娟要叫"六奶奶"的那个老妇人，满头的发丝像染了霜一般，白花花地飘散着，好不容易挤进人群，挤到穆杏娟的身边，把她手里的两张白条子就往穆杏娟的手里塞。六奶奶说："我的个好孙女儿哩，奶奶这两个钱不容易攒，鸡尻子里掏，人嘴巴里抠，奶奶是又掏又抠一辈子了，就攒下这几个钱，还指望养老送终呢，你要还我钱，你赶紧还我钱……"说这话时，霜染了头发的六奶奶就往地上出溜，要跪下来抱穆杏娟的腿了。

　　事情来得这么突然，是穆杏娟始料不及的。

　　但穆杏娟承认，穆姓本家人攥在手里的白条子都是真实的，其中有许多都是从她的手里交到穆姓本家人的手里，换来穆姓本家人的借款，然后交给陶本纯，由他再转交上去，完成名目繁多的这一个提留，那一个捐资的……穆杏娟嫁给了陶本纯，陶本纯从她老爹的手里接过了村支书的担子，可他却没她老爹当村支书的手段。遇上向村民摊派筹款的事儿，他的心就软得面条儿一样，到了最后，把钱筹不上来，就想着法儿借钱。他把他们陶姓本家的钱都借遍了，然后又向穆杏娟的本家借。逢着这个时候，穆杏娟总能挺身而出，她去穆姓本家人那里，带着陶本纯手写的白条子，苦口婆心，说陶本纯是为咱村上人哩，他不忍向大家摊钱筹款，他要能狠下那个心，咱谁还不割肉剜心往出拿。他现在是向大家借哩，是以村上的名义向大家借的，有借有还，今日借一个，还的时候加利息，就不是一个了。凭着穆杏娟的巧嘴解释，每一次都能借到陶本纯需要往上交的款。日积月累，这笔借款有多少呢？陶本纯的心里没有底，穆杏娟心里也没有底。

现在，可能陶本纯还没底，穆杏娟是大概有个底儿了。

这是穆姓本家人七嘴八舌报给穆杏娟的，她心慌意乱地加算着，越加越多，差不多快有三五万元的数目了！

穆杏娟闭上了眼睛，苦苦地咽了几口唾沫，然后抬起头来，把围着她的穆姓本家人都看了一眼，说她穆杏娟赖不了大家的钱。她让大家看着手里的白条，"上面是谁白纸黑字签的名，是我穆杏娟吗？不是吧。是陶本纯，村支书陶本纯签的名，他签的名他就要负责，你们围着我要债，你们要得到吗？冤有头，债有主，你们去向陶本纯要债去吧。别说他是暂停支书职务，就是真免了他村支书的职务，他也免不了借咱钱的债务！"

一串话从穆杏娟嘴里不打咯噔地说出来，连她自己都很吃惊，原来她是很会说话的呀！这么说了一通大道理，穆杏娟还怕穆姓本家人不相信她，就还说了她为甚留在娘家不回的事情。

穆杏娟这么一说，当下把围着穆杏娟的穆姓本家人镇住了。就连带头的三爷爷，也说穆杏娟的话有道理，于是，他就领着大家到陶本纯家的窑院里来了。

踹门进了陶本纯家的窑院，带头的三爷爷迎面碰上端着碗的陶本纯。他二话没说，就从陶本纯的手里强行接过碗，看是他一口没动的疙瘩汤，就转身送到跟来的六奶奶手上，给她说，你还没吃饭吧，正好，孙儿陶本纯给咱做了饭，你就先端着填一填肚子。三爷爷的话，仿佛一种启发，没有端上碗的人，有几个直接去了陶本纯的灶窑，取碗在锅里盛疙瘩汤。陶本纯做得少，没两碗就舀干了锅。来人就还有了抱怨，说陶本纯怎么做那一点儿饭，不知大家要来找他吗。

这倒是句实话，陶本纯真不知道大家来，更不知道大家来做甚。

三爷爷就给陶本纯说了："你不要装镇定，乡上把你的支书职务暂停了。"

陶本纯的确没有得到这个消息，听三爷爷说还不相信，就说："我咋不知道呢？"

三爷爷说："你会知道的。我们来没别的事，就想让你在还没被免支书职务时，把你找我们大家借的钱还了。"

陶本纯说："还是一定要还的，可我……"

三爷爷说："你现在没钱是吧？"

陶本纯说："我不是说没钱，是说我借大家的钱也是为大家的，又不是为了我。"

这句话像捅了马蜂窝。围着陶本纯的人，不仅是穆姓一族的本家了，还有跟来站在外圈的陶姓本家人，都群情激愤，指责陶本纯："是人不是人？想赖账吗？"离得近的人，还把卡在嘴里的痰，往陶本纯的身上唾了。

看不清是谁，冲进了陶本纯的窑里，把他和穆杏娟结婚时买的一台大彩电，往怀里一抱，就大不咧咧地走出来，经过狼狈不堪的陶本纯时，给他说你就快些准备钱吧，有了钱来我家赎你的大彩电……这个头一带，来要借款的人蜂拥而上，在陶本纯的家里，见甚拿甚。柜子箱子，粮食衣被，呼啦啦席卷而空，旁边的一个废弃窑洞里，有穆杏娟辛苦养大的两头猪，不晓得是受了惊吓还是别的原因，先还静悄悄地不出声，此时突然嘶叫了起来，下手晚的人，就都猛扑过去，有抓猪耳朵的，有拽猪尾巴的，唯恐被别人捉了去……便是陶本纯灶窑里的水缸，也被人掀翻推出了窑门，更有甚者，还把陶本纯做饭的锅也拔了起来，顶在头上往出走了。事情弄成了这样，带头而来的三爷爷都觉过了头，他拦挡着乱搬乱拿物件的人，可他凭着一人之力，把谁都没能拦挡下来。

井然有序的一个窑院，像遭了匪劫一般，转眼间空得就只剩下一个陶本纯，呆愣愣左看一眼，右看一眼……他是想哭的，却怎么也流不出泪来。

十

讨债的穆姓本家人，一股风似的从穆杏娟的身边旋开，向留在家里的陶本纯旋去时，穆杏娟就后悔了。

娘家屋里，穆杏娟的老爹去世后，她的两个哥哥分门立户，都从家里搬了出去，只留下一个上了年纪的老娘。几天了，老娘为穆杏娟置气不回家的事愁得嘴唇上起了几个泡。刚才的一幕，老娘也都看见了、听见了，她挤不进身子，也插不上话，就只有在心里急了，急得她的心扑通扑通跳着，几乎要从喉咙里跳出来了。穆姓本家的讨债人一旋出她家的窑院，老娘就拐着一双颤颤巍巍的腿脚，扑到女儿穆杏娟的身边，抓着她的胳膊，说你女子糊涂了，陶本纯再不好，再不对，他可也是你的汉子哩！你这女子到了关口上，不站在你汉子的身边也就罢了，咋还能站在他的对面，把火都往他的身上烧呢？

老娘说得激愤，忍不住举起拳头在穆杏娟的身上捶了起来。

穆杏娟心里承认，老娘的话说得对，便是老娘的拳头捶她，也是捶得对的。心里这么肯定着老娘，她的眼里就很没出息地流下了眼泪。但她还想再僵一会儿。人老了，心却明智的老娘推着她向窑院门外走，催她赶快回家去："都是穆姓本家人，你回家了，事情要好说一些。"

在老娘的推搡下，磨磨蹭蹭地走出窑院门的穆杏娟就不需要老娘推搡她了，她已经自觉自愿地迈着步子，向后沟门村深处她的家里走去了……头几步走得还较迟疑，走了几步，就走得坚定，也走得快速起来。然而一切都迟了，在快要走到家门前的时候，她已经看见穆姓本家人，抱着家里的大彩电、粮食袋子、箱箱柜柜、衣服被褥、水缸铁锅……前呼后拥，鱼贯向她迎面而来。她伸出手，想要挡住拿走她家物件的穆姓本家人，但她挡得住一个人，却挡不住两个人……一个一个，像不认识她一样，气急败坏、高声叫骂着从她身边走了过去。

穆杏娟觉得她的喉咙口都有了血的腥味。

她叫唤："六奶奶！"

她还叫唤："大哥哥、二嫂嫂……"

可是她的叫唤声没有喊动一个有血有肉的活人，倒是直扑在后沟门村的四面坡梁上，白撞回来，发出一阵又一阵的回响。

穆杏娟左阻右挡，没有阻挡得住谁，干脆也不阻挡了，垂下她的胳膊，在纷纷乱乱的人群里逆向而行，偶尔与或怀抱或肩扛她家物件的人撞一下。一只装米的陶缸被撞落在地上，碎成了八瓣儿，陶缸里的黄米撒开来，滚得满街都是。其他人就踩着金黄金黄的小米粒，毫不迟疑地继续往前走……穆杏娟站在碎了的陶缸和撒满了小米粒的地面上，一步都走不动了，静静地站着，直到讨债的人走得一个不剩，她才"哇"地大哭起来，同时，疯了一样向她和陶本纯一起经营了几年的窑院里冲。

刚要冲进窑院门，穆杏娟的三爷爷迎面走了出来，穆杏娟就更高声地叫唤三爷爷了。

穆杏娟叫唤得嗓子快要撕破了："三爷爷！三爷爷！！"

三爷爷低着头，从穆杏娟的身边挤了过去，他无可奈何地应了两声："唉！唉！"

踉踉跄跄，跄跄踉踉……穆杏娟刚才有的那股冲劲儿一下子全没了，她像被人抽了筋脉一般，非常吃力地挪着步子，挪进她苦心经营的窑院。她继续的往前挪着，挪进一个窑洞，在窑洞里慢慢地打着转身，然后又挪出来，挪到另一个窑洞里……穆杏娟睁不开眼睛，她知道自己所能看到的，都是狼藉一片，一片狼藉。

村主任惠名标赶着点儿，走进了陶本纯被人搬腾一空的窑院。

惠名标走动的声音太轻了，像只猫儿一样，这可太不像他了。平常日子，他是像只虎一样的，人还在八丈六尺远的地方，踩出的脚步就已地动山摇；他呼出的气，也能吹得草翻树颤。可他今天却像只猫儿一样，轻轻地溜进陶本纯的窑院里来了。很自然的，猫儿一样溜进陶本纯窑院的惠名标，看到了仿佛遭遇匪劫一般的狼藉样儿，他跺着脚说："这是怎么了，啊？谁敢光天化日这么弄呀！"

陶本纯被吐在身上的黏痰，也已经结成痂。他呆愣着，听惠名标在说话，他眼皮连眨都没眨，更别说回应他的话了。

惠名标却还不管不顾，说了几句关切的话，立马转换了话题，说："乡上的文件随后就到，让我先给你口头传达一下，村支书的职责暂时由我担任。"

陶本纯呆愣着的身子微微晃了晃。他听出了惠名标话里的玄机，知道惠名标早就有了取自己的支书职务而代之的想法，只是在等待时机，这一次看来是时机到了。

努力地咳了一下嗓子，陶本纯把一口痰吐在了地上，痰液中果然混合了很浓的血丝。他眼睛盯死了惠名标，说："你把乡上要的甜瓜集散中心建设集资款交了？"

惠名标说："周乡长那人腰杆子硬，说话算话。"

陶本纯说："别给我说他，我问的是集资款。"

惠名标说："乡上规定的时限到了。"

陶本纯说："时限到了又咋个样？"

惠名标说；"到了还不交，就停不交人的职。"

陶本纯说："所以你去交了。"

惠名标说："我是为村上好。"

陶本纯说："你是为你自己好。"

话不投机，再说也是无益，惠名标突然变脸，发狠地给陶本纯说："随便你怎么想去，随便你怎么说去，我无所谓。我来是向你传达乡上的精神的，你要不服，你到乡上说去，我犯不上被你饯饯……实话给你说呢，我受够了你的饯饯，再也不受你的饯饯了！"

昏了头的穆杏娟把她家的每一孔窑洞都转磨了一遍，最后发现她养的两头肥猪也没了踪影，就又号啕大哭起来……陶本纯还在窑院里僵着，她就转了身，往他的身上扑来了，嘶哑着嗓子大骂陶本纯死汉子，说："我真是鬼迷了心窍，咋把你个死汉子当成宝贝，死死活活嫁给你，指望跟你过上个好日子，可日子过成了甚？你眼睛没瞎，你看看呀，把日子过成了甚？连本家人都撵到家里来，抢家里的物件了，你死汉子一样，屁都不放一个，我跟上你还有甚指望？我活不成了，你也甭想活！"

骂呱着的穆杏娟，一头撞在陶本纯的腰眼上，他没有防顾，当下被撞得仰倒在窑院里。

惠名标是应该拉一拉架的，他却没有，看了骂骂呱呱的穆杏娟一眼，又看了倒在窑院里的陶本纯一眼，便转身去了陶本纯已被倒腾一空的住窑，把原来放在窑炕一角的麦克风和扩音器，从牵连着的一根电线上摘下来，抱着往出走。

在后沟门村，村支部、村委会的公章似乎还不能代表一个人的权力。他们村没有专门的办公场所，连着村里大喇叭的麦克风和扩音器，便具有了很强的权力意味。这两件东西，安放在谁的窑炕上，铁定了，谁就是村里的实权人物。这一点，惠名标是深有感触的。打小起，他就听着喇叭里的声音，喇叭里说东，他就必须往东，喇叭里说西，他就必须往西……惠名标真希望自己也在喇叭里说话，说东说西，让村里人跟着他往东往西。

心里痒痒着，也是迫不及待地，惠名标抱着麦克风和扩音器，刚从陶本纯的住窑里出来，就在麦克风上，"噗噗"地吹了两下。他是在试音，如果连着村子里的大喇叭，他是会马上发表一段演说的……惠名标心里的腹稿已经打好，他要呼吁后沟门村的群众，有条件要上，没条件也要上，积极响应乡上的号召，大力种植白兔娃甜瓜，开辟致富奔小康的新门路。

可惜，麦克风和扩音器还没连上村子里的大喇叭，惠名标吹了两口气就作了罢。

把陶本纯撞翻在窑院里的穆杏娟，是还想撕打陶本纯的，却见惠名标进了她的住窑，抱出了麦克风和扩音器，还在麦克风上吹气试音。她不再撕打陶本纯了，撵过去，冲着惠名标怒吼起来。

穆杏娟喝吼着："光天化日，你也来抢东西呀？"

惠名标躲着穆杏娟，说："这又不是你家的。"

穆杏娟继续喝吼着："我明白，来我家抢东西的人都是你鼓动的！"

惠名标说："是我吗？不是我。"

穆杏娟的喝吼声更严厉了："背的牛头不认赃，我和你拼了！"

在不大的窑院里，穆杏娟披头散发，追撵着惠名标，惠名标抱着麦克风和扩音器，努力地躲着穆杏娟……陶本纯挣扎着从地上往起爬，他觉得腰疼。手在窑院的地上扶的时候，摸到了两封散落地上的旧信，他拿起来，一看信封上的字迹，便想起是他一个高中同学写给他的。那个同学，高中毕业后没有考上大学，却也没在陕北的村里待。那个同学跑到省城西安打工去了，打工让他在西安有了一片自己的天地，他后来开了个城市绿化工程公司。信上说他忙得不亦乐乎，急需一个帮手，他想到了陶本纯，想到了他们在一起的友谊，恳请陶本纯放下村里的事，到西安来与他携手共创大业。

同学的脸是踌躇满志的，虽远在西安，却清晰地映现在陶本纯的眼前了。

十一

白兔娃甜瓜集散中心建设奠基仪式是别出心裁的。周占春请了榆树湾乡几个白了胡须的种植行家到场，让他们扎起乡政府预备好的白毛巾，穿上乡政府统一缝制的黑裤褂，并让乡妇联主任把她平时也很少用的化妆品拿了来，给几位穿戴了起来的白兔娃甜瓜种植能手，红红白白地在脸蛋上抹了一层又一层，这就领着他们来奠基了。

敲锣鼓和扭秧歌的队伍也是本乡的人。他们已早早来到白兔娃甜瓜集散中心的建设工地，敲敲打打，扭扭跳跳了好一阵儿。装扮齐整的白兔娃甜瓜种植行家，在周占春乡长的陪同下，于现场甫一出现，敲打锣鼓的队伍就敲打得更来劲了，而扭秧歌的队伍受了锣鼓点儿的鼓舞，扭扭跳跳得更欢实了。

请来的新闻记者，都已得到了乡政府的红包，或是举着照相机，或是扛着摄影机，全都一副严阵以待的模样，把镜头聚焦在场地中央立着的那块小石碑上。乡长周占春带着装扮起来的白兔娃甜瓜种植行家们走近石碑，操起一把把拴着大红绸花的铁锨站定。周占春讲了一通话，大论种植白兔娃甜瓜的非凡意义……这是一个仪式，白兔娃甜瓜种植行家们把式扎得十分足，最后听得周占春一声"现在奠基"的号令，白兔娃甜瓜种植行家们就纷纷用锨铲着土，培到小石碑上。只一会儿，小石碑就被散碎的黄土埋没了。

此后许多日子，县上的电视台、市上的电视台，还有省上的电视台，把榆树湾乡白兔娃甜瓜集散中心奠基仪式，播了一遍又一遍……报纸是发了新闻图片的，从县报到市报再到省报，三级党报在发新闻图片的同时，都配了不短的文字评论，大论这样的奠基仪式，不重明星大腕，不重高官显贵，只重视劳动者的尊严，让专业技术农民走上前台，奠基唱主角，这无疑是一个创举，无疑是一种科学的态度。

没有在现场的惠麦花，后来在电视和报纸上看到了这个情景，她佩服乡长周占春的才智，他很善于利用新闻媒体做宣传，取得的效果也很好。

但这都是后话了。

眼下的事，像一团熊熊燃烧的大火，跟在惠麦花的脚后，撵着她在乡长周占春主持白兔娃甜瓜集散中心建设奠基仪式的好日子，从后沟门村火急火燎地赶到榆树湾乡乡政府，要和乡长周占春说一说了。

在和乡长周占春不多的几次交往中，惠麦花心里是有一些自信的。她感觉得到，只要她愿意，她给周占春说的话，应该是能起一些作用的……当然，惠麦花自己也是要有付出的，是个甚样的付出呢，惠麦花不愿去想。

那么，惠麦花要和乡长周占春说个甚事呢？

这就还得从她的本家哥哥惠名标在村里放出的话说起了。前日傍晚，惠名标一身风尘，从乡政府回到后沟门村，见了人就说，乡上已经决定暂停陶本纯村支书职务，由他来暂时兼任……惠名标这么说着，还撵到惠麦花养羊的小学，来给她亮耳风了。

虽然是惠姓本家哥哥，惠麦花却很看不惯惠名标的为人和作派。便是他装腔作势关心支持自己，她照样看不顺眼，甚至还心生不齿和厌恶。天色已经暗下来了，性子较急的几颗星儿，一闪一闪的，在高远的天幕上眨着眼睛……惠麦花在改作羊圈的小学教室里，一间一间查看着她的羊群。这是她每晚都要做的功课，不在羊圈里查看几遍，她就睡不好觉。

惠名标就是这个时候来到小学院子里的。

惠麦花没有招承他，他便自己傍在惠麦花的身边，有一句没一句地关心着惠麦花。

惠名标说："好我的个妹子哩，我就想不通，好好的你不在城里享幸福，跑回咱这山洼洼里受的甚罪吗？"

惠麦花沉默着没应声。

惠名标也不管，只顾说他想说的话："空落落的一个小学，黑瓦瓦的一个晚上，你说你一个孤身女娃娃……唉，你让羊给你做伴儿呀？"

惠麦花还想沉默的，听惠名标这么一说，她就沉默不下去了，猛一回头，眼睛瞪着惠名标，说："你是放屁还是说话？"

惠名标受了馇，却也不知羞耻，依旧傍在惠麦花的身边，说着他的话："咱一个惠姓本家，你说谁有咱们亲？你恶心我放屁，我不生你的气，我给你说实话哩，你可是要注意你和陶本纯的影响，我不能让他连害了你。"

惠麦花听不下去了，她指斥惠名标："狗嘴里吐不出象牙，我看你就是一只狗，胡扑乱咬的狗。"

惠名标挨了骂却还不羞不恼，说："好心总是被人要当驴肝肺的。你骂我，我不记你甚，你听我给你再说一句话，乡长周占春真是把你当人才哩。你听我说，你到乡上甜瓜办去，那是多好的事儿啊！"

惠麦花听出问题的症结来了。如果不是天黑夜深，惠麦花是会当即跑到乡政府去，问他周占春的。惠麦花去不了，就在惠名标走后冷寂的小学院子里苦思冥想。她想了一个晚上，想到天明，也不吆着羊群出坡了，只把她放羊时割回来并晒干的草，一抱一抱撒在羊圈里，这就一刻不停地去了乡政府。

惠麦花一头热汗地来到乡政府时，乡长周占春主持的白兔娃甜瓜集散中心奠基仪式刚刚结束。心情不错的周占春，回到乡政府他的办公室，吼叫着干事打来一盆热水，把毛巾浸进去，捞出来，拧干了，正在擦着他的手和脸，就听到了惠麦花的敲门声。

惠麦花是一边敲着门一边叫着周占春的："周乡长，你在吗？"

如果只是敲门，周占春是要拖一些时间的。这是他为自己设计的一种态度——凡事都要慢半拍，这样既可以表示他的稳重，又能显示他的权威。但惠麦花叫他了，他也听出是惠麦花的叫声，他就忘了自己的设计，一手举着热毛巾还在脸上擦着，一手就把办公室的门打开了。

周占春的问候中带着几分惊喜："啊，是你呀，你来了。"

不像在小学和草坡上养羊放羊的时候——在那样的场所，惠麦花穿得要朴素一些，今天就不同了，她身上是一件绛色无袖连衣裙，站在周占春的面前，亭亭玉立。这样的她让周占春像猛然被注射了一针麻醉剂似的，站在门口，把擦脸的毛巾捂在脸上，一动也不动。

惠麦花说："咱就站在门口说话吗？"

周占春闻声，这才知道他的失态。赶紧让开门，说了声"请"，把惠麦花让进了他的办公室。他又是搬凳子，又是倒茶水，忙前忙后一阵子，也不知是有意无意，竟还把办公室的门也关上了。

惠麦花笑笑地说："大乡长和一个女人家说话，把门关上不好吧，也不怕别人嚼舌头。"

周占春就走到门旁边，手把门锁头都捉住了，却没有打开来，转身说："谁人背后不说人，爱嚼舌头嚼去吧，和你一个大美女单独说话，被人嚼舌头我愿意。"

惠麦花的脸红了，说："到底是乡长啊，就是与人不同。"

周占春离开关着的门，向惠麦花走近了两步，说："想了几天想得怎么样？接受我的建议了吧。"

惠麦花说："我知道乡长是关心我，但我今天不说这事。"

周占春说："那你？"

惠麦花从她背着的一个女式皮包里掏出两扎百元大钞，往周占春的办公室桌上一拍，说："我是来交钱的。"

周占春不解，说："谁让你交钱？你交的是甚钱？"

惠麦花说："村上为白兔娃甜瓜集散中心筹措的集资款呀。"

周占春笑了，说："有人早你一天已经交了。"

惠麦花知道是谁，可她还是问了一句："谁？"

周占春说："村主任惠名标。"

惠麦花想要挽回这一局面，说："求你周大乡长哩，你把惠名标的钱退回去，他是一种'个人姿态'，乡长不能支持这种背后挖人墙脚的行为吧？"

周占春笑了，他是一直笑着的，只是这一笑有点儿暧昧，手把惠麦花拍在办公桌上的两扎钱拿起来，轻轻地拍了拍，说："那你呢？你又是甚的个姿态？"

惠麦花一时就有些语塞。

周占春把两扎大钱往惠麦花的手里塞，惠麦花拒绝着不接，三推两不推，周占春就把惠麦花的两手捉在了他的手心里。这样一捉，不仅周占春，还有被捉着的惠麦花，都蓦然触电一样不动了。

惠麦花说："乡长，你把我手放开。"

周占春却坚持不放，嘴里又还梦呓一般喃喃地说："绵乎乎，绵乎乎……你的手可是真绵呀！"

十二

这是做甚呢，啊！一个村的人，咋能这么做事呢？从乡政府回到后沟门村的惠麦花，听说穆姓本家人和陶姓本家人因为几句传言便纠集起来，向陶本纯讨要他为应付上头的摊派而向他们借的款，讨要不成，竟把陶本纯的家给搬空了。对此，惠麦花是震惊了，她不能袖手旁观。像她去乡政府忍受着乡长周占春对她的骚扰也要帮助陶本纯一样，回到村里，她又要来帮助陶本纯了。

在一个贫困村当支书，陶本纯是太难了。因为难，陶本纯才不惜自己的前程一遍一遍向村民借钱。他这么做，就是不想增加村民的负担，因此也就只有他一个人担了。当然，他并不是毫无作为地担。惠麦花回到后沟门村，要引进莎能羊饲养，陶本纯就支持她，还把并校后空出来的小学院子租给她，让她改造成了羊圈。陶本纯明确告诉惠麦花，后沟门村有着悠久的牧羊历史，这是他们村的传统，更是他们村的优势，他希望惠麦花在饲养莎能羊的项目上，积累经验，带领和帮助村里人，甚至使这一带的乡党，都能享受"羊利"，迅速地富裕起来。

不用说，三年多的辛劳，惠麦花已经获得了很好的回报……村里谁家要学惠麦花饲养莎能羊，陶本纯希望她能给予无私的帮助，这没甚说的，惠麦花照着做了。如今，惠麦花要进一步研究莎能羊的圈养技术，她给陶本纯说了，他二话不说，又一次坚定地站在她一边，支持她的实验……现在，惠名标一个传言，竟使陶本纯的家受了这么大的劫难，惠麦花焉有不两肋插刀的理由。

惠麦花走进拿了陶本纯家东西的人家，她给他们耐心地说："乡上并没有停止陶本纯的支书职务呀！"

大家的神情就有些恍惚，说："惠名标说了的，能有假？"

128 |

惠麦花说："他说的是暂停吧。暂停只是暂停，乡上一句话不就又给他恢复了吗？"

大家听着有理，低下头想想，也觉他们在这件事上做得过火了，就都很懊悔地直拍额头，当着惠麦花的面说："这可咋整？这可咋整？"

惠麦花便善解人意地说："给人家送回去呀！"

从东家出来，又进了西家，惠麦花口干舌燥地劝导着大家……当然，她不只是言语相劝，她还把在乡政府未给乡长周占春交上去的钱带了回来。每到一家，她就让这家人把陶本纯打的白条都拿出来，她一张张、一分不少地给予兑付。

求之不得的好事呢！

从半下午回到后沟门村开始，到天擦黑的不长时间里，惠麦花走遍了全村拿了陶本纯家物件的人家，兑付完了陶本纯为村上事借的款。那些人都乖乖地把从陶本纯家搬来的物件小心地搬挪回了陶本纯的家。

仅一天的时间内，那些人上午去了陶本纯家，把他的家呼啦啦搬挪一空，下午又呼啦啦去了陶本纯家，把他家的物件一样不少地搬挪回来，这使呆愣在自家窑院的陶本纯像是做了一场大梦。

大家从他家搬挪走物件时，陶本纯无动于衷，僵立着没有说话……大家往他家搬挪回物件时，陶本纯依然无动于衷，僵立着没有说话。他的手里攥着高中同学从西安给他写的信，把干扎扎的信纸攥了一天，几乎都攥出水来了。

陶本纯一动不动地僵立着，耳朵里却前所未有的亮堂。他听见有人不知在哪里唱着一曲信天游，忽而高了，忽而低了，带着些忧伤，还带着些刚烈：

东山上那个点灯西山那个明，

一马马那个平川了呀亲妹子哎瞭不见人。

你在你家里得病呀我在我家里闷，

你身上那个有了病呀亲妹子哎我心上疼。

我想亲亲那个想得直愣愣个神。

这是叫一个甚名字的信天游呢？是叫《西山点灯东山明》吧，对了，是叫这个名字的。陶本纯记得，惠麦花在离开后沟门村上大学前，曾经要求他给她唱这曲信天游的。他会唱，而且唱得还不错。惠麦花要求他唱时，他却一声都没给她唱出来。今天，他想唱了，把别人不知在哪里唱了一遍又一遍的这曲信天游，从他的嘴里再唱出来……陶本纯活动了一下他站立得久了的、僵硬了的身体，一步一步地挪出了他家的窑院。他先走得很慢，走着走着又走快了。他不停地走着，走出了后沟门村，走上了村背上高高耸峙的那道山崖，站立在山崖边扯开喉咙。刚唱起来，他的眼睛便湿淋淋的，有了泪的聚集，晶晶亮亮的，一颗一颗，莹莹润润地挂在他的脸皮上。

东山上那个点灯西山那个明，

一马马那个平川了呀亲妹子哎瞭不见人。

…………

枣树圪墚枣花香

一

枣树开花的时节，坡梁上的草也就肥了。

是肥成大海一般的样子呢！满坡满梁绿草，都像受了某种神秘力量的鼓舞，奋勇地向上长着；有风吹来，便又羞涩地伏下去；才伏下去呢，却又迅速地挺起来，起起伏伏，总是难以平静。在坡梁上刈草的段枣花，心里也是这样，像长了草似的，起伏着不得平静。她是想起狠心的祝金虎了。心里想着呢，就要直起腰来，朝着缠在坡梁上的那条山路瞄一眼。她这样痴情地瞄着这条高低起伏的山路，仔细算来，该有八冬七夏了。

段枣花的条子顺、盘子亮，是枣树圪墚村人见人爱的俏婆姨。她眼瞄着的这条山路，从坡半凹的村口漫上来，游蛇一样漫到墚顶，一直地漫向前去，漫到段枣花看不见了，还要继续往前漫……过去，这条路是很宽的，也是很喧闹的，段枣花就是从过去宽畅喧闹的路上走来，嫁给她的情哥哥祝金虎的。恩恩爱爱过了两个年头，祝金虎说他不能窝在枣树圪墚，他要出去，要到繁华的大城市去，寻找新的生活。祝金虎说走真就走了，也是从这条路上走的。从他走了以后，这条路便慢慢地窄下来了，静下来了。之所以窄，是路面被疯长的野草占去了；之所以静，是来去的人少了。枣树圪墚村，从祝金虎走出去后，像他一样的后生，串通了似的，一个一个的，差不多都走出去了。

望穿秋水——段枣花想她瞄着山路的眼神，应该就是那个样子呢。

段枣花这样子瞄着，是想瞄见出去的祝金虎从这条路上走回来的。她瞄不见狠心的祝金虎，却在挥镰刈草的这个下午，瞄见了一个衣着邋遢的后生，背着个肥大的行囊，从这条曲曲弯弯的山路上走来了。

看样子，这是个城里来的后生哩。

他驴子一样在肩背上驮着个肥大的行囊，手里呢，还端着个炮筒子似的照相机，见着什么都新鲜，都要把他的炮筒子瞄上去，咔嚓咔嚓拍几下。

段枣花早就瞄见他了。他起先只是远远的一个黑点儿，走得近了，就见他对坡梁上密密匝匝的枣树林子来了兴趣，把他的炮筒子推远了拍几张，然后又扯近了拍几张；有时候呢，还把炮筒子凑到枣树的枝叶上拍几张，拍得兴趣盎然，不亦乐乎……后来，他居高临下地看见窝在半坡凹里的枣树圪塄村了，就手遮前额，把散散乱乱的村子看了一个仔细，这才小心地端起照相机，换一个角度，咔嚓拍一下，再换一个角度，咔嚓又拍一下，惹得段枣花直起腰，手握一把亮闪闪的弯镰，在半空里掂了掂，嘴巴动着，默着声怨他了。

段枣花说："贪心的城里人，你把枣树圪塄村还能吃进你的照相机里不成？"

段枣花的埋怨是没出声的，奇怪的是，却被城里后生听见了似的，他把拍摄村景的照相机镜头收了回来，对着刈草的段枣花又拍上了。他拍段枣花的那份专心，超过了他对前头一切事物的兴趣，没完没了。段枣花弯下腰刈草了，他咔嚓拍一下；她直起身擦汗了，他又咔嚓拍一下……他这么很有耐心地拍摄着，还一步一步朝着段枣花刈草的沟坡上挪，挪一步近一步，近得都快探上段枣花刈草的镰刀了。段枣花焉有不恼的理由？她是又恼又羞呢，心想他是谁呀，咋是这么的轻薄，咋是这么的不知羞脸？

缠在墚梢上的大路，恰在这时，传来了一阵清脆的摇铃铛声。

那是段枣花的妹子祝金花回家来了。

祝金花骑在一头拴了红绸带和铜响铃的小毛驴背上。很受段枣花疼爱的祝金花，在山那边的乡办小学读书。路太远了，去学校不方便，段枣花央求爷爷拴了这头小毛驴，为祝金花代步。段枣花还怕祝金花在路上寂寞，她自己又找了一个皮圈，拴上一圈串铃，戴在小毛驴的脖子上。小毛驴碎步走着，就有一路不绝于耳的铃铛声："丁零零……丁零零……"这样的景致，在陕北的旧日历中，是相当普遍的，到了现在，就很少见了。

祝金花在学校刚学了一曲信天游，斜骑在毛驴背上的她，就很嘹亮地唱着了。段枣花听得出来，这是学校老师改良过的信天游，如今不知叫了什么名字，原来是叫《探不上采花心里头爱》。这样一曲满含情爱味道的信天游，从祝金花这样的小女子嘴里唱出来，听来就更有意思了。

一朵朵红花半崖上开，

探不上采花呀心里头爱。

打碗碗花儿遍地开，

把你的白脸脸呀调过来。

城里后生名叫柳五洲，他的父亲柳君红在陕北插过队。柳五洲从父亲的嘴里听到过这样的景致，当然，他还从电影和电视的画面上看到过这样的景致。他听了、看了，只是觉得很美，是那种深藏在传统里的美啊！蓦然间，这样的景致撞入了他的眼睛，就不只是一种简单的美了。那么是什么呢？柳五洲一时还说不清楚，而且他的摄像机镜头也没时间让他去多想。本能地，他调转了头，寻着祝金花骑着毛驴吼唱信天游的身姿，用他照相机的镜头，远远地瞄着，"咔嚓"按了一下快门……显然了，只按一下快门是不够的，城里后生柳五洲向他刚还专心拍摄着的段枣花挥了一下手，算是给她打了一个招呼，然后呢，就一蹦一跳地追着骑在花红毛驴背上的祝金花去了。在满是荒草的坡地上，他蹦跳几步，就站下来，举起手里的照相机，对着祝金花和她骑着的小毛驴按一下快门……他按响快门的时候，心是专注的——段枣花隐约看得见，城里后生那张青春俊朗的脸上荡漾着的，满是惊讶和喜悦。

小毛驴脖子上的串铃声该是很好的伴奏了，骑着小毛驴的祝金花，还不知觉有人追着她拍照片，如同枣树枝条般的腰身儿，随着小毛驴的蹄脚声，很有韵致地摇着，一边摇着，一边唱着她的信天游。

白格生生脸脸黑格油油头，

红格嘟嘟嘴唇馋死人。

风尘尘不动树梢梢摆，

什么风把你刮得来。

追着祝金花拍照的城里后生柳五洲，兴奋得都要大喊大叫了。父亲柳君红他们一伙曾插队陕北的知青在北京聚餐喝酒时，就吼过这样的信天游。他是爱听这样的信天游的。父亲他们吼信天游时，他也跟着大喊大叫过，但在这里，他喊叫不出来。他怕惊了骑驴的祝金花，耽误了他拍出好照片。于是，段枣花看见蹦跳着的城里后生柳五洲，对着她的小妹祝金花，不断地按快门……就在他又一次举起照相机，对着祝金花拍照时，却毫没征兆地扑趴在了草坡上。

二

城里后生柳五洲扑趴到地上时，段枣花起初并不觉得有啥问题。在凸凹不平的草坡上蹦跳，偶尔摔上一跤，会有什么问题呢？不会有吧。段枣花就曾在草坡上摔过跤，村上的人呢，谁没在草坡上摔过跤。摔倒了，自己爬起来不就行了？但城里后生柳五洲这一跤摔得不同。他没做任何其他动作，就直接扑趴倒在了草坡上，也不爬起来，甚至动也不动。这让瞄着他的段枣花就奇怪了，她忍不住还捂了嘴偷偷地笑，正笑着呢，觉出了问题来，立刻不笑了，扔了手里的镰刀，撒开脚丫子，向着城里后生柳五洲扑爬的地方跑……快跑近了，段枣花又慢下脚步，嘴里"哎，哎，哎"地轻唤着城里后生柳五洲。见他还没动静，她这才真正地失慌起来，伸手抓住城里后生柳五洲的一条胳膊，把他翻过身来。他的脸是白的，是那种不见一点儿血丝的白，而且还有一层细汗，亮晶晶地挂在他的脸上，让人觉出他有一种垂死的危险……他死死咬着的牙齿，却还像只吃草的羊儿，滑稽地叼着几根肥硕的草叶。

变脸失色的段枣花，破了嗓子地喊叫她的小妹祝金花。

段枣花喊叫着，喊叫的声音有些凄厉："金花呀，你快过来！"

祝金花是还唱着信天游的，当下住了口，应着嫂子段枣花："甚事嘛，你听你喊叫的。"

段枣花不让祝金花问，只喊她："话咋多得很。"

祝金花就不问了，知晓她的嫂子遇到事了，很难场的事呢！这便跃身跳下小毛驴，向她嫂子段枣花喊叫的地方跑着去了。

段枣花又喊："把你的毛驴儿一块儿牵着来！"

祝金花就很听话地转过身，抓住被她松了手的驴缰绳，"嗰儿——嗰儿——"吆喝着，一声比一声急地走来了。她像她的嫂子一样，倏忽看见草坡上躺着的城里后生柳五洲，也是慌得不行，嘴里还毫无主张地说着话。

祝金花说："这是咋的了？"

祝金花嘴里说着，手上就帮着嫂子段枣花来扶昏软在草坡上的城里后生柳五洲……背着个巨大的行囊、举着一架照相机的城里后生柳五洲，祝金花早在她上学走过乡街时就见了。祝金花初见这个城里后生柳五洲时，觉得他的行为是怪异的，因此，他就特别地引她注目了。窝在陕北沟沟壑壑的乡街，她所能看到的，差不多都是左近村庄的人。他们的穿着和说话，也都如陕北的沟沟壑壑一样平常，大家即便不晓得对方的姓名，却也都有见过面的那样一种熟悉。城里来的这个后生，他不一样。他的穿着是洋气的，是那种邋里邋遢的洋气。他在乡街上晃荡着，身后总是跟着许多人，大家像看"西洋景"一般看着他，而他还没知觉，只管在乡街上晃荡着。终于，有人忍不住，问他话了。

问他话的人说："你是来收大枣的吧？"

城里后生柳五洲摇头了。

问他话的人就还说："那你就是来收洋芋了？"

城里后生柳五洲就还摇着头。

在他们这一带，大枣是个特产，洋芋是个特产，再者还有羊肉和羊皮。外来人到这儿来，差不多都奔着这里的土特产，是来做生意的。大家的意识里，对外来人积累下来的，就是这么一个简单的印象。这个摇头晃脑的城里后生柳五洲，他要做什么呢？

他呀，干脆就是一个不着调调的闲人。

你看他么，蓝色的一身厚布裤褂，被水洗得这儿深了，那儿浅了；关节处呢，还破了，或者大一点儿，或者小一点儿的洞眼，也不去补，任凭那大大小小的洞眼儿烂着线头……他晃晃荡荡地走到一个摆摊卖羊肉饸饹的锅灶边，就很自然地举起照相机拍照，拍了照，要摊主给他盛一碗饸饹，热汗淋漓地大吃几口。接着呢，他还要在乡街上晃荡。看见卖荞面碗坨的，看见卖糜子软糕的，看见卖洋芋擦擦的，他都要举着照相机拍照。照例是，拍了照还要摊主给他弄上一些，他热汗淋漓地大吃几口。他那么拍着照片，吃着饭食，把肚子吃得鼓鼓的了，还不停地又是拍照片又是吃饭食，嘴里呢，还念念叨叨："吃撑了！吃撑了！"但他管不住自己，依旧拍着照片，吃着饭食，吃得都举起巴掌在自己鼓鼓的肚腹上敲了。

鼓腹而歌。跟着城里后生柳五洲看"西洋景"的祝金花，当时就想到了老师教她的这句成语，她笑了。

一起跟着城里后生柳五洲看"西洋景"的人都笑了。

被人笑的城里后生柳五洲，看着笑他的人，自己也没心没肺地笑了。他笑着向大家问了一个问题。

城里后生柳五洲问："谁知道枣树圪塛村怎么走？"

在乡街上，知道枣树圪塛村的人不只祝金花一个人。不等她说，早有其他的人给城里后生柳五洲说了。城里后生柳五洲要答谢人家，给人家照一张相的，这倒把给他指路的人吓跑了，也让人觉得城里后生柳五洲更有趣了。

这样一个有趣的人，怎么就扑趴着晕倒在枣树圪塛村的草坡上了呢？

祝金花不能多想了，她在嫂子段枣花的招呼下，扶起城里后生柳五洲，先把他背上巨大的行囊卸下来，又把他脖子上挂着的照相机摘下来。然后，姑嫂二人齐心协力地把晕过去的城里后生柳五洲弄上了毛驴背，使毛驴儿脖子上的串铃丁零乱响地回了家。

经验丰富的爷爷，翻着城里后生柳五洲的眼皮看了看，就晓得该怎么办了。

爷爷帮助段枣花和祝金花姑嫂俩，把横驮在毛驴背上的城里后生柳五洲抬下来，搬去了自己住着的窑洞。爷爷把叠着的铺盖塞在城里后生柳五洲的背后，让他斜躺着，然后就让段枣花去端枣红酒，再去化碗枣花蜜水。

爷爷说："喝一口枣红酒，再来一碗枣花蜜水，他就没事了。"

喘得像驴吼似的段枣花和祝金花，闻听爷爷这么说，提着的心就放了下来。

段枣花取枣红酒、化枣花蜜水去了。爷爷就指派祝金花，让她去拿一把地椒椒来。

段枣花一手端着枣红酒，一手端着枣花蜜水——那枣红酒是浅浅的一碗底，那枣花蜜水是海海的一大碗——端了来，小心地先给城里后生柳五洲喂枣红酒，接着又喂枣花蜜水……祝金花呢，就把她拿来的地椒椒，按在城里后生的鼻头上让他嗅。枣红酒灌了，枣花蜜水也快喂完了，城里后生柳五洲的嘴唇鼓了鼓，突然打了个喷嚏，闭着的眼睛也便慢慢地睁开了。

睁开眼睛的城里后生柳五洲，先是一阵的懵懂，骨碌碌翻转的眼珠子，茫然地看着给他又是喂枣红酒又是喂蜂蜜水的段枣花，还有拿着地椒椒给他嗅的祝金花，渐渐地明白过来了。他确认她们就是他照相机镜头里的人，白生生的脸上，蓦地生出大片的红晕来。柳五洲笑了，知道自己遭遇不测时，正是他镜头里的她们救了他。

段枣花到这时才长出了一口气，她说："城里人呀，你可醒来了！"

城里后生柳五洲从两人的抱怨声里，听出了她们对他的关怀，他就只有感激了。但他一时还说不出话来，只拿眼盯着救了他的两个美丽女子看。站在一旁的爷爷也说话了。

爷爷说："你个城里人，看来还得歇在我这儿，再喝几天枣红酒和枣花蜜水。"

城里后生柳五洲就把他感激的目光又转移到爷爷的脸上了。他承认满脸渠沟的爷爷说得对，摸准了他的脉象。好些年了，他总是血糖低，遇着体力透支，要是不及时补糖，就可能发生吓人的休克症状。他的背囊里，是准备了巧克力和奶糖的，但他举着照相机拍摄段枣花和祝金花，还有枣树圪墚村的村景及满坡上的枣树林时，太专注、太投入了，忘了吃一块巧克力或者奶糖，这就晕倒在草坡上。满腔子涌动着感激热浪的城里后生柳五洲，觉得自己眼睛里的爷爷、段枣花和祝金花在慢慢地变模糊。他知道，一定是汹涌的泪水漫溢出来了。

脸上珠帘子一般挂满了泪水的柳五洲，感觉枣花蜜水的甜味还盖不住枣红酒的香醇。此时此刻，作为药引子的枣红酒，是太特殊了。柳五洲搜索着他的味觉记忆，知晓这该是他父亲柳君红给他喝过的那种枣红酒。父亲把枣红酒一直珍藏着，只有他们一伙曾经一起在陕北插队的知青朋友聚到一起时，才舍得拿出来喝的。

三

你是谁呀，怎么独自一个人到这遥远的陕北来了？

一连几天，被段枣花一家亲切地称为"城里人"的城里后生柳五洲，很想从段枣花、祝金花或是爷爷的嘴里听到这句话，但是没有。段枣花没有问，祝金花没有问，爷爷也没有问。可他们都像亲人一样，伺候着城里后生柳五洲的一日三餐。特别是段枣花，到每餐饭时，都要给他这个城里后生取来浅浅一小碗的枣红酒，化好海海一大碗的枣花蜜水，端到他的面前，看着他，让他香香甜甜地喝进肚子里去。

爷爷说得没错，枣红酒、枣花蜜水是对着城里后生柳五洲的病症的。他觉得自己的身体好起来了，从来没有过的那种好。

枣红酒带着些淡淡的红色，枣花蜜水带着些淡淡的绿色。柳五洲没见过酿制枣红酒的过程，但他来到枣树圪墚，用他的照相机镜头扫描漫坡漫梁的枣树林时，是抓了几个特写的——辛勤采蜜的蜜蜂奋勇地振动着它们小小的翅羽，周旋在一疙瘩一疙瘩繁密的枣花中，吮吸着枣花里的蜜汁，那枣花的色彩，是带着些绿意的，蜜蜂酿出的枣花蜜，自然地也带着些浅浅的绿了。

在段枣花家的窑背上，有几个土垒的蜂窝，总有一群一群的蜜蜂出出进进，或是飞到枣花烂漫的枣树林里去采蜜，或是采了枣花蜜回到窝里来酿制。那样的纷纷乱乱，那样的勤勤恳恳，真是让人感动哩。

白花花的日头照直落在段枣花家的窑院时，爷爷搬了一把木梯，搭在窑背上来割蜜了。

割蜜的时节，家里的人都是兴奋的。蜂窝的门打开了，就有更多的蜜蜂飞起来，满天都是"嗡嗡嗡嗡"的鸣叫声。爷爷头上戴着一顶简陋的纱罩儿。守卫着窝巢的蜜蜂，大概不愿意爷爷抢割它们的枣花蜜，就都前仆后继，向爷爷的头罩和身上扑……段枣花、祝金花都在设法帮助爷爷。她俩提桶的提桶，摇蜜的摇蜜，忙得不亦乐乎。城里后生柳五洲想他也该搭把手的，但还没等他接近采蜜的爷爷，就有蜜蜂向他进攻了——有一只在他脑门上吻了一下；有一只在他的脸腮上吻了一下；有一只绝的，干脆在他的嘴唇上亲了一下，他便只有哇哇地干叫着，逃到一边。

爷爷来给城里后生柳五洲上药了。

笑哈哈的爷爷说："要不是你的身子需要枣花蜜，我是还要等些日子才割蜜的。"爷爷的话，说得城里后生柳五洲的心里热乎乎的。爷爷还说："蜜蜂蜇了你，你不要怕，那也是有益于你的身体的。我们这里，有些病症治不好，捉几只蜜蜂在皮肉上蜇几下，反而就好了。"爷爷说着，就把黏在手指上的蜂蜜往城里后生柳五洲脸上被蜂蜇了的地方涂了些。他边涂边说："一会儿就不红不肿也不疼了。"

见多识广的爷爷，几乎成了城里后生柳五洲的监护人。

爷爷、段枣花和祝金花对城里后生柳五洲无微不至地好着，倒使城里后生柳五洲不安起来，他不好意思在这里停留太久，却又拧不过热情的爷爷，就只有心怀忐忑。便是他的这点儿心思，也被爷爷看破了。

爷爷告诉他："城里人，别脸皮薄，胡思乱想。看你走路都跌跌趴趴，还不踏实住下来，好好喝上几日枣红酒、枣花蜜水，把你的身子骨养壮实。"

柳五洲只好客随主便，老老实实在爷爷家住了下来。几日后，爷爷和段枣花从羊圈里选出几只肥羊，赶着要去乡街上卖给贩子——这是爷爷家的主要经济来源。爷爷把选出的羊从窑背后的山洼里赶出来，就直接上了缠在坡梁上的大路。祝金花上学去了，段枣花担心爷爷一个人照顾不过来，也相跟上去了。柳五洲看着新鲜，又不想白吃白住在爷爷家里，就也跟着去了。一群羊像是落在坡梁上的云朵，忽忽悠悠地向前飘着。爷爷和段枣花默默地跟着，谁都没有说话，柳五洲就觉得很奇怪。他看着爷爷和段枣花，发现他们的眼神颇为落寞，他们盯着云朵一样飘着的羊，盯上一阵，又抬头看天——天色真好，蓝蓝得像水洗了一样，也有一朵一朵白如棉花样的云彩，在忽忽悠悠地飘动……爷爷和段枣花很在意地把天看了一阵，就又低下头来，看他们将要卖给羊贩子的羊群……柳五洲明白了，他们落寞的眼神是为着羊群的。在爷爷和段枣花的眼里，这群羊已被他们养出感情，他们舍不得卖出去了。

这是羊儿的命运了。爷爷和段枣花尽管不舍，却也没有别的办法。

正走着，爷爷提议歇一下脚，然后就坐在坡梁梁的路边上，掏出旱烟锅装烟，吃起来了。段枣花没有坐，她站着，照顾群聚在一起的羊儿。有哪一只胆敢走乱，段枣花就操起她带在手边的放羊铲，铲起一撮土，向着乱走的羊儿抛过去。她抛得很准，随着土块在空中划出一道漂亮的弧线，便见乱走的羊身上被砸出一朵土花儿来。

爷爷叫着柳五洲，让他不要站着，坐到自己身边来。爷爷给他说自己年轻时在家待不住，是走过西口的。西口的路长啊。一次呢，爷爷走着，就像今日一样，天上流动着好看的云彩，地上呢，涌动着好看的绿草。他自己走得高兴，情不自禁，就还唱起了信天游。

爷爷说，他唱的信天游就是《走西口》。说着，爷爷又哼唱了起来：

　　　　哥哥哟，走西口，
　　　　妹妹呀犯了这愁，
　　　　提起哥哥哟走西口哎，
　　　　妹妹这泪长流。

　　　　哥哥哟走西口，
　　　　妹妹呀送你这走，
　　　　送出来就大门口。
　　　　手把上的那就手儿哟哎，

　　　　送就大出来门口，
　　　　妹妹这不丢呀手，
　　　　有两句那个知心话哎，
　　　　哥哥你要记心头。

爷爷唱着唱着，昏花的眼睛亮晶晶的，竟然还有了泪花儿。爷爷说他当年在走西口路上，正经唱着这曲信天游时，不知咋的，眼前一黑么，就像城里后生柳五洲一样，扑趴在地上了。到他醒来时，也像城里后生柳五洲一样，躺在一户人家的窑炕上，喝着那家人给的枣红酒、枣花蜜水。爷爷说，那家人把他留宿在家，让他喝了好多日子的枣红酒、枣花蜜水。以后的日子，他就再没有眼黑过，也再没有黑眼失脚地扑趴到地上了。

城里后生柳五洲还想听爷爷往下说的，爷爷却突然刹了话头，不说了。不说就不说吧，他还抬起干硬的手，在湿嗒嗒的眼睛上抹了一把，很是羞涩地笑了起来，还说自己"老了老了呢，就爱念想过去的事，不说了，说了丢人哩。"

好像不只城里后生柳五洲想听爷爷讲过去的故事，一些采蜜的蜜蜂也想听，"嗡嗡嗡嗡"地飞了来，围在爷爷的身边，飞个不停。

城里后生柳五洲就想，让爷爷流泪的叙述，应该还有更精彩的在后头呢！

是个怎样的精彩呢，城里后生柳五洲兀自想着，似乎想得有些眉目了，又似乎什么眉目都没有，便不由自主地笑了起来。

在旁边照顾羊群的段枣花却不让城里后生柳五洲笑，拿她眼睛里的锥子戳了一下他，给他说："你看你那笑么，有啥好笑的？"

城里后生柳五洲感受到了段枣花目光的锋利，他不笑了。

段枣花制止了城里后生柳五洲的笑，又转过脸来制止爷爷的哭了。同样的，她用眼睛里的锥子把爷爷戳了一下，给他说："你看你那泪么，有啥好流的？"

爷爷也就止住了泪。

爷爷还是说了他在走西口路上的故事。说他养身子的那户人家里，是有个妹子的，人样儿长得稀罕，信天游又唱得特别好——"唉唉，把人在他家养得……我都不想回家来了。"

听着爷爷的故事，城里后生柳五洲想他在这个温馨的家里，喝着枣红酒和枣花蜜水，差不多也起了与爷爷一样的心愿了。

爷爷的故事讲完了，不再说话了，柳五洲却打开了话匣子，把他心里藏着的一堆话都说出来了。他说："让我怎么说呢，从我获救，留在你们的家里，好些天了。好吃好喝地把我待着，你们也不问我是谁、我是从哪儿来的、又要到哪儿去，你们也太放心了。"

爷爷憨憨地笑着，倒没说啥。段枣花是不依的，接着城里后生柳五洲的话说了，说他说的话奇怪。"我们为啥要知道你是谁、知道你从哪儿来、又要到哪儿去？我们只知道你是人就对了。你病倒在我们的枣树圪塄村了，我们照料你，要你好起来。"

城里后生柳五洲还是不理解，说："我要是一个坏蛋呢？"

段枣花就笑了说："咋了，坏蛋不是人？"

城里后生还有什么好说的呢？他没再说什么了。

四

悄悄地，就起了风。段枣花去梁坡上刈草，城里后生柳五洲嚷嚷着也去了。卖羊回来，人还乏着，本来段枣花不让柳五洲去，柳五洲却硬跟着来了。在草坡上，柳五洲举目四望，发现蓬蓬勃勃的枣树枝叶里，满是盛开的淡绿色枣花。四处流动的风，带着枣花的香气，直往他的口鼻里灌。他觉得他都要醉了呢，心也像泡在无处不在的枣花香气里，热热的，感到从来没有过的幸福。

柳五洲从他的衣服口袋里掏出身份证来，给走在他前头的段枣花看。柳五洲坚持认为，他必须把自己的心里话毫无保留地告诉段枣花一家，他不能不明不白地住在人家的家里，承受人家无微不至的关怀和照料。

段枣花对此似乎依然没有兴趣，她只轻描淡写地瞥了一眼柳五洲递过来的身份证，就说："我知道了，你从北京来，你叫柳五洲。"

城里后生柳五洲高兴起来了，说："对，我从北京来，我叫柳五洲。"

这重复的一问一答过后，段枣花却蓦然拧转身来，双目盯着城里后生柳五洲，把他盯得身上像生了虫一般。他不知道段枣花还会说出啥话来，就只有浑身痒痒地等待着。等了一会儿，段枣花说话了，说："你呀，三番五次地想要告诉我们你的名字，想要告诉我们你从哪儿来，这些都很重要吗？"

柳五洲沉默了。他在心里也问自己，这些都很重要吗？他不知道，但他知道让这个好心的一家人了解自己总是对的。

现在，他让她们一家人知道了，他的心释然了。

当然，柳五洲还有一些话要说的。那是北京城"红延安"连锁餐饮店老板的父亲柳君红，在他上路前让他带来的话。

父亲柳君红，当年下乡插队，随着七万多北京知青来到陕北，插队的地方就在枣树圪墚村。父亲柳君红好唱一嗓子信天游，好喝一口枣红酒，这嗜好就是在枣树圪墚村养成的。父亲柳君红让他带话来，是要他问候乡亲们，说他们在北京是想着枣树圪墚、爱着枣树圪墚的。

作为老知青的后人，柳五洲打听到了枣树圪墚村，而且天意般让他晕厥在枣树圪墚村，他受到了段枣花一家亲人般的照料，他怎么能"贪污"了父亲柳君红的话，不说出来呢？

草坡上有一片被刈倒的青草，晒了两个日头，已经晒得干透了。

原来流油似的深绿，因为日晒，也失色了许多，透着一种让人伤心的浅绿。这就是草的命了，好像生来就是"挨刀的货"，生着的时候，一蓬一蓬努力地生着；摇摇摆摆地高了，就得被刈倒了喂羊。

那是父亲柳君红眼里的景致。他动情地给柳五洲描绘过：一群一群的羊儿，像是一团一团的白云，就在起起伏伏、没头没尾的陕北厚土上，自由自在地游动着。哪儿草肥，哪儿就有羊群。放羊的汉子，手拿着一把放羊铲，随着羊群的漫游而漫游，自然也是自由自在的。

自由自在地游走，自由自在地大吼信天游：

> 背靠黄河面对着天，
> 陕北的山来套着那山。
> 宅垴子柳树河湾湾生，
> 一方水土养一方人。
> 翻了架圪梁拐了道弯，
> 满眼都是黄土山。
> 满天天星星满天天明，
> 有两颗不明就是咱二人。

原来的陕北，羊儿都是放养的。现在有了变化，要保护生态，保护环境，政府号召大家扎圈养羊了。对这样一个变化，起初呢，大家是不习惯的，思想上也十分抵触——自古流传下来的放养形式，哪能说改就改呢？没办法，政策规定搁在那里，你把羊群赶到坡上去了，就要重重地罚你，而你把羊群圈养起来了，就还有一大笔的资助。两相比较，大家就都扎圈养羊了。而且，大家从圈养羊的过程中看到，坡梁上的植被明显好了起来，一年比一年好。便是原来荒裸的地方，经过几年的自然修复，绿汪汪地也都生出草来了，这可正是大家希望看到的情景哩。

段枣花的家里也扎了一个大大的羊圈，就在她家的背垴上，离家不是很远，也不是很近。柳五洲去看了，一群又肥又壮的羊儿，"咩咩咩咩"地叫着，哪一日不得好好喂着？是这样，段枣花每天就要不失时地去草坡上刈草的，一部分呢，要当日背回来，撒在羊圈里，让羊儿任意地啃吃；一部分呢就要晒干了再背回来，积攒成大大的草垛，以便到了枯草季节供应羊群。

正是草肥待割的时节，段枣花无一日不去撵坡刈草。

这实在是个劳力活儿，在段枣花的家里坐享了几日现成的柳五洲，说啥也要帮助这个善良友爱的家庭做些活儿的。因为他看到，不仅段枣花整日不歇地撵坡刈草，就是年迈的爷爷和上学的祝金花，逮着空儿，也要帮助段枣花撵坡刈草去的。

柳五洲看见段枣花家的羊圈里那么大的一群羊，那么多的嘴巴，一刻不停地嚼着草，也真够段枣花一家人忙活了。

磨镰不误割草功。爷爷每天饭后，都要蹲在窑院的那个大磨石边磨镰的。爷爷把水浇在磨石上，按着镰刀，向前推一下，向后拉一下，"嚓啦——嚓啦——"极富节奏地磨着。磨到后来，爷爷会随手捡起一根草茎，在镰刀上试一下，确信磨得非常锋利了，这才会交给段枣花去刈草。

城里后生柳五洲就是在爷爷磨镰时，嚷嚷着提出了他的要求。

柳五洲说："爷爷，给我也磨一把镰吧。"

爷爷看着他说："给你磨镰做啥呀？"

柳五洲说："刈草么。"

爷爷便乐了起来，说："城里人，你会刈草吗？"

柳五洲说："我小时候还不会吃饭哩……啥事情，都是从不会开始的。"

爷爷便点头了，说："你这个城里人，是个会说话的。"爷爷夸奖着柳五洲，还真找来一把旧镰，认真地给柳五洲磨起来了。

柳五洲跟在段枣花的身后，走在漫无际涯的草坡上。他发现没有一株草不是肥的，只走了一会儿，草的汁水就把他白色的旅游鞋染绿了。不过，柳五洲还不认识这些草，不知道这些草的名字。段枣花告诉他："你别看到处都是草，但不是什么草都能喂羊的，咱到草坡上来，就是要捡羊儿好吃的草去刈的，比如羊涎水、毛胡子、刺苋蔓……这些就都是肥羊的好草哩，但是最好的草呢，应该要数地椒椒了。"

段枣花每给柳五洲讲完一种草，都要撅上一把让柳五洲看。在她说了地椒椒，并在草坡上撅了一把地椒椒让柳五洲认时，柳五洲敏感地嗅到了一股冲鼻的香气——这就是他晕过去的那天，祝金花搭在他鼻腔上让他嗅过的草了。

香气熏着柳五洲，他像那天一样，不由自主地打起了喷嚏。

柳五洲从段枣花的手里接过地椒椒，凑到鼻子上嗅，他发现这个开着紫色小花的植物，香得让人心醉。

柳五洲问段枣花了："怎么这么香啊！"

段枣花就给他说了，这是她们陕北的神奇之物哩。"你听人说陕北的羊肉鲜，陕北的羊肉嫩，陕北的羊肉好吃，那就是因为陕北的羊儿有地椒椒吃。便是杀了羊熬汤，往汤锅里丢一把地椒椒，熬的羊汤也会除去膻腥气，变得香鲜好喝呢。"

俯下身子，段枣花选了一片草坡，率先刈起草来了，柳五洲学着她的样子，也刈起草来了……宽广的草坡上，这里那里，还有许多像段枣花和柳五洲一样的刈草人。也不晓得是谁，刈着草呢，还唱起了信天游。

对面山的那个圪塄塄上站了一个谁？

那就是勾人心的三妹妹。

三妹妹在那个圪塄塄上招一招手，

把我的那个哥哥哎魂扯走。

…………

哥哥么你要爱呀就实在地爱，

为什么脸上发烧开不了口？

你快来咱的圪塄塄上，

咱哥哥妹妹就死活不分手。

五

　　起伏不定的沟沟塄塄，就如一个自然的大舞台。点缀着这舞台的，是那绵延不绝的草地，是那飘荡在高天上的云彩，还有阵阵冲鼻的香气。其中，还有嗡嗡振翅的蜜蜂，这些可爱的小精灵，是冲着草地上的绚烂的花儿飞来的。城里后生柳五洲算是一个手巧的人，他学着段枣花的样式一镰一镰地刈着青草。他学得很认真，一板一眼地做，虽然笨拙，却很用心，过了不长的时间，他就能够很好地刈草了。在他的身后，经他手刈的青草已然铺晒开来，有了一大片……这时候呢，他也认识了羊涎水、毛胡子、刺苋蔓等等羊儿爱吃的草了。他重点认下了地椒椒。杂生在草坡上的地椒椒，没有其他草儿生得挺拔，没有其他草儿生得肥腴，但却生得独特，不与其他草儿论高低，不与其他草儿争地位，就那么毫无怨言地交织在无边无际的草色里，一丛一丛，一簇一簇，张扬着它紫色的小花，吐露着它淡淡的特有的香气。

除此而外，柳五洲还认识了山丹丹花，奔放的、热烈的山丹丹花呀！再还有蓝花花，沉郁的、含蓄的蓝花花啊！手握镰刀的柳五洲，总是小心地躲开这些生在陕北厚土上的花儿，好让它们以自己的娇艳和美丽，装点这里的沟沟塥塥。

这一回是段枣花要唱信天游了。

段枣花刈草的技术和速度，自然要比柳五洲高超和敏捷许多。她弯腰飞镰刈草的模样，在柳五洲看来，简直就像一支绝妙的舞蹈，是在任何舞台上都看不到的舞蹈啊。柳五洲几乎要陶醉了！他还看见，段枣花总是迅捷地刈倒几把青草后，再往身后铺晒。在向身后铺晒时，她也还都要回头再看一眼的。她回望的眼神，柳五洲注意了，是带着一种隐隐的忧伤的。柳五洲猜摸不透，段枣花是为她手刈的青草而忧伤呢，还是为她自己忧伤？

柳五洲是猜摸不透的，他想问，但又问不出来，就只有静心地聆听段枣花唱信天游：

> 拦羊哥哥上了山，
> 满口口信天游唱不完。
> 为甚唱得这么甜，
> 吃了羊奶子泡捞饭。
> 羊奶子泡捞饭香喷喷，
> 妹妹就时时把你想。

这是柳五洲熟悉的一曲信天游，他的父亲柳君红唱得就很好。现在是段枣花唱了，跟上她歌唱的节奏，柳五洲也是能唱几句的。但他没有，只安静地听着段枣花唱。他得承认，段枣花唱得真个是好。没有音乐伴奏，没有麦克风扩音，她就在这草坡上，自由自在地唱着，倒比在专业舞台上的专业歌唱家唱得还好听。当然了，更比他父亲那一帮老知青唱得好。

柳五洲知道段枣花唱的这曲信天游叫《妹妹时时把你想》。他静静地听着，一时忘了刘草。到段枣花扯长了声调落下最后一个音时，他就急不可待地喝彩了。

"好！"柳五洲喝彩的声音太大了，喊出来把他自己都吓了一跳。

段枣花拧过身来，一张脸上飞满了红晕。她说："我没唱好。"

柳五洲不同意，他说："还没唱好？再好怕是中央电视台都收不住你了。"

段枣花听出柳五洲的赞赏是真诚的，就说："那我再给咱唱一曲。"

柳五洲便扔了手里的镰刀，又是跳脚又是鼓掌地欢迎了。段枣花呢，也不扭捏，清了清嗓子，就又唱起来了：

山顶子上刮风树林林闪，
月亮地里等人好心乱。
正月走了你没再来，
留下些好吃的都放坏。
六月里黄瓜下了架，
空口说下些哄人的话。
韭菜割了它还会出苗，
哥哥你走了咋不回来？

这一曲信天游，对于柳五洲而言是陌生的，他没有听过。但他听得新鲜，听得有趣，此外呢，还听出了无奈和感伤。柳五洲看着段枣花，想从她的嘴里知道这是一曲什么样的信天游。可他看到的段枣花，在把这曲信天游唱罢后，没有和他说话的表示，只兀自站立了一会儿，向着山梁上远远地瞄了一眼，就又转着她手里的镰刀。她把镰刀风车一般转了几圈后，就又弯下腰，利利索索地刈起草来了。

看着段枣花刈草的姿态，柳五洲的眼睛迷离起来了，他后悔撵坡刈草来时，没带着照相机——如果照相机在他手边，他是要把段枣花刈草的美好姿态拍下来的。他相信拍出这样一幅照片，拿到任何形式的摄影展上去，都会吸引参观者的眼球。

镰刀在段枣花的手里，好像就不是镰刀了。她眼前的青草，也都不是青草了。镰刀和青草，还有天上浮的云彩，四处飞的蜜蜂和蝴蝶，围绕着段枣花，都成了她劳动着的身姿的点缀……恍惚之间，柳五洲有点儿明白他为什么到陕北来了。

此前，他自己是糊涂着的，觉得是一种鬼使神差，觉得有一种不可思议，而在这个时候，他有了一些觉悟。

是个什么觉悟呢，柳五洲沉浸在段枣花的信天游和刈草的美好姿态里，胡思乱想着，一会儿又糊涂了起来，想不出个头绪了。

像段枣花一样，柳五洲又刈起草来。这时候，再挥镰，柳五洲差不多也能像段枣花一般自如。好像那镰刀，就是他伸长的胳膊和手，轻轻地扫过，就有一把汁水飞溅的青草，断了根茎，顺从地躺在他身后的坡地上……不由自主，柳五洲还要胡思乱想，他想段枣花唱的信天游，应该是唱给她打工在外的男人祝金虎听的吧。

柳五洲已经知道，段枣花的男人祝金虎，是在北京城里打工的。在那么远的地方打工，祝金虎可还听得见段枣花的信天游？这是可以肯定的，段枣花的男人祝金虎是听不见的，他又没生出个顺风耳，在遥远的北京城又怎么能听得见呢？

祝金虎听不见，柳五洲是听见了。

这样想着，柳五洲觉得自己好有福气。手上挥舞的镰刀，也随着他的心情，变得欢快起来……草坡上的段枣花和柳五洲，埋头刈了多长时间草呢，柳五洲是没有知觉了，他只感到自己的手太少，恨不能多生几双来，就能把草刈得再快一些，就能赶上段枣花了。他正这么想着呢，段枣花却丢下手里的镰刀，不再刈草了。

段枣花走到柳五洲的身边，给他说："累了吧，咱歇一会儿。"

听段枣花这么一说，柳五洲就真感到手腕子的疼痛，腰眼儿也酸酸地难受，于是他也丢下了镰刀。

柳五洲是坐在他刈倒的一把青草上歇息的。段枣花呢，挨着他，不远不近，也坐在一把刈倒的青草上。本来，柳五洲还想先说话的，说段枣花的信天游唱得好，说段枣花刈草的姿态好，可他还没有说出来，段枣花抢在他的前头就先说了。

段枣花说："你说你，放着城里的福不享，你到我们陕北来找罪受吗？"

柳五洲想要回答段枣花的，可他把嘴张了几张，却没有回答出来。

段枣花就还说："你说么，你为了啥来？"

六

这的确是一个问题呢。放在过去，柳五洲不是没想，只是没有认真想罢了；现在呢，到了陕北的地界上，面对着问他的段枣花，柳五洲就不能不认真想了，想他为啥要到陕北来？对了，是梦中的一个念头吧。

那个梦，柳五洲已经做过很长时间了。好像就在他上中学的时候，他在北京开着"红延安"饭店的父亲柳君红，约了在陕北插过队的一帮知青，在饭店里吃着陕北的地方小吃、喝着陕北的枣红酒、说着他们插队陕北的故事的时候。柳五洲放学回来，进了饭店，就静静地待在一边，看他们吃饭喝酒，听他们说话，又看他们抹泪。

是的呀，父亲柳君红他们都抹泪了。

有人说在陕北插队的难过。寒冬腊月的天气，撒泡尿到地上，刚还冒着热气，眨眼的工夫，就结成了冰，冒着的也就成了冷气。是这样，还不能猫在窑洞的火炕上，还要到沟坡上去，"改天换地"，修什么水平梯田，打什么水库大坝。汗水把棉袄棉裤褥透了，西北风不管这些，还像锥子一般刺着，棉袄棉裤就又冻成了冰甲，罩在人的皮肉上。那是啥罪呀，想想都要叫骨头疼哩！吃又吃不饱，早上小米稀饭，中午小米稀饭，晚上还是小米稀饭，清汤寡水……你不知道，咱知青的口粮从来就没给够过。

这是一句车轱辘话，起初的聚餐上，他们曾经插队陕北的知青，谁都会说一段的。说到后来呢，大家就不这么说了。再说，就成了另一种口气。

这时的柳五洲已经中学毕业，考进了大学。但他爱听父亲柳君红他们这些老知青讲在陕北的事情。

大家这时是怎么说的呢？他们说咱们过去那么说，不能说咱说得不对，也不能说咱说得全对。那个时候哇，都不容易，都困难，都吃不饱。相比较而言呢，咱们知青还有政府关心，有困难，有问题，还能向政府嚷嚷。可是他们呢，土生土长的他们，就是有困难、有问题，也没处张口呀！

把话说到这里，父亲柳君红他们老知青几乎是不约而同地要"唉"一声的，又都要端起酒杯，喝一口枣红酒。

时间让父亲柳君红和曾经插队陕北的知青，把曾经的苦难和不幸，渐渐地变成了一种怀念和向往。

这样的怀念是温暖的，向往就更是一种迷恋。

柳五洲的陕北梦，就是从父亲柳君红和他的老知青兄弟姐妹的嘴巴上做起来的。

父亲柳君红他们这帮老知青兄弟姐妹，从陕北返城，回到北京，经过一番打拼，现如今，各自有了自己的一番事业。柳五洲认识的何叔叔，开了一家装修公司，一年到头有干不完的装修活，队伍从起初的一二十人，发展到现在，已经超出了几百人。何叔叔自己的屁股底下，就坐着一辆价值数十万的进口小汽车……还有孙伯伯、吴阿姨，一个担任一家出租汽车公司的经理，一个担任一个街道办事处的主任。柳五洲的父亲柳君红，则开着取名"红延安"的陕北特色饭店，先只一处，人多等座儿，就又开了一处，还是人多等座儿，就又开了一处……北京城，东南西北，都有了"红延安"陕北特色饭店的分店，日子过得自然是很富足了。

他们照例是要聚餐的，越是事业成功，越是年龄见长，越是爱聚餐。聚餐时，又照例要说陕北的。陕北，成了父亲柳君红和那帮老知青兄弟姐妹口中一个永不枯竭的话题。

柳五洲大学毕业了。就在他满北京城寻找就业机会的当口，父亲柳君红他们那帮曾插队陕北的老知青兄弟姐妹，又聚在"红延安"吃饭喝酒了。

这一次，柳五洲没有躲在一边，他搅在父亲柳君红这一伙老知青兄弟姐妹中间，和他们一起吃饭喝酒了。

父亲的"红延安"饭店里，有做得十分地道的陕北菜。一张很大的圆形餐台上，凉菜热菜杂在一起上，柳五洲耳熟能详的凉菜就有苦苦菜、酸酸菜、刺蒿蒿等。热菜呢，就有荞面碗坨、洋芋擦擦、炒羊杂等，喝的酒自然是父亲珍藏的枣红酒。

他们说："过上些日子，还就馋一口枣红酒。"

他们说："越是上年龄，心里就越是想陕北。"

吊在父亲柳君红他们嘴上的陕北话题，就在这一口陕北菜和一口枣红酒的吃吃喝喝里说到了高潮。

是在出租汽车公司当经理的孙伯伯大声说开的。他说了："咱们插队村里的那个支部书记，你们谁数过他脸上的皱褶？没有吧。我数过，没有数清楚，但我感觉他那满脸犁沟一样又深又密的皱褶，多一条就多出一个诡计来。他把知青的口粮扣了一些，咱们和他理论，他把咱们领着去看村上的五保户、军烈属，咱没理论了。五保户、军烈属的口粮比咱们还困难，他把克扣咱们的口粮，一颗不剩，都匀给了他们，你说咱们还能咋说？哎哟，我是服了他咧。"

孙伯伯说着插队陕北的往事，一声一声，满怀着的全然是一腔深情。

孙伯伯说："也不知老支书现在的情况如何。"

父亲柳君红有着和孙伯伯一样的感受。但是何叔叔和吴阿姨他们，张嘴却来调侃父亲柳君红了。说："孙伯伯想念老支书吧，是真的。你柳君红呢，想念的怕是老支书的姑娘哩。"

何叔叔说："人家老支书的姑娘，稀罕着你哩，有一口好吃的，省下来，包在她的花手帕里，躲开众人的眼睛，就往你手里塞。"

吴阿姨说："对着哩，人家姑娘的辫子是黑又长，眼睛是黑又亮，你把人家姑娘的心负了。"

吴阿姨说话还唱起了信天游，她开了口呢，一起聚餐的老知青也都跟着唱了起来。柳五洲记得真真切切，父亲他们唱得最为深情的，是一曲《单送你一颗红果果》：

你给我说你给我笑，

倒不如给我唱首信天游解心焦。

满肚子的事情没法说，

单给你送一颗红果果。

雷声大来雨点点小，

刚交下的朋友最心焦。

叫声哥哥你不要忙，

山背后的日子比天长。

有心一去不再来，

一对对毛眼睛怎丢开。

别人都还唱着哩，父亲柳君红自己倒了一杯枣红酒，仰着脖子灌进了他的嘴里，到他低下头来，把酒杯放在餐台上时，一双眼睛扑嗒嗒砸下许多泪蛋蛋儿……其他人见状，就劝父亲柳君红，好了好了，咱不说陕北了，看把咱说得伤心的。

父亲柳君红他们不说陕北了，但菜还要吃，酒还要喝，吃着喝着，没话找话，这就找到柳五洲的身上了。

几位伯伯、叔叔、阿姨说他们真是想不到，好像柳五洲从被抱在怀里，到放在地上学走路，就呼呼啦啦地长起来了，长到大学都毕业了。终究是吴阿姨的记性好，说柳五洲起小便心眼儿灵，看见一只小猫，拿着画笔就能画出一只猫；看见一条小狗，拿着画笔就能画出一条小狗。

何叔叔接着吴阿姨的话说："五洲呀，你在大学学的是艺术专业吧。"

柳五洲点着头说："是的，是艺术专业。"

何叔叔的舌头被枣红酒浇得有点儿大，说："那敢情好，你不用到处去求职了，到叔叔的公司来，给叔叔当助理。工程装修公司总经理的助理哩，你来当吧，叔叔的公司需要你这样的青年才俊。"

孙伯伯截住何叔叔的话，说："我那儿缺根笔杆子搞宣传。背着你的照相机到我的出租汽车公司来，会让你大有作为的。"

柳五洲等他父亲柳君红的知青兄弟把话说完，他给自己倒了一杯枣红酒，也给伯伯、叔叔、阿姨们的酒杯里添上枣红酒，端起来，说他敬各位长辈操心他，关心他，但他心里已经有主意了。

是个什么主意呢？伯伯、叔叔、阿姨们都端着酒杯，把眼睛盯在了柳五洲的脸上。柳五洲看见伯伯、叔叔、阿姨们的眼睛都充了血丝，慢慢地变红了，就像他们端在手里的满满当当的枣红酒。

柳五洲没有犹豫，他举起酒杯，张嘴把酒杯里的枣红酒倾进了喉咙，然后等着伯伯、叔叔、阿姨们也把酒杯里的枣红酒咽下肚，他便浅浅地笑了一下，把他的主意说出来了。

柳五洲说："我到陕北去呀！"

七

拴绑得花团锦簇的小毛驴，在把祝金花从山那边的学校里驮回来后，便能一身轻松地吃草吃料了。这时候的小毛驴是悠闲的，它脖子上叮当乱响的串铃暂时被卸下来，还有头顶的红缨子和脊背上的鞍子，也都暂时被取下来。在主人给小毛驴卸除这些装备时，它总是表现得很欢快，叫个不停。直到装备全部卸除下来，它还要就地打两个滚儿，趴卧在地上，四蹄用力地朝天一蹬，这就从一边翻滚到了另一边；到了那边呢，又是四蹄用力地朝天一蹬，再翻回到这边来。柳五洲看着，就觉出小毛驴的赖。这样的赖太可爱了，带着些撒娇的成分，和那么点儿讨巧的成分。

果然它就得到了回报。祝金花找来了一把秃扫帚，在小毛驴的身上一遍一遍地扫。把小毛驴的皮毛刮扫得顺顺的了，她就又把它牵到窑院一角的亮圈（方言，牲口圈）里，给小毛驴又是添草，又是喂料。一会儿呢，她又端来一盆清水，送到小毛驴的嘴边，让小毛驴饮用。

这是柳五洲从草坡上背草回来看到的情景。

在这个温暖的家庭里，形成了一个十分自然的劳动分工：祝金花的坐骑小毛驴，是她自己侍弄的；圈养的那一群羊儿，则主要由爷爷负责侍弄了；段枣花年轻，是家庭的骨干劳力，刈草或别的什么重活，顺理成章，就都被她揽过来了。譬如刚才，柳五洲跟着段枣花撵坡刈了半天青草，要回家了，是不能空手的，还得背一捆草回来。段枣花抽出带枣木弯钩的绳子，在草坡上，把晒干了的青草拢起来，先捆了一个大捆子，又捆了一个小捆子。大捆子和小捆子的个头之间，起码差了一半以上。柳五洲想，他是该背那个大捆子的，就自觉地去抓大捆子的绳头。段枣花笑笑地拨开了他的手，说他的肩膀头子嫩，背不动大捆子。柳五洲不服，硬是弯了腰背，结果用足了力气，试着背了几次，却都没有背起来，他就只好去背那个小捆子了。段枣花把大捆子的草滚到上坡头，她自己站在下坡头，肩膀往草捆子的下边一顶，便轻松地背了起来。但是那个草捆子太大了，走在回家的路上，柳五洲跟在段枣花的后边，他能看见的，只是一捆大得惊人的草捆子，却根本看不见段枣花。这让他一时怀疑，草捆子是突然生了两条腿，自己在陡峭的坡上移动着。

虽说是晒干了的草，也还是很重的。柳五洲背着那个小捆子，开始还不觉得怎样，背着背着，就觉出沉重了。他是想撂下草捆子歇一歇的，却看见段枣花一步一步地移着，移得很是稳重，他就不好撂草歇脚了，而是跟着段枣花，吃力地往前移着。终于快到羊圈边时，段枣花走到了那个已经堆得像座小山似的草垛前，撂下草捆子。柳五洲离草垛子还远，却承受不住，把草捆子撂到了地上。

爷爷恰在羊圈里出羊粪，看到柳五洲那个力竭气短的样子，呵呵地笑了起来。

爷爷说："谁让你背那么多呢。"

柳五洲说："不多不多。"

爷爷说："还说不多，看把人累得脸都白了。你不怕晕在草坡上，你就干争么。"

段枣花回身来帮柳五洲了，两人抬着草捆子往大草垛前走。边走段枣花边给他说："人啊，一口吃不了个大胖子，有些事是要慢慢来的。"

回到窑院，柳五洲一看见祝金花那么精心地侍弄她的坐骑小毛驴，心里就有说不出的欢喜。他一时竟然忘了困乏，取来照相机，像拍连环画一样，把祝金花侍弄小毛驴的每一个环节，一幅一幅都拍进他的照相机镜头里了。

经过几个时日的相处，祝金花对柳五洲的陌生感已彻底没有了。她对这个从北京城里来的大哥哥，有了相当的好感和爱意。她过去做作业时，遇到了解不开的难题，都是要去求嫂子段枣花的，现在则求到柳五洲面前了，而且总能得到满意的解答。昨日的一次年级考试，她破天荒地得了数学、语文两个第一，她认为，这就是柳五洲给她辅导的结果，因此，对柳五洲就更信任了。

当然，祝金花觉得柳五洲身上还有很多神秘之处，这让祝金花想象不尽。于是，她逮着机会，是要问一问柳五洲了。

侍弄好她的坐骑小毛驴，祝金花来到柳五洲的身边，她水汪汪的眼睛盯着柳五洲，目光几乎粘到了他的脸上。

祝金花问柳五洲："你说，北京大不大？"

柳五洲随口回答她："大呀。"

祝金花说："有多大呢？"

柳五洲说："太大了。"

祝金花说："太大是多大呀？"

这倒是个问题，柳五洲一时也找不出准确的话语来回答祝金花了。而祝金花却像明白了柳五洲的答案一样，不再问他北京大不大的问题了，而是改了话题，问他北京别的问题了。

祝金花问："你说，北京高不高？"

柳五洲觉得这个问题问得奇妙！他想也没想地回答了祝金花："高呀。"

祝金花还问："有多高呢？"

柳五洲回答："太高了。"

这样的问题，问给谁都是难回答的。柳五洲就认为，他给祝金花的答案太笼统了，还想着找些词儿，给祝金花作些补充性的回答，但是，祝金花已不需要了，她对柳五洲的答案相当地满意。她一脸幸福地对柳五洲笑着点头了，一边点头还一边说，"我就想了，北京该是那么大的，北京也该是那么高的，路上跑的汽车，该是像河流一样流淌着的，路两边的大楼，该是像树林一样挨着个儿的，人和人呢，都是前脚踹后脚走着的……"祝金花还想依着她的想象给柳五洲描绘她想象中的北京，柳五洲却不让她想象了。

柳五洲说："有时间了，我带你去北京看看，看一看，你就知道北京是啥样子了。"

祝金花是惊喜的，说："你说的可当真？"

柳五洲肯定地说："当真。"

祝金花却犹豫了，她说："我哥祝金虎也在北京哩。"

柳五洲说："我听说了,在北京打工呀。"

祝金花说："我哥他只能打工。"

柳五洲说："好么,我带你到北京去,去看你哥祝金虎。"

祝金花突然就低了头,两只手很是无措地相互搓着,透露出她心无主张的慌乱。

柳五洲就还说："你不想看看你的哥哥吗?"

祝金花就又把她水汪汪的眼睛盯在柳五洲的脸上,说："谁说我不想看我的哥哥?不过呢,我嫂子才更想看我的哥哥哩。"

这说的倒是一句实话。柳五洲不好回答祝金花的问题了。祝金花却是不管不顾的,照着她心里所想,继续往下说了。

祝金花说："你带我的嫂子去吧,到北京去看我哥。"

对祝会花的这个请求,柳五洲不仅语塞,还有些脸热。他在想,自己脸热什么呢?

为了掩饰吧,柳五洲把他照相机的显示屏翻给祝金花看,说,"你看么,你在照相机里,是多么好看啊。"

这是一个转移话题的好办法,祝金花仔细地看起照相机显示屏里的自己来。柳五洲的照相机是个很有档次的数码机,液晶显示屏足有手掌般大,所呈现的画质、色彩也是那样的饱满润泽。他一幅一幅翻着让祝金花看,把祝金花看得一惊一乍,嘴里只有"啊哟啊哟⋯⋯"不断地感叹了。

祝金花感叹着,还不忘把她的嫂子段枣花喊来看了。

祝金花的喊声是急切的："嫂子嫂子。"

段枣花应着："啥事嘛,把你急的。"

祝金花说："你来看了,就知道了。"

段枣花本来是要收拾锅灶做饭的,听祝金花那么兴奋地喊叫,就也凑过来看了。很自然地,她也被柳五洲照相机显示屏里的照片吸引了。

不断地翻看，就还翻出了她自己的照片。

那是柳五洲来枣树圪崂村的头一天，撵到草坡上给段枣花拍的照片。一幅一幅，把段枣花的身影恰到好处地定格在青青的大地之上、蓝蓝的天空之下，让挥镰刈草的段枣花显出一种别样的美来……翻着看着，他们看见在一幅照片上，有只黄色的蝴蝶，翩翩然飞来，刚好落在了段枣花头发的一侧，让照片中的段枣花，看上去更添了一重妩媚和生动。

不失时机地，祝金花又喊叫起来了："把这张照片洗出来，寄给我哥，我哥不晓得有多欢喜哩。"

段枣花捉了祝金花的耳朵，轻轻地揪了一下，说："就你的话多。"

八

现在的枣树圪崂村，本来少有新鲜事，突然来了个柳五洲，而且是从北京城里来的，又会举着照相机给人照相，无疑算是一个大大的新鲜事了。

不断地，有人找到段枣花的窑院里来，来请柳五洲照相了。

第一个来的人是孙月娥。她和段枣花一般大的年纪，走到哪儿，总像悄悄吹来的一股小风，你不注意，还不晓得她已到了身边。她来请柳五洲照相，并没有直接去找柳五洲，那样就不是她孙月娥了。她的处事风格，从来都是静悄悄的，总是怀着那么点儿不好意思。

她到段枣花家的窑院里，从摆弄着照相机的柳五洲身边经过，柳五洲当真没有注意到她。她去了段枣花的住窑里，是想和段枣花先说说的，然后由段枣花替她来请柳五洲。

不巧得很，段枣花手里拿着一张信纸，正不晓得是悲还是喜地掉着眼泪。泪水"吧嗒——吧嗒——"敲在她手里的信纸上，让人听了，心里酸酸的，也想流泪。

站在段枣花身边，孙月娥说："是你男人祝金虎来信了。"

段枣花默默地点着头。

孙月娥说："他在信上说啥了？"

段枣花收着信纸说："你男人不给你写信吗？他在信上说啥，金虎在信上就说啥。"

孙月娥的舌头吐出来。

段枣花意识到她的话说重了，便举着拿信的手，在孙月娥的肩上拍了一掌。

段枣花说："你看你么，悄没声儿地，把人偷了人都不知晓哩。"

孙月娥也不想和人置气，声气儿细细地说："还别说，我还真想把你的人偷了哩。"

孙月娥说着，就把段枣花抱住了。

段枣花挣着，说："你又不是男人。"

孙月娥对段枣花说："那你给我做男人么。"

两个枣树圪塄村的年轻媳妇，这样不知羞惭地说着她们心里的话。

段枣花说："月娥呀，你是不得了了，想男人了！"

孙月娥说："给我装么，装正经。我就不信，咱都不是干柴棍棍，没血没肉，就不想自己的男人在身边？"

段枣花承认孙月娥说得对，但她猜得出来，孙月娥到她这儿来，绝不只为和她说这些话的。而且，她也不想纠缠在这些话里，那是越说，越要使人伤心的。因此，段枣花把孙月娥还抱着她的手拆开来，拿她因刚才流泪变得红红的眼睛，盯着孙月娥看了。她看着孙月娥，很自然地转移了话题。

段枣花说："咱不要绕弯子，月娥你说，你有啥事来找我？"

孙月娥就不绕弯子了，虽然声气还是那么细，一字一句却都清晰地传进了段枣花的耳朵眼里。

孙月娥说："你家来的那个城里人叫个甚来着？"

段枣花说："柳五洲。"

孙月娥说："他从北京城里来？"

段枣花说："晓得你还问我。"

孙月娥说："你不晓得，咱们枣树圪墚村都传疯了，这个叫柳五洲的北京人照相照得好，能把人的魂魂都照出来。我想请你求他，给我也照一张相么，照下了，我给我打工的死鬼男人寄一张去，让他看看我魂魂儿，是恓惶呀么不恓惶。"

这是一个理由啊，段枣花没有不应承的理。

孙月娥却还说："咱枣树圪墚村还传说，早些年北京知青到咱村，把咱村一下子带热闹了，那些个北京娃娃，一个赛一个好。他柳五洲一来，村上和北京知青交往深的老人，都又想起当年的他们了。"

絮絮叨叨的，都是孙月娥一个人在说，不过，她说的话，段枣花还是受听的。她得承认，城里人柳五洲，不期然地闯入她的生活，还是让她非常欢欣的。即便她要一日三餐地做了饭，端给柳五洲吃，并且还要端了枣红酒、化了枣花蜜水给柳五洲喝，她也都是乐意的。家里的爷爷和小姑子祝金花，也都是乐意的……从北京城里来了个柳五洲呀，今天看来，好像已不只是让段枣花一家人的高兴事，而是枣树圪墚村全村人的高兴事呢。

段枣花满碟满碗地给孙月娥应承了下来。她说："好么，我给你说去。"

把窑门上的门帘儿挑起来，段枣花和孙月娥双双往柳五洲那边走，迎面却撞上了爷爷。

爷爷说："月娥来了。"

孙月娥答应着："来了。"

爷爷却还说："枣花呀，圈里怀着羔儿的母羊，这几天怕要生了呢，我看咱是该做些准备了。"

段枣花就也应着爷爷，说："我知道了。"

就这样地应着爷爷，段枣花和孙月娥走到了柳五洲的跟前。段枣花用手戳着孙月娥，让孙月娥自己给柳五洲说，孙月娥却又用手戳段枣花，让段枣花给柳五洲说。她俩的小动作，是有那么点儿难为情的，这让看在眼里的柳五洲起了疑心，不晓得她们可有什么开不了口的话。

柳五洲想，他在段枣花家里住得够久了，他又不是段枣花家里的什么人，再住就不好意思了。刚才他就在想这个问题，觉得自己是该告辞走人了。

面对着难为情的段枣花和孙月娥，柳五洲说了："刚才我还想，我是该走了呢。"

听柳五洲这么说，段枣花有点儿失态地看着柳五洲，说："想走你就走么。但你走前，得给月娥照张照片再走。"

这几乎可说是句使气的话了。

柳五洲是听得明白的。他知道自己刚才把段枣花和孙月娥的难为情理解错了。听段枣花这么一说，他把手里的照相机举了举，说："好啊，照张相么，又不费啥。"

孙月娥却急得直摇手，说："让我换件衣裳啊。"

孙月娥话音才落，便大步流星地往段枣花家的窑院外走。她都已走出大门了，段枣花把她又喊回来，给她说："你急甚急。听我说，你带人家到你家里去，你把你的花花衣裳都翻出来，一身一身地照，多照几张。不过，你要记着，该给人家管一顿好饭的。"段枣花给孙月娥叮咛完了，转脸又给柳五洲叮咛上了，说："你到村里转一转，我们枣树坳墚村住得散，上上下下，高高低低，说不定有多少好景儿往你镜头里钻哩。"

柳五洲是受到鼓舞了，他跟着孙月娥，乐哈哈地给她照相去了。

看着柳五洲渐去渐远的背影，段枣花的眼睛里蓦地又湿了起来，耳朵畔上，隐隐约约响起了一曲信天游，那是她的男人祝金虎曾经编了给她唱的：

> 一对对相好并排排走，
> 一样样的心事难开口。
> 沟沟洼洼野花花开，
> 你把你的真心掏出来。
>
> 河滩里石头垒不起坝，
> 手拿着照片拉不上话。
> 想你想得猫爪爪挖，
> 又不晓得出了啥麻哒。

九

狠心的个男人呀，当初，祝金虎铁了心出门打工的时候，段枣花是不乐意的。她在心里说，莫非城里的树上都是结着金果果，等

167

着你去，去了就能摘几个？

心里头一千个不乐意，一万个不乐意，祝金虎坚持要去，段枣花还是笑笑地送他去了。

段枣花的男人祝金虎呀，让段枣花怎么说呢。岁数还小的时候，他的爹娘，也不知得了个啥病，三五个月的时间，说不行，就真不行了。到乡医院治疗，到县医院治疗，后来去了延安市的医院，终究没有弄清他们患的是个什么病，就那么不断地瘦下去，糊里糊涂地把人瘦死了。祝金虎可怜呢。段枣花和他同在一个学校、一个班级里念书，看到他不幸的样子，她的眼里就多了些同情。一次，祝金虎连续三天不来学校上课，老师安排同学去他的家里探访，段枣花自告奋勇地去了。到了祝金虎的家里，她发现他还有个步履蹒跚、牙牙学语的妹子祝金花。段枣花刚从他们家的窑院门里跨进去，最先追着她跑来的就是小小的祝金花，嘴巴甜甜的，上来就把段枣花叫姐姐了。

祝金花的脸是脏的，头发是乱的，衣服上的扣子还掉了一颗。段枣花一看，心里便酸酸的，不是滋味。

段枣花问祝金花："你哥祝金虎呢？"

祝金花拉着段枣花的手，让她蹲下来，嘴巴对她的耳朵说："我哥在哩，在窑炕上睡着哩。"

段枣花说："大白天的，他咋还睡呀？"

祝金花说："我哥说了，说他要死了呢。"

这是什么话嘛！段枣花听得心里发紧，睁着惊慌的眼睛，腿脚发虚地挪进了祝金虎卧的住窑里。其时，恰有爷爷请来的医生给祝金虎瞧病，量了体温，看了舌苔，听了心跳，说没什么大事的，就是感冒了，吃两天药，捂着被子发几身汗，就会好了呢。

原来是一场虚惊，都是祝金虎爹娘的那一场病把人吓的。

正如医生所说，祝金虎的感冒过了几天就全好了。

却也正因为段枣花在病中探望了自己，他对段枣花便感激上了，把她看成了自己生命中难得一遇的知己。而段枣花自己也是，不但同情、关心着祝金虎，对祝金虎的妹妹祝金花也多了一份牵挂和念想。放学了，如果没有别的啥事绊扯，她会和祝金虎走成一路，走到祝金虎的家里，给祝金虎的妹妹祝金花洗脸梳头编辫子。末了，就和祝金虎一同做作业。

两颗年轻的心，就这么不知不觉地贴近了。他们成人了，家里就请了一班乐人，吹唢呐放炮仗，杀羊喝汤待亲朋，成就了段枣花和祝金虎一门好亲。

恩恩爱爱地在家过了两年，段枣花是还没有过够的，祝金虎却已过不下去了。祝金虎从枣树圪墚村里走出去，到北京城里打工去了。祝金虎想，总不能在枣树圪墚村上一直待到死吧。

祝金虎起心外出打工，是远房一个亲戚捎的话惹起的。那亲戚说北京城像个大工地，到处都是招用民工的启事，只要自己有把子力气，到了北京城，随便在哪儿，都能寻到一个饭碗。祝金虎便铁了心和段枣花说了。

那是个明月高照的晚上，祝金虎把段枣花揽进他的怀里，说："我也出去打工呀。"

段枣花的热身子一颤，嘴上没应祝金虎的话。

祝会虎又说："我想好了，咱俩一起去。头几年咱吃些力，能挣的钱挣，能省的钱省，到咱攒下钱了，咱就在城里住下来，也做个城里人。"

段枣花听祝金虎说得激动，自己却一点儿都激动不起来。不是她想不到城里的好，但是那样的好，仅凭力气就能得到吗？再说，还有爷爷和妹子祝金花，他们怎么办，和他们一起到城里去吗？很显然，这是办不到的，起码暂时办不到。

祝金虎不见段枣花应声，就还催着她，说："你说话呀。"

段枣花说了："听你想得那个美，我可不敢指望。"

祝金虎说："就你心小。"

段枣花说："你大胆你就去吧，让我心小着，和爷爷妹妹还在咱枣树圪垯上挖刨，你在城里弄成事了，我们一起奔你去，你若弄得不咋成，枣树圪垯上还有你一个家。"

事情就这么定下来了。

祝金虎去给爷爷说，爷爷只问枣花同意不，枣花同意你去你就去，枣花不同意呢，你就甭去。祝金虎就老实地给爷爷说，他是和段枣花商量过的。爷爷没再拦祝金虎，让他卸了缰绳，出门去了，目的地就是亲戚给他捎话的北京城。

也不知祝金虎在那里混得怎么样。从来信看，他一忽儿在北京的城东，一忽儿又到了北京的城西……他在建筑工地上搬过砖，在饭店酒楼里传过菜，最新来的一封信，他又到一家住宅小区做了保安。

这封惹得段枣花落泪的信，与以往大有不同。一张纸上，密密麻麻都是字，说他在保安公司的工作多么体面，说他还学会了开汽车，朋友们出去玩儿，都是由他开着小汽车的，真是要多风光有多风光……写着，就还问到了爷爷的身体，问到了祝金花的学习。自然也问了她，问她可是想好了没有，什么时候动身，也到北京城里打工来。

段枣花看不见她的男人祝金虎，看着信，已知祝金虎的脸色是很难看的，语气也是难听的了。他是不耐烦了，开始用话来逼段枣花了。这和过去是不一样的。过去来信，祝金虎也会说起要段枣花来北京打工的事，但语气都是带着商量的，没有强逼的意思。这次就不同了，他把自己夸得花儿一样，最后还用语言来逼段枣花了。

段枣花看得懂信纸上的风雨，却没有办法，她就只有暗自垂泪了。

十

被人追逐着、被人稀罕着的感觉，真是不错哩。被孙月娥请去拍了照片后，柳五洲的屁股后边，就呼啦啦多了一长溜要拍照片的人。

这些人像孙月娥一样，自然了，也像段枣花一样，是一伙年轻的小婆姨。柳五洲走在她们中间，仿佛进了女儿国一般受宠若惊。

她们邀请柳五洲，目的都只有一个，就是要柳五洲给她们照相。她们把平时压在箱底舍不得穿的衣裳翻找出来，一件一件地试，只怕自己穿不漂亮；她们还找出平常不大用的化妆品，往自己的脸上，霜一层粉一层地抹，生怕把自己抹得不漂亮。这时候，柳五洲成了她们最好的顾问。作为艺术专业毕业的大学生，对此他有独到的理解，他根据每个小婆姨的高矮胖瘦、肤色黑白，指导她们或穿红，或穿绿，并指导她们怎样打粉底霜，怎么涂口红，怎样上眼影，这就把枣树圪墚村的小婆姨们打扮出了从来没有过的得体。给一个小婆姨照了相，她还不舍离去，还要一路跟着，到另外一家邀请柳五洲的小婆姨家里去，看着他给那家的小婆姨照相。几天下来，簇拥着柳五洲的小婆姨已经不下十个了，她们随着柳五洲，在住家分布得散散乱乱的枣树圪墚村里，一会儿攀上一道坡，去了一家窑院，一会儿又扑下一道坡，去了另一家窑院。人人身上都穿得花枝招展，脸上又描画得鲜艳欲滴。你笑着，她乐着，兴高采烈，嘻嘻哈哈，仿佛村里逢了一个大节日。

小婆姨们照相的目的也只有一个——寄照片给自家出门打工的男人们。

小婆姨们欣喜，村里来了个柳五洲，他让她们满足了这个美丽的心愿。

因此，在柳五洲给小婆姨们照了相后，他们都是要报答柳五洲的。给钱吗？柳五洲是坚决不要的，粗脖子红脸地硬塞，也都被柳五洲拒绝了。他说这不算啥，轻轻地按一下快门，哪里就能要人钱呢。小婆姨们心下感激着，又没有别的办法。逼得急了，有个小婆姨取出她的剪纸，要送柳五洲，柳五洲接过来看了，当真很是珍爱地收了下来。后边照相的小婆姨们，就都很受鼓舞，在柳五洲照罢相后，也把自己的剪纸取出来，送给柳五洲做纪念了。其中呢，还有小婆姨把纳的鞋垫子送给了柳五洲。那样的鞋垫子，纳得真是好，上面都有设计好的画案，或是花草树木，或是虫兽人物，使了五彩的细线，一针一针地纳出来，让深谙艺术妙趣的柳五洲看了，真是爱得不能舍手呢。

一个剪纸，一个鞋垫，这样的民间艺术品，对枣树圪塂村里的小婆姨们来说，却几乎是无人不会剪，无人不会纳的，柳五洲对此要叹为观止了。

柳五洲把送他的剪纸翻来倒去地看。

柳五洲把送他的鞋垫倒去翻来地看。

柳五洲仔细地看着时，嘴里总是要赞叹的。他一会儿说一声好，一会儿说一声好。但是，送了他剪纸和鞋垫的小婆姨们，都给柳五洲说：我们剪的剪纸，我们纳的鞋垫，都是很一般的，最好的剪纸，最好的鞋垫，还是要数段枣花剪的、纳的呢。

兴冲冲忙了几天，柳五洲给枣树圪塂村邀请他的小婆姨照着相，又听她们说段枣花的剪纸好、鞋垫好，便心里想着，等回到段枣花的家里，他是一定要把段枣花的剪纸和鞋垫儿都讨出来，认真学习讨教的。

不过，柳五洲还只能暂时地克制自己的急切，先全心全意地给追捧着他的小婆姨们照相了。

在枣树圪塂村，柳五洲转移来转移去，他一点儿都不觉得累。心头上呢，还累积着一种说不清道不明的感动，是因为枣树圪塄村的单纯和质朴吗？

柳五洲心想，是啊，就是村里人葆有的单纯和质朴呢，太叫人感动了。

柳五洲只有更为耐心地为需要他照相的人拍照了。起先，柳五洲为村里人拍照，是因为小婆姨们的需要；拍着拍着，有些上了年岁的老人也加入进来，要柳五洲给他们照相了。这样的照着，柳五洲有了一个发现。他发现他镜头里的，无论是一个欢喜的小婆姨，还是一位沉静的老人，一旦与他们所在的自然背景——枣树圪塄村结合在一起，就都是踏破铁鞋也难觅的摄影作品。

柳五洲奇怪了——他的照相机镜头里，连一幅青年小伙的影像都是见不到的。

柳五洲没有问，小婆姨们却告诉他，村里的青年小伙儿全走了。

锁着大门的一些窑院，也在告诉柳五洲：村里的许多家庭，已经人去窑空，任凭风吹雨打，慢慢地颓废着。

这叫柳五洲无法抑制地生出了些许感伤。

那是一孔久已无人居住的窑院，石垒的院墙上多了几个很大的豁口。柳五洲把他的照相机从豁口上探进去，对准那残缺的旧窑洞照着，像发现奇迹般，看见那并排洞开的几孔旧窑石砌的窑口上，有许多浮雕图案。在大学积累了深厚艺术鉴赏功底的柳五洲，发现那样的图案是独特的。在汉文化的画谱里，他便是搜破肚肠，也难找出这些浮雕图案的样子来。很明显，那样繁复的图形雕饰，以及人物的高鼻梁、凹眼窝和短打衣袍，无不代表着旧时北方游牧人种的特征……柳五洲好奇着，"咔嚓""咔嚓"把那许多的图案尽数记录到了他的照相机里。

这又叫柳五洲感伤了。

柳五洲感叹枣树圪墚村，该是一个非常古老的村庄哩。

在那一个瞬间，柳五洲把整个儿枣树圪墚村都用眼睛扫描了一遍。他看见了满坡满梁的枣树，抽着鼻子，想要嗅到枣花儿的冲天香气的，但却嗅不到了。那曾经的特殊香气，随着枣花的败落已在空气里消失了。

这不要紧，今年的枣花败落了，明年还会再开的。而这个古老的、显出许多败落之相的枣树圪墚村呢？

柳五洲不愿多想这个问题，但他端着的照相机，却突然变得沉重起来，他几乎拿不动了。那是照相机里一群枣树圪墚村的小婆姨们的重量呢，凭他柳五洲的力量，要拿起来，确实是困难的呀。

感伤着的柳五洲，满足了所有要他照相的人们的希望。这天，赶在晚饭前后，他回到了段枣花的家里。在这里，正有一顿丰盛的晚餐等着他来享用。

爷爷取出他酿制的陈年枣红酒，打开了坛子口，给柳五洲倒了一碗，也给自己倒了一碗，端了起来，和柳五洲碰了一下，就往自己的嘴里倾了。柳五洲没敢大口地喝，他小心地抿着，不晓得爷爷何以把这顿晚饭弄得如此隆重。

爷爷一口枣红酒下肚，就给柳五洲说了，说自己劝不动段枣花，让柳五洲也帮自己劝劝，劝段枣花依了祝金虎的心愿，跟祝金虎一起打工去。

枣红酒浓郁的香气在柳五洲的口腔里荡着，他没有说啥，只拿眼睛去看段枣花。段枣花也不避他的眼光，追上来也看着他，那意思很明白——谁都不要劝她，劝也没有用。

柳五洲劝不了段枣花，他就只有喝酒了。

香香甜甜的枣红酒啊，一口又一口……柳五洲都快把他自己灌醉了。

十一

　　"生女子，要巧的，石榴牡丹冒铰的。"这个流行于陕北各地的民谚，所说的就是剪纸了，民谚中的那个"冒"字，就是随意而为的意思。那个"铰"字，讲的就是"剪"的方法了。段枣花正如枣树圪墚村的小婆姨们推崇的那样，是个剪纸高手哩。

　　柳五洲好一场软缠硬磨，加上祝金花在一旁帮腔，段枣花这才把她的剪纸活儿亮出来让柳五洲看了。

　　这一幅是叫《抓髻娃娃》吧。

　　信天游有这么两句唱，"抓髻拨来来，婆家快娶来"，唱的就是这幅剪纸的图样。这也正是他们这里的一个风俗。早些年间，女娃子未出嫁前，头发总是要梳得油光光的，等分儿扎两个抓髻，分别竖在头的两侧，有点儿像现在人们说的"羊角辫"。这样的抓髻，是要等到女孩子结婚的前夜，在娘家举行"上头"礼时，才可以拆开来的。从此梳成盘头，新嫁娘结束了活泼烂漫的少女时代，进入一个新的人生阶段。

　　段枣花剪的抓髻娃娃，把头上的两个抓髻，大胆夸张地变形成了两只小鸟，用小鸟的飞腾和欢跃，衬托少女的活泼与灵动。其形其貌，其姿其态，是何等的生动和优美啊。

　　这一幅该是《牛耕图》了呢。

　　柳五洲看见段枣花的这幅剪纸，便不由自主地想起美术史课上所见的汉代画像石图片，其中就有一幅牛耕图。柳五洲不知道段枣花是否看到过那幅图片，如果没有看到过，那她的这幅剪纸作品，与精美绝伦的汉代画像石牛耕图，就是不谋而合的了。而这，绝对堪称奇迹呀。

　　在我国的农业生产中，役牛耕田的历史是非常悠久的。段枣花的

《牛耕图》，充分运用剪纸的技法，除了在一幅不是很大的彩纸上，剪出一个高扬鞭子、扶犁赶牛的农夫外，还在一大片空白处，剪了几株花开如火的牡丹，引来了一对翩翩飞翔的凤凰跃入牡丹花丛，尽情地嬉戏玩闹。柳五洲想，这是段枣花寄托其中的一种心意了吧，她希望农家的生活是忙碌的，同时又是富足的。

多么精彩的剪纸作品呀，其艺术手法之洗练明快，是太耐人品味了。那人、那牛，造型是写实的，艺术上所谓的惟妙惟肖，大概就是这个样子了。还有凤凰、牡丹，造型是写意的，与人和牛形成了虚实对照，想象之奇妙，哪里还能见得到？

柳五洲的眼睛都要看直了呢。是这样的看着哩，耳畔上却又回响起一曲嘹亮的信天游来。

这曲信天游的名字叫《妹娃子是个好人才》：

> 妹娃子好来实在是好，
> 走路好像那水上漂。
> 是一对楞格曾曾鼻梁花眼眼，
> 是一张红格丹丹口唇白脸脸；
> 是一根端格溜溜身材长辫辫，
> 是一双灵格巧巧手手捻线线。
> 妹娃子好来实在是好，
> 妹娃子你是一个好人才。

这是谁唱的信天游呢？是柳五洲的父亲柳君红了。在陕北插了几年队，回到北京的父亲柳君红念念不忘陕北的信天游。

柳五洲不敢保证，他要去陕北的念头就是在信天游的美好词律里决定下来的，但他能够保证，信天游的美好词律对他的这一念头，绝对是起了催化作用的。

父亲柳君红、孙伯伯、何叔叔、吴阿姨一伙曾插队陕北的老知青，酒杯还端在手上，刚唱着的信天游还在舌头尖尖上缠绕着，听到柳五洲参加工作前先去陕北走一走的决定，大家都齐刷刷地拿眼盯着柳五洲看了。

他们愣愣怔怔地看了一阵，父亲柳君红说话了。

父亲柳君红说："你说你要到陕北去？"

柳五洲说："是，我要到陕北去。"

父亲柳君红就乐了，一张脸笑得像开了花一样，柳五洲看得出来，父亲是发自内心地乐了啊。

父亲柳君红说："好，你去了好。"

如此痛快，倒是柳五洲没有想到的。

孙伯伯、何叔叔和吴阿姨他们看父亲柳君红乐，也都跟着乐起来了。还说："你小子要到陕北去，是你小子有志气，你小子有出息，你去了呢，你就知道是会有收获的。"

是个什么收获呢，孙伯伯、何叔叔、吴阿姨没有说，父亲柳君红却没加任何思索就说出来了。

父亲柳君红说："当初在陕北插队，苦是够苦的呢。现在想，咱回北京了，都还混得不错，敢说不是在陕北插队打的基础？"

这句话是不虚的。孙伯伯、何叔叔、吴阿姨他们互相交换着目光，乐乐呵呵的脸，倏忽就变得认真起来。他们点着头，承认父亲柳君红说得对，他们做人的基础、创业的基础，真就是在陕北插队时打下来的。

人活一世，把基础打好才是根本呢。

看见柳五洲那么痴迷剪纸，活跃在嫂子段枣花身边的祝金花，还把她的一个很大的作业本取来，让柳五洲看了。祝金花是把这个作业本当作她的剪纸册了，每一页上都夹了她的剪纸作品。柳五洲接到手里，轻轻地揭开作业本，像他初见段枣花的剪纸作品时一样，吃惊不小。他一幅看过，再看下一幅，没一幅不是匠心独运，饱含着一个小女孩对幸福生活的憧憬的。其中有一幅《娃娃坐莲花》，叫柳五洲尤其喜爱——一朵盛开着的莲花花蕊上，坐着一个大胖娃娃，手捧着一本打开的书，圆嘟嘟的一根小手指，点着书本上的字，脸作沉思状，把一个好学上进、探求知识奥秘的儿童形象，逼真而传神地表现了出来。

柳五洲的眼光是欣赏的、温暖的，他一边翻看祝金花的剪纸，一边瞄着不安的祝金花……这就使祝金花更加不安和局促了。

在一边，祝金花搓着手说话了："你可不要笑话人。我知道，我没我嫂子剪得好。"

祝金花嘴快手也快，刚说了这句话，就把她给柳五洲欣赏的剪纸册夺了去，又把嫂子段枣花的一幅剪纸给柳五洲看了。

这是一幅还未完成的剪纸呢，但也有了一个大体的轮廓。柳五洲没见过段枣花亲手剪纸，这时候，他突然生出一个强烈的念头——就在眼前，就在现场，他想看一看段枣花怎样使着剪刀，来剪一幅画。

柳五洲把这幅半成品交到了段枣花的手上，带着央求的口气说："你能剪给我看看吗？"

段枣花没有拒绝柳五洲的央求，她坐在了炕边上，左手拿着那幅半成品，右手拿剪刀，就认真地在半成品上剪起来了。柳五洲看见，那幅半成品在段枣花的手里，左旋一下，右转一下，便有小小的纸屑，从纸上脱离开来，像是飞舞的蜜蜂，盘盘旋旋，飘飘舞舞，最后落到段枣花的脚下。这样的纸屑，在段枣花的脚下越积越多，那幅剪纸也就快成形了。

柳五洲的心是急的，"怦怦怦怦"地跳着，像要从胸膛里跳出来。他警告自己，不要急，不要急，但他按捺不住的心，却越来越急地跳着。没办法，他抬手捂住了自己的胸口，眼睛眨也不眨地看着段枣花的手和剪子，觉得那就是一幕舞蹈：小小的剪子，在一张红色的彩纸上，跳跃着，灵动着，料不准会到哪儿去……在这儿呢，会简练一些，在那儿呢，又会烦琐一些……到时候了，段枣花放下手上的剪刀，两只手把她的剪纸抻开来，噘着她肉嘟嘟的嘴唇，轻轻地吹着，一幅美得让人心颤的剪纸作品，在仙气一般的轻吹中展露在柳五洲的面前了。

段枣花给她的这幅剪纸起了个《山前山后》的名字。

山前的景致是，年轻的婆姨依依不舍，含泪送别男人外出打工。年轻的婆姨，怀抱着小胖娃娃，两只大大的眼睛，一直地凝视着山的前方。山后的景致是毛驴儿拉着一辆皮轮车，车上装满了收获的玉米、谷穗。还有一只喜鹊呢，悠悠然追着高云而去，去给山前边的打工汉报告家乡丰收的消息。不到枣树圪塝来，不和段枣花认识，柳五洲想他可能看不懂这幅剪纸。他到枣圪塝来了，他认识了段枣花，他就完全地理解了这幅剪纸的深意了。

剪纸所要表现的，不正是段枣花和枣树圪塝村里那些跟她一样的小婆姨们的心声吗？

十二

给人家拍照，就不能让人家空欢喜，得把相片洗出来，送给人家才对。枣树圪塝没有洗相片的条件，柳五洲就只有去延安市了。一去一回，花了两天时间，到柳五洲再次回到枣树圪塸村，不仅是段枣花、祝金花和爷爷，村上的人也都把他当成了熟客，并且摆设下一桌酒菜，要款待他一顿了。

酒菜已经准备好了，就设在段枣花的窑院里。不过，柳五洲还不知晓。他从延安市一回到枣树圪塸村，还没进村，迎面就碰上一个小婆姨，他把为小婆姨洗出来的照片给了她，她就兴奋得喊了起来。显然她不相信自己的眼睛了，手拿着照片，嘴里咋咋呼呼地直问："这是我吗，啊？这是我吗？"柳五洲是开心的，他给那个小婆姨说："不是你，难道是我？"小婆姨这才确信，那个漂亮得让她生疑的照片上，的确照的就是她。她无限感激地看了一眼柳五洲，转身就向村里跑去了。

小婆姨边跑边喊叫："快来取照片呀！"

小婆姨的喊声是嘹亮的："城里后生给咱把照片洗回来咧！"

小婆姨的喊叫，像是一股强劲的风，迅速传遍了枣树圪塸村的角角落落。邀请柳五洲照了相的小婆姨们，都从她们的窑院里跑出来了。大家围住了柳五洲，兴奋着，激动着，从柳五洲的手里接过她们的照片。她们无不惊讶，照片上的人是那么好看，好看得都要怀疑是不是她们自己。

能给这个偏僻的村落带来这样的快乐，柳五洲的心里，自然也是快乐的。他从小婆姨们的头顶上望过去，发现祝金花站在她家的崖畔上，向他招着手，他就分开小婆姨们的包围，向他最为熟悉的那个地方走去了。

柳五洲回到了段枣花家的窑院，刚一进门，就看见窑院的石桌上摆了满满一桌菜。包括爷爷在内，几个村里的老人早坐在了石桌边，等他一进来，就热情地把他请到石桌旁，与他们坐在一起。

这些菜，柳五洲都熟悉，这酒自然也是他熟悉的枣红酒了。

柳五洲刚来枣树圪崂村，就很幸运地看到过酿制枣红酒的盛况。那个场面是热火的，随便到哪户人家去，都能看见这轰轰烈烈的烧酒景象。

这是枣树圪崂村农家的一个习惯，也是枣树圪崂农家的一门绝技。那流程和手艺，书上写不来，嘴上说不来，单靠枣树圪崂村农家人一辈一辈手手相传了。酿酒的原料呢，自然是他们坡坡崂崂上生长的大红枣儿了。

所谓枣红酒，应该就是这个理儿。

好像是，烧制枣红酒，还少不了枣花儿做引子，因此在枣花盛开的日子，村里人就开始准备了。他们穿梭在满坡满崂的枣树林里，收集着浅绿色、散发着浓香的枣花，把枣花掺入枣红酒的酒曲里，发酵一个对年。到了来年暑热，这就破曲烧酒了。这个时节烧的酒，品质是最好的。

枣红酒的香气之所以袭人，也许正是这鲜香的枣花儿起作用哩。

爷爷是烧酒的把式，他在自家窑院的一个烧酒的炉子上，架上一口很大的铁锅，装填上隔年的大红枣儿，注进去清冽的山泉水，兑进去砸碎的枣花儿酒曲，小火慢慢地蒸。不出三天三夜，就会有酒香弥漫开来，香了整个枣树圪崂村。人们呢，会闻香而来，东家进，西家出，到了哪一家，都有酒碗放在炉子旁，随便舀，随便喝，脚步已经趔趔趄趄的了，却还要往下一家赶，去那里又是一顿好喝。

这喝呢，又不能只是瞎喝。瞎喝者只能称其为酒鬼，是要遭人取笑的。那么，就都耐着性子，要做个善喝者了。

是善喝者呢，到人家的烧锅旁，必须先观色——看枣红酒的色气正不正。暗红不行，非是晶晶莹莹的亮红，就不能算是上好的枣红酒。接下来，还要看酒花儿。啥是酒花儿呢？这里有一个讲究——把新酒舀了往酒碗里灌注时，要扯长了，吊细了，慢慢地往酒碗里注，使碗里的酒浆，激起一簇簇的酒花来。如果那花儿云朵一般，回散而去，碰到碗沿，迅即破灭，这就叫"飞云花"，这样的枣红酒，质量就还需要提高；如果那花儿，到了碗沿边不破，层层堆积，越积越厚，这就叫"垒云花"，这样的酒，便是品质绝佳的上等枣红酒了。

柳五洲好奇着烧酒的工艺，几天时间里，他像是拖在爷爷屁股上的一根尾巴，又是帮爷爷提水，又是帮爷爷烧火。肆意飘散的柴灰飞到柳五洲黑汤黄汗横流的脸上，使他的脸看上去五花六道，像是戏台上的猛张飞，惹得段枣花掩了嘴总想笑。

因为爷爷的烧酒技术好，不断被人请了去帮忙烧酒。因此，在枣树圪堆村烧酒的日子，爷爷是最忙的一个人。

酿制好一季的枣红酒，用坛坛罐罐地装了，哪一家都是珍惜的，细水长流，不敢太过铺张。这是因为，要想盘炉子架锅再酿枣红酒，还得等到下一年。可是爷爷今日把他新烧的枣红酒坛子全端到了石桌前，尽着兴让大家喝了。大家也不客气，捧着酒碗，左首碰了，"噌"的一声，右首碰了，"噌"的一声，碰了就喝一口。这样的碰碗呢，似乎还不尽兴，大家还要转着圈儿碰了……酒往肚子里灌着，菜往肚子里填着，眼看石桌上的菜碟子要空了，马上又会添上新的菜碟子。

柳五洲注意到了，那新添的菜碟子，不再是段枣花在锅灶上烧出来的，而是村里其他人家烧好了送来的，源源不断。段枣花家窑院的大门口，一会儿就有一户添菜的人家端着菜碟子走进来。

也不知一桌子喝酒的人，最后都喝得怎样。到他们剔着牙缝、打着酒嗝，从段枣花的家里走散后，爷爷一把钳住柳五洲。显然，爷爷是有话要说了。他说了，养在圈里的那群羊，今年是太争气了。这几天呢，见天都有羊羔儿生出来，下来呢，怕还有几日好生哩。爷爷说了宝贝似的羊儿，就还说了生在坡梁上的枣树，预感今年也是一个好收成。爷爷絮絮叨叨地说着，还说了村上的一些事。那些事，柳五洲大多听不明白，但有一件事，他是听明白了——爷爷抱怨，村里的后生全都没命地往城里跑，城里就那么吸引人吗？爷爷对此是一脸的茫然。不过，他话锋一转，说起柳五洲了。

爷爷说："你这娃倒是一片热心肠。"

听爷爷这么说自己，柳五洲并没有太多高兴，他只感到爷爷枯瘦的手掌，钳在他的手腕上，把他钳得隐隐痛了起来。

爷爷说："我想问你一句话，你的先人，他可曾来陕北插过队？"

柳五洲老实地点头了。

爷爷笑了，是那种醉眼如花的笑呢。爷爷说了，你娃一到我们枣树圪墚村，我就感到面熟，后来就想起那一伙北京来的知青，他们那一伙子碎崽娃呀……爷爷说着，脸上的笑僵在了眼角上，不由自主，就有热烫烫的眼泪花儿，从他僵着的笑眼里，扑啦啦滚落出来。

段枣花直说爷爷醉了，招呼柳五洲把爷爷搀扶回他的窑洞里，安躺在窟炕上，盖好被子，让爷爷睡了。

爷爷的这一觉睡得真是香。高亢的鼾声，像敲响了戏台上的锣鼓家什，一波一波地往柳五洲的耳朵里灌，他觉得自己困乏得也要昏睡过去了。但他睡不着，想着爷爷说的话，尤其是嗔骂他父亲"那一伙碎崽娃"的话，说明爷爷一直是念想着他们的。这让柳五洲的身上，似有一股强烈的电流通过，有种暖洋洋的幸福感。

祝金花来向柳五洲讨要她的照片了。

跟上爷爷他们喝酒，柳五洲喝得也有些飘，不是祝金花向他讨要，他还差点忘了这码事。听祝金花讨要，他"噢"一声叫，赶紧把祝金花和段枣花的照片翻出来，给了祝金花。祝金花自然是欢喜的，拿了照片就往收拾石桌上狼藉的段枣花身边跑了去，嘴里还"哎呀""哎呀"不停地赞叹着。

段枣花的手没有停，偏着头看祝金花拿着翻看的相片，脸上自然也是笑眯眯的。看了一程，还把眼光挑一下，瞥一眼旁边的柳五洲。

祝金花说："嫂子，你说了，不能让人家给咱白照相的。你就把你还的礼情取出来么。"

段枣花嗔怪她的妹子祝金花了，说："我说啥了？我啥啥都没说，我没有礼情还人家。"

祝金花小斗鸡一样和嫂子段枣花争上了，说："你不要不承认……你是说了，你要不想给人，我可自己拿去呀。"

段枣花没有阻拦妹子祝金花，她看着祝金花从自己身边飞跑而去，去了自己的窑洞，挑着门帘蹿进去，眨眼的工夫，就又蹿了出来，跑到了柳五洲的跟前，把几个衬了白色棉纸的剪纸给了柳五洲。红艳的剪纸，衬在白色的棉纸上，是最醒目不过的了。柳五洲拿到手里看着，似有惊雷在天空中裂响，他的魂魂魄魄，在那一个瞬间，像要飞出七窍，随着响彻云天的雷声而去。

柳五洲看见剪纸上的图案，是一个健壮后生的模样，在后生的手里，端着一架照相机。后生扫描着镜头前的枣树林，有翩翩飞舞的蝴蝶来了，有嗡嗡鸣叫的蜜蜂来了……下意识告诉柳五洲，这幅美不胜收的剪纸，就是现实中的他自己呀！

埋着的头抬了一下，柳五洲看了一眼段枣花，段枣花也正拿眼看着他，双目一碰，又都低了下来。

祝金花赶着趟儿插话了："怎么样，还像你吧？"

柳五洲点头了，说："像。"

十三

天是空的，果然是空的，空得不见一丝云影，只有一弯月亮，斜斜地挂在天边。好像不是为了普照大地，而是勾画天空，使得漫漫无际的天空透出淡淡的蓝色来，十分幽渺、十分深邃的蓝啊。

爷爷的这一场酒后大睡，真是太沉太沉了，呼噜炮仗，没完没了。窑院背垴上的羊圈里还有要生产的母羊，段枣花心疼爷爷，从爷爷的窑门口走过，没有叫醒爷爷，自己踏着如纱的月光，向背垴的羊圈去了。

段枣花走在去往背垴的路上，哼唱起了一曲信天游：

> 提起个家来家有名，
> 家住在绥德三十里铺村。
> 四妹子好了个三哥哥，
> 他是我的知心人。
>
> 三哥哥今年一十九，
> 四妹子今年一十六。
> 人人说咱二人天配就，
> 你把妹妹闪在那半路口。

这是在陕北传唱得最为普遍的一曲信天游了，名字叫《三十里铺》。在这个月色朦胧的傍晚，让段枣花唱得如泣如诉，悠悠地灌进柳五洲的耳朵里，一字一句，都像生了爪子一般，挠着他的心，让他感到从来没有过的惆怅。

三哥哥出门前头里走，

咱们二人没盛够。

有心掉头（个）把你看，

心里头害麻烦。

三哥哥出门坡坡里下，

四妹子崖畔上灰不塌塌。

有心拉上（个）两句话，

又怕人笑话。

柳五洲在窑洞里待不住了。他在想，他是该到背垴上去陪段枣花的。可是，正在做作业的祝金花，还在问他两道题，他就只有先陪着这位可爱的小妹子，指导她来做题了。

不像往常，祝金花今天做题时有些心猿意马，不停地问柳五洲一些作业之外的问题。

显然是，祝金花也听到了段枣花唱的信天游。她问柳五洲："嫂子的信天游唱得好吗？"

柳五洲老实地回答："好么。"

祝金花就还说："我哥祝金虎也是，他也说嫂子的信天游唱得好。可是，这么好听的信天游咋就拴不住他的心？"

这不该是祝金花的问题呢，她却问出来了。柳五洲没法回答她，她就把眼睛从作业本上抬起来，望着柳五洲的脸，想从他的脸上找寻到答案。

注定了的，柳五洲的脸上是没有答案的。

祝金花便只有叹息了，说："是啊，你是不知道的。"

说出这句话，祝金花不再心猿意马，她埋头在作业本上，专心致志地做起作业来了。也不是太难的题，一会儿就都做停当了。

柳五洲抽身出来，这就向窑院背垴的羊圈去了。夜是静的，静得只有白朗朗的月色，铺天盖地地晕染开来，使得坡梁上的枣树、坡梁上的青草，全都镀上了一层银色的光辉。柳五洲默默地走着，他嗅到一股扑鼻的草香，混合着陕北"神草"地椒椒的香气。这是段枣花从草坡刈回来，垛在羊圈旁的干草了。那么大呀，这么大的个草垛子，也是有他柳五洲一点儿小小的贡献呢。这么想着，柳五洲的心中便升腾起一股醉人的暖意。

段枣花背靠着草垛子，静静地坐着，仿佛一尊美丽的月光雕塑。柳五洲走到了她的跟前，她没有动，也没有说话，依然是月光雕塑般静静地坐着。柳五洲低头看着她，也便只有静静地站着了。

终于，段枣花开口了。她说："你不该来的。"

柳五洲没听明白，段枣花说他不该来，是指不该到羊圈这里来，还是压根不该到枣树圪堎村来。听不明白不要紧，柳五洲自有他的理解。

柳五洲回答段枣花了，是很坚定地回答的："来都来了，没啥该不该。"

就在他们二人一问一答的时候，羊圈里有了一些动静，柳五洲扭头去看，他是看不明白的。段枣花告诉他，是有母羊要生了呢。柳五洲就有些急，段枣花不让他急，给他说，还没到时候哩。羊生羊，哪有那么容易的……话从这里说开来，不知怎么拐的，拐来拐去，把话拐到了柳五洲的嘴里，柳五洲就说起了他的父亲柳君红，说起了和他父亲柳君红一起在枣树圪堎村插队的孙伯伯、何叔叔、吴阿姨他们……柳五洲饶有兴趣地说着，还说到父亲柳君红他们怀念着的老支书，以及老支书的姑娘。好像是，段枣花对这个话题有了兴趣。她的眼睛睁大了，在明晃晃的月光下，亮晶晶地闪着。

段枣花在口唇里呢喃着，她说："老支书。"

段枣花说："老支书的姑娘。"

柳五洲有种揭秘某个重大事件般的欣喜，他说："是啊，是老支书。"

柳五洲说："是啊，是老支书的姑娘。"

可是……可是段枣花亮晶晶大睁的眼睛，却慢慢地灰了下来。柳五洲知道，段枣花不想在这个话题上纠缠了。她在回避这个话题，好像不仅是她，喝了枣红酒的爷爷，也是回避这个话题的。

月照草垛，把草垛蕴蓄着的巨大香气，一波一波地蒸腾出来。不知什么时候，柳五洲也背靠着草垛坐下来了，他坐得离段枣花那么近。好好地坐着呢，柳五洲的手伸过来了，段枣花的手也伸过来了。两双青春勃发的手，一旦捉在了一起，便捉得紧紧的，生怕失去了什么似的……羊圈里的动静大了起来，低一声，高一声，是一只羊的叫声呢。

柳五洲说了："羊儿要生了吗？"

段枣花说："是啊，羊儿要生了呢。"

2008年元月12日晨　完于西安后村
2008年11月25日　再改于西安后村

马背上的电影

一

　　"怎么就算享福了？"双休日里，大女儿和二娃、三娃，脚跟脚地回到张光荣装修好了的新家。三个分门立户过日子的娃娃一回来，张光荣感觉得到，他空寂的家就不一样了，他空寂的心也就不一样了，一下子就热闹起来，一下子就充实起来。可是三个娃娃和他吃完一顿中午饭，就都要走了，没人能够陪着他。所以，他热闹的心在这个双休日里，依然感到家的空寂和心的空寂。于是，他向三个娃娃没头没脑地说出这样一句话后，又说："你们都说我享福，别人也看着我享福，可我不知道怎么就算享福了。"

　　二娃的嘴快，张光荣这句话刚说出口，他就从口袋里掏出一摞红艳艳的大票子，往茶几上一摞："我的爹呀，你知道我忙，我人不能天天陪着你，就让钱陪着你好了。不要嫌少，不要怕输，去和你的麻友摸去吧！"二娃心眼儿活，塌不下势读书，做生意倒是顺风顺水，在县城开了个家电门市部，不能说挣得盆满钵满，但他的腰包从来都是鼓的，甚事儿遇着了他，他全都拿票子来说话。三娃在县城中学教书，批改学生作业已够他受了，他还要深更半夜地爬格子，作诗写散文，把自己弄得有那么点儿小清高。他平时就不怎么看得起老二，见二娃给父亲摞票子，就更不服气地在鼻腔里吭了一声。好像他多么了解老父亲似的，他说："咱爹不缺票子。老人情绪不好，票子能顶马用。"二娃顶不喜欢老三的那股酸腐气，"你的话里调重了醋还是咋的？现而今，不是有理走遍天下，而是有钱走遍天下。咱们给老爹收拾房子，让老人手头活泛，咱口袋没钱行吗？"二娃的话说得理直气壮。老伴不幸病逝，张光荣睹物思人，情绪很是不好。姐弟三人商量着给老父亲把旧房子重新装修一遍，掏钱最多的还是二娃。二娃这么一说，三娃当下没了脾气。他教书挣钱不多，写书写散文能发表就已不错了，自然就更挣不来钱。何况他还交了个女朋友，交女朋友可是必须大把花钱的呢！兄弟俩对父亲关于"怎么就是享福"的话讨论着，讨论得正不着边际，身为姐姐的大女儿插话进来了。大女儿一来，就屋里屋外地忙活，又是整理老父亲这一周的家庭卫生，又是摘菜切肉地做着中午饭。大女儿数落着她的两个弟弟："你俩就会瞎吵吵，把嘴闭上，都来给我搭把手，让爹顺肠子吃上饭，就是爹享福了。"

张光荣不能说大女儿的话就不对，能够顺着肠子吃好饭算是一种享福，但绝对不是全部。他承认，三个娃娃都极孝顺，让他总能顺着肠子吃饭。而且是，不仅能够顺着肠子吃好饭，还能顺着心穿衣服，锻炼身体，参加娱乐活动。在县城医院当护士长的大女儿最懂得如何照顾他了，要他每天去公园里锻炼身体。她的理由是，现在已经进入了老龄化社会，全社会都要关心老年人。而老年人自己，也要调节自己，加强自身锻炼，老有所为，老有所乐。大女儿说到做到，给他买了一身白绸的练功服，让他穿着去公园里跟人学习打太极拳，打累了，公园里还有舞蹈"发烧友"，他还可以参与进去，跳一跳舞……张光荣的嗓子亮，唱他们陕北的信天游是一绝，公园里场子大，随便哪里，扯开嗓子唱上一曲，也是很能娱乐人的。

老伴一年前去了，大女儿成了张光荣的生活顾问。她怎么指导张光荣，张光荣就怎么做。原来不会打太极拳，现在会打了；原来不会跳舞，现在也会跳了；原来少有条件唱信天游，现在想怎么唱就怎么唱了。在县城依山傍河修建的公园里，他的信天游一开唱，呼啦啦的，总会围来一圈人，给他鼓掌喝彩，还跟着他学唱，说他们是他的粉丝，铁杆儿粉丝，说央视有个《星光大道》栏目，他应该报名参加的，只要他参加，周冠军、月冠军、甚至千里挑一的年冠军，也是可以拿到手的。

县城公园里，张光荣的粉丝把他都快捧到天上去了，他自己也很受用这样的吹捧。譬如今天清晨，他去公园打了一阵太极拳，跳了一阵舞，就转到那个他平日里唱信天游的亭子里，扯开嗓子唱了起来。

张光荣会唱许多信天游，而且开口就来。粉丝们特别欢迎的还是那曲《谁能挡住干妹子交朋友》：

> 人在世上活一生，交不下朋友不安生。
>
> 年轻人不把朋友交，枉在世上走一遭。
>
> 伐倒大树有柴烧，交下朋友解心焦。

过了一把信天游的瘾，张光荣从公园他的粉丝群里走出来，往家里走了。

张光荣往家里走，出了公园，是要过一个屠宰场的。在这样繁华的地方，设立一个屠宰场是不雅的，但这是个历史问题。这里原来没建公园时就有了屠宰场，现在解决起来就很麻烦。尽管大家的意见不少，却也无可奈何。张光荣倒是不怎么讨厌屠宰场，他喜欢喝两口小酒，喝酒就要下酒菜，屠宰场制作的腊羊肉和腊驴肉就很不错，比起外地运输到这里来的这肉那肉，要强了百倍千倍。但他往家里走着，都要走过屠宰场了，却被几声"咴啊、咴啊"的马嘶声牵住了脚步。

是伙家在嘶叫吗？

是哩！是我的伙家在嘶叫，这一点张光荣非常地肯定。张光荣不能确定的是，屠宰场屠驴宰羊制作腊肉，难不成也杀马制作腊肉？纵使你扩大肉源，杀马制作腊肉，而我的伙家你是不能杀的。张光荣心里想着，就寻着伙家的嘶鸣声，脚一歪，从屠宰场大门里拐进去。他进去张眼一看，就看见拴在一群驴和羊之间的那匹马了，那马可不就是他的伙家！

看见伙家，张光荣的脖子像有刀子逼来，凉飕飕地使他缩了一下，马上就心疼了起来。原来，张光荣作为一名农村电影放映员的时候，在陕北的沟沟坡坡和塄塄峁峁上转，给窝在山洼洼、沟渠渠的村庄放电影，没有伙家可不行。伙家是张光荣须臾不能离开的助手。它要披上鞍鞯，一边挂着电影放映机，一边挂着汽油发电机，和张光荣一起翻沟爬坡，一起上塄越峁……陕北的沟不好翻，陕北的塄不好上，遇上泥泞的落雨天，张光荣还要拽着伙家的尾巴，让伙家牵着他翻沟上塄呢。

啊呀伙家！啊呀伙家！

张光荣的心口疼着，直扑他的伙家，把拴着伙家的缰绳解开来，牵着伙家与屠宰场的人讨价还价，好说歹说，终于从屠刀下救了伙家。

救出伙家做什么呀？当时，张光荣是不清楚的。他疼爱地牵着伙家走出屠宰场，一路往家里走的时候，恰巧，有个姑娘斜刺里跟了来。姑娘跟他走着，默默地走着……显然是，那姑娘认识张光荣，也认识张光荣的伙家。姑娘跟着张光荣走，张光荣却一点儿都不知道。他只心疼他的伙家，不断地抬起手来，抚摸着伙家的眉眼、嘴巴和耳朵……其实张光荣应该认识跟他走着的姑娘的，姑娘叫果果，是板崖村蒙点心的女儿。

果果跟着张光荣，一直跟到张光荣所住的小区门口，眼看着不能再跟了，她才抢前两步，跑到张光荣的前头，挡在他的面前，给他打招呼了。

果果说："光荣叔，您和伙家都还好！"

果果的话说急了，把她说得脸都红了，真的犹如陕北的枣果果一样。张光荣看着果果，一时认不出她是谁。这对当过电影放映员的张光荣来说，一点儿都不奇怪。无论过去还是现在，总有他不认识的人，在街头迎面碰上了，都热情地问候他，这使他欣悦，也使他安慰……可是这个把他拦在小区门口的姑娘不一样，张光荣有种似曾相识的感觉。她是谁呢？张光荣把问候着他的果果多看了几眼，虽然不能确定果果是谁，但心里已经有了那么一点儿谱——这个姑娘不仅认识他，还认识他的伙家，她就不是一般问候他的陌生人了，她该是个对他很熟悉的姑娘哩。

张光荣艰难地回想着果果，果果没有让他多想，自报家门地告诉他，说："我是果果呀。"

女大十八变，张光荣听果果介绍了自己，他把眼睛睁大了。他吃惊地问："果果，果果，你是果果。"

张光荣呢呢喃喃地自问了几句，接着说："你……你长得跟你妈年轻的时候一模一样。"果果不好意思地低了头，张光荣不想让果果的头低下去，他把声音提高了几度问果果了，他问："你妈……你妈她好吗？"

果果回答着张光荣，说："我妈好着哩。"

张光荣说："好着哩就好。"

果果却抢着说："好是好着哩，就是常要抱怨她没电影看。"

像是旱天里一声雷响，张光荣的心被炸开了，炸出了一片金光灿烂的前路。在这一刻，他决定下来，要他的伙家驮着电影放映机，到他熟悉的山村里放电影去。这些山村，当然包括果果的母亲蒙点心生活的板崖村。

大女儿吆喝着二弟、三弟，把一桌菜满满当当地端上桌，张光荣大口地吃了两筷子，又从大女儿的手里讨来酒，美美地灌了一口。他向儿女们郑重地宣布："我把我的伙家带回来了。"

伙家拴在院子里，它的嘴里是张光荣喂给它的一捆青草，它仔细地嚼着，像是听见了张光荣的决定，要配合一下似的，高仰起马头来，冲着蓝瓦瓦的天空嘶鸣了两声。

伙家的嘶鸣是嘹亮的："啊嗬！啊嗬！"

二

能够从窝在大山褶皱里的板崖村考进县城中学读书，这该是果果的大幸运了。她们村有此机会的人，掐着指头算，至今就只两个人——一个是板崖村老村主任柳更成的儿子柳品赞，一个就是蒙点心的女儿果果了。柳品赞的情况要好一点儿，他在县城中学读了几年书，考上了省城的一所大学。可对果果来说，这竟然成了她的一道坎儿，万般努力、千般挣扎，连考了三年大学，分数总是差那么一点点，让她真是伤心透了顶。但她是个乐观的女孩子，就算走不出陕北的崇山峻岭，也不回她们的板崖村。她在县城里落下脚，在县招待所当了一名叠被子扫地的服务员。

果果之所以留在县城不回来，理由是简单的。

县城有电影看呀！

板崖村住着的母亲蒙点心，对果果留在县城的理由也是认可的。她对女儿果果说："有电影看最好了，你就在县城里留着，看你的电影，也替你妈我看看，看够了，回家来给我说一说。"

所以呢，在县城招待所叠罢被子扫罢地，到了傍晚，果果风雨无阻，总要抽身出来，到县城的电影院去看电影。过去的电影院都是大池子，现在改了过来，都是一个一个的小池子，最小的呢，约略只坐二三十人。小池子不比大池子，大池子票价便宜得多，改成小池子后，票价翻着跟头涨，看一场电影的花费，换成让果果在县城敞开了肚皮挑着吃，吃三天也花不完。所以果果在吃上是节俭的，节俭得近于苛刻——早上蒸馍夹咸菜，中午凉皮调辣子，晚上一碗白稀饭，这个账太好算了，抠破手指头，也不会超过十元。可是一张电影票，最便宜的也要二十元，贵了可能三十、五十元。一分钱，一分货，果果承认，电影票价贵的，还就是她爱看的好电影。因此，果果到了电影院，就把正在放映的电影一部一部分析对比，到要买票进场时，总是要买票价贵的。她在大街上碰到张光荣的那天傍晚，就习惯性地去了电影院，左挑右选，还是掏了五十块钱，买了刚刚上映的、由张艺谋执导的《山楂树之恋》。买票的那会儿，果果还在心里怨了一下张艺谋，怨他总是从她口袋里往出掏钱——她一个叠被子扫地的招待所服务员，有多少钱让他掏呀？没办法，又不是人家伸手来掏，一切都是自愿的，咱还怨谁呀？怨自己吧，怨自己眼馋，爱看电影。

　　叠被子扫地挣下的钱，禁不起果果天一傍黑就去电影院消费，而她又不能把嘴扎起来，不吃不喝。就这样，果果的口袋常空得冒烟。她就是心再痒，也不能去电影院了。可是她拦得住自己的身子，挡不住自己的心，尤其是一部在她心里生下根的新影片，她是要豁出去看了，看了后管他明天太阳升不升起来，管她自己饿不饿肚子……偏偏是，张艺谋的《三枪拍案惊奇》来到县城时，果果口袋里没有钱。她向一起叠被子扫地的小姐妹伸手借，人家问她借钱弄甚？她老实回答：看电影。这个回答，让人家冲她笑了笑，说她真有意思，看电影也向人借钱？果果没有借来钱，但她心想，人家不借钱给她是对的，又不是饿肚子生病，又不是火烧水淹，如果真是那样，小姐妹肯定会借钱给她的。一个接一个地问，小姐妹们没有一个人肯借给她钱。她把自己都怨恨上了，可还是不能放弃去看《三枪拍案惊奇》的念头。这个张艺谋呀，他可是太会拍电影了，果果不讲道理地都喜欢。特别是他电影里的女主角，谁当了谁红，好像他有一只点石成金的手，便是山洼洼里的魏敏芝，被他慧眼识珠地发现了，安排在电影《一个都不能少》里，演一个山村小学里的代课老师，也都红火地上了大学、出了国。果果把她和魏敏芝暗暗地比较过了，魏敏芝是山里的女娃娃，她也是呀；魏敏芝所在山村落后偏僻，她所在的山村也是差呀！比较中，果果得出了一个结论，觉得她不比魏敏芝差个甚，而且要说呢，她似乎比魏敏芝还要多一些长处哩。魏敏芝个子矮、脸盘大、手脚粗，她就不是这样，她个儿高挑、脸面细白、手脚纤嫩。除此而外，她的嗓音更是出挑，魏敏芝给山村小学的孩子教唱歌儿，没有一句是普通话，没有一句不跑调。果果的情况是怎样的呢？这绝对不是吹，果果说普通话字正腔圆，唱歌嘹亮动听。果果记得她想到这些事情时，招待所的大餐厅正接待一个会议团队，几十张桌子坐满了人。她转着给桌子上的客人添酒，自己无意识地哼起了一首陕北民歌。她哼的声音虽不大，吐字也不是很清晰，但偏偏被这次会议的主持人听到了。那人头顶上没几根毛，果果瞥了一眼就看清楚了，大概就三根吧！果果不知道这位主持人的姓名，就在心里把这人叫了稀毛。稀毛被果果轻声的哼唱吸引着，突然想可以以此调节用餐的气氛，就站了起来，走到果果的面前。果果以为他杯子里没酒了，端着酒壶就要往稀毛的杯子里添，稀毛把她的手挡住了，说你不看看，我杯子里的酒都要往出溢了。听稀毛一说，果果的脸红了。她的脸一红，稀毛就提议，要果果把她刚才哼的信天游大声地唱出来。

　　稀毛一提议，几十桌的客人就都"哗"地鼓起掌来，夹杂着起哄的喊声："唱出来！唱出来！"

果果作难了。餐厅经理适时地赶了来，他也鼓励果果了，说客人们高兴，你就唱出来。

没有退路了，果果表面上怯怯的，实际上，心里却一点儿都不怯。在县城中学读书的时候，学校组织活动，她上台唱过，而且唱了不是一次两次——唱了多少次，她都记不住了。有餐厅经理的鼓励，果果就挺了挺她的腰身，仰了仰她的脖颈，亮开嗓子唱起来了。

果果唱的是《摘花椒》：

> 十七八的姑娘手叉腰，
> 脚蹬门槛往外瞄一瞄，
> 瞄在花园里，
> 青丝绿叶全是花椒。
>
> 花椒树树长得高，
> 姑娘身小年又少，
> 手把树儿摇一摇，
> 遍地落下的都是花椒。

"哗……"打雷刮风一般，招待所的餐厅里都是热烈的掌声。

总之，果果把她和魏敏芝比，比出了她的许多优势来，可是一点儿用都没有，魏敏芝当上了"谋女郎"，果果却还只是叠被子扫地的果果。

果果崇拜张艺谋，太崇拜了！张艺谋的《三枪拍案惊奇》在县城上演，果果典衣质铺盖也是要看的。没从小姐妹手上借来钱，但有个小姐妹把果果拉到背人处，告诉她，你傻不傻呀，凭你的人样儿，到电影院的门口站一站，保证有人请你看电影哩。这是甚话呀，果果大眼瞪着小姐妹，她是奇怪了，人家却不惊不诧，向她瞪着的大眼扮了个鬼脸，自顾自转身而去。果果愣了一阵，目光粘在小姐妹的背上似的，就也带动了身子，跟着小姐妹走了。走到电影院门口，不一会儿，就有小伙子招呼小姐妹往电影院入口去了。就在这时，她的身边来了一个人，向她热情地招呼着了，招呼她："看电影呀？"果果偏了一下脸，她看见了那个被她称作稀毛的人，正嘻嘻笑着，从口袋里掏出两张电影票。

稀毛说："咱是第二次见面了。"

果果点了点头。

果果点着头，啥话都没说，就很乖顺地随着稀毛进了电影院。什么事都怕有个开始，一旦开始，就难收得住。果果这么厚着脸皮，蹭在电影院门口，陪着那个稀毛看了不少电影。当然，果果不只陪稀毛看电影，还陪一些她叫不出名字不知道是谁的人看了电影。陪人看电影，可不是简单地往电影院里一坐，两眼盯着银幕，看银幕上的人儿喜怒哀乐。人家给她买了票，坐在人家身边，人家是有一些小动作的。果果是大方的，她允许他们有小动作，但也仅限于拉拉手，或隔着衣裳，蹭一蹭她的丰乳和肥臀。再下来还想做甚小动作，她就不能允许了，绝对不。不过，稀毛那人，例外地获得了果果的许可，在黑暗的电影院里，把热乎乎的嘴唇吻在她的脸颊上，她推一推，挡一挡，他就蜻蜓点水地吻那么一下两下。

不自量力！和张光荣碰了一面，果果突然萌生了自己拍一部电影的想法。她这么一想，就在心里骂自己，骂自己癞蛤蟆想吃天鹅肉，是不自量力。

可是有甚办法呢？就像果果爱看电影，口袋里却掏不出钱，就到电影院门口蹭着，拉下脸皮不要了，陪人也要看电影的时候一样，心里的这个念头一起，她就怎么都按捺不住自己了。恰好，果果在电影院的门口又蹭上了稀毛。她陪他坐在电影院里，一粒一粒地嗑着葵花籽，想着她的心事，连银幕上放的甚都没看清。稀毛感觉到了果果的心不在焉，多嗑了几颗葵花籽，掐在手指头上，全都塞到了果果的嘴里，问果果："你走甚神呢？"果果否认了，说她没有。稀毛却像获得果果的默许一样，把他的嘴吻在果果脸颊上。这一次，果果没有推，没有挡，任由稀毛吻着她。吻了好一会儿，稀毛立刻把手里的葵花籽往脚下一扔，腾出手来，像条蛇一样，摸索着往果果的衣襟下钻。果果把他蛇一样的手捉住了，她捉得很紧很紧，都把她的手指甲捉进那人的皮肉里了。

果果听到稀毛受了疼痛的一声低吟。

果果说："我也要拍电影。"

三

没人挡得住张光荣了。儿子挡不住，女儿挡不住，谁都挡不住了。听了老伙家的几声嘶鸣，还有果果的几句话，就是张光荣自己也挡不住自己了。他反复想的，以及夜里梦的，都是他过去和老伙家翻沟越墚去放电影的小山村，碾子湾、杨家坪、板崖村……唉唉唉，那窝在墚洼河湾里的小山村啊，在张光荣的脑子里，像是放着电影一样，一家一家地过着。过到板崖村，就像电影常用的技巧似的，就有了那一会儿的定格。对，是定格呢！定格的是板崖村，定格的是板崖村果果的母亲蒙点心。

往前看，日子过得可是一个慢——像树叶一样，被风吹落一片，跟着又会长出许多片来。但要往后看，却又觉得日子去得那个快，这就绝不是文明话"白驹过隙"能涵盖的了。张光荣想他和果果的母亲的相识，该就是这样一种情景了。

那时候果果的母亲蒙点心，是多么的青春可人啊！初识的时节，蒙点心刚嫁到板崖村，还是个新娘子呢，也没有生下果果，一副少妇不知愁滋味的模样，笑声就像驴脖子上的串铃，摇一摇，就是一串欢畅的丁丁零零。

张光荣记得，他是在碾子湾放过一场电影后，来到板崖村的。当时的情景，就如电影里的经典镜头一样，嵌进了张光荣的脑袋里。那次在碾子湾，张光荣放的是老片子，头一晚是《南征北战》，第二晚是《英雄儿女》，再要往下放，他还带了《地雷战》《地道战》《小兵张嘎》等。张光荣把这些片子放久了，自己都觉得不耐烦了——艰难困苦的抗日战争，都是电影里那么打的吗？他怀疑电影里所表现的，可能是真实的，也可能是不真实的。凶残的日本鬼子，端着三八大盖子，扛着歪把子机枪和小钢炮，打到咱们中国来，绝对不是和中国军队及老百姓躲猫猫做游戏的。他们杀人放火，仅仅在南京一地，就杀害了我们同胞三十万人！如此惨烈的牺牲，如此凶恶的暴行，让我们的电影艺术家，拍在电影里，完全不是一回事。穷凶极恶的日本鬼子，都那么笨拙，那么愚蠢，那么好戏弄，让我们的小毛孩子，都能耍弄得团团乱转，不知所以。是的，张光荣是这么思考那些影片的，但他发现，观众不这么想。不仅不这么想，大家好像还特别爱看这样的电影。看到会心处，也不管旁边人的感受，他们就要开怀大笑，而看到令人愤怒的地方时，同样不顾旁边人的感受，他们就要开口大骂。张光荣压抑着他内心的想法，很职业化也很负责地给山区百姓，挨村齐社地轮流放映电影。

在碾子湾放映电影时，头天晚上放《南征北战》，一切都是顺利的。到了第二天晚上，栽在放映机前跟脚的电灯一熄，就听放映机

"轧轧轧轧",像往常一样有节奏地响着,但银幕上却是雪一样白,不见画面出来。场地上窜来窜去的人,就自觉发挥起他们的主观能动性来,各展手脚,伸脖子翘首的,在放映机的光影里似群魔乱舞,白色的银幕上,就打上了他们的影子……张光荣那个急呀!头脸冒着汗,他摸黑在放映机的几个关键部位捣鼓着,一直捣鼓不出名堂来,这就听到场地上的观众呐喊了。他们呐喊的话是:"光荣光荣没讲话,光荣光荣说几句。"张光荣听得出来,鼓噪着的碾子湾人,一点儿恶意都没有,他们是真诚的、热烈的,甚至饱含着对他的无限深情。这是因为,连续当选为县级优秀放映员的张光荣,独创了一个映前节目,那就是借此机会,把他学习来的一些政策性的东西,以及农业技术上的新东西,花点儿时间,给大伙儿宣讲十来分钟。头天晚上张光荣已经讲过了,第二天晚上他不想再炒剩饭,就没有讲。热情的观众这一提醒,倒把放不出影像的张光荣从紧张中拉回到轻松的状态,他给自己找台阶下了。麦克风就在嘴边,他关了放映机,轻松自在地告诉大家,说他就不讲了——"把话筒让出来,咱们谁的信天游唱得好,就让他出来唱上一曲,我相信,咱们老乡唱的一定比我说的好。"

张光荣的鼓励是管用的。同时站起几个人,抢着要唱信天游。有位胡子白了的老人,干脆伸过手来,张光荣就把话筒给了他。

老人家不负众望,一开口,就把喧嚷的场面震得鸦雀无声,只有他高亢的信天游,嘹亮地回响在碾子湾的夜空里:

> 六月的日头腊月的风,
>
> 老祖先留下个人爱人,
>
> 三月里桃花满山山红,
>
> 世上的男人就爱女人。

天上的沙鸽成对对，

人人都有个干妹妹。

瞭见个村村瞭不见人，

世上最难活的是人想人。

　　老人家在山梁梁上、野洼洼里可能吼唱惯了，一猛子冲着麦克风唱，把他的声音一下子放大了几十倍。他唱出头一声时，因为声音太大，把他自己还唬得噤了一霎霎声。他把手里的麦克风凑到眼前，认真地看了几眼，再接着唱，就很顺畅，也很出效果了。碾子湾的老乡亲，都晓得他吼唱的是《老祖先留下个人爱人》。这曲信天游不仅他老人家吼唱得了，观众中的许多人都唱得了，但是因为有了麦克风，就没人跟着老人家一起唱了。等他唱罢了，大家还都沉浸在那浑厚嘹亮的曲调里，等了好一阵，才都一"哇"地叫起好来。此其时也，老人家已很知足地坐了下来，而张光荣摆弄了一会儿放映机，重新打开放映时，银幕上《英雄儿女》里的中国人民志愿军浴血打击侵朝美军的壮烈画面，便炮火连天地上演了……飒爽英姿的王芳慰问到前线，她站在硝烟弥漫的战场上，向英雄的儿女唱起来了："风烟滚滚唱英雄……"王芳在电影里唱着，看电影的碾子湾人，在银幕前跟着唱。那齐声高唱的声势，连天上的星星也惊动了，在那一刻，眨巴着亮晶晶的眼睛，俯视着碾子湾激情澎湃的这一幕……那时候的电影数量少，张光荣转着圈子在那些散布在山梁梁上和沟洼洼里的小山村里放电影，把有限的电影片子都放熟了。但这有甚要紧的呢？张光荣把他能放的电影再放一百遍，小山村的老百姓，也会跟着他看一百遍……小山村里的后生女子中，就有不少这样的人——他们结伙成群，尾随张光荣，从这个村子到那个村子，常常要追着看几个晚上。

在碾子湾放了两个晚上的电影，接下来，张光荣就要去板崖村放电影了。

板崖村的村主任柳更成，是掐着指头来接张光荣的。在村子里放电影，是比村子里人过寿吃满月酒都重要的事情呢。过寿吃满月酒，是一家一户自己的事情；放电影是全村人共同的事情。放一回电影，是堪比过一回大年的。柳更成不放心，牵了村子里唯一的枣红马，早早地就到碾子湾来了。柳更成有点儿担心，怕他脚步慢了，被别的村子横插进来，把张光荣接了去，那他就惨了，非遭村里人骂不可。过去，不就发生过一回吗？柳更成被村里人明里暗里骂得脸上能流血。

碾子湾的路不好走，但比较起来，板崖村的路就更不好走了。

所幸有柳更成牵来的枣红马，一边驮上电影放映机，一边驮上汽油发电机，便是相对轻便的片盒子，也都挂在枣红马的驮子上，由枣红马驮着往前走了……这一次去板崖村，是电影放映员张光荣最放松的一次，他吊着两只空手，和板崖村的支书柳更成，走在枣红马的后边。他们有闲空拉话了，话头是柳更成先捡起来的。

柳更成说："那一回接空了你，我被村里人的那个骂，真想让自己变成只老鼠，钻到地洞里去。"

张光荣检讨了："对不起你了。"

柳更成说："咱不说那话，我想问你，可有甚新的好看的片子？"

张光荣说："我倒想有新的好看的片子放哩，可咱是个放电影的。人家拍的，人不拍出来，我又能咋个办？"

柳更成说："我给我娃说了，让娃长大了，上大学，就学拍电影。"

张光荣被柳更成逗得哈哈大笑，说："你这明摆着，不是鼓励你娃将来学拍电影，我看你是糟蹋现在拍电影的人哩。"

柳更成说："我可不敢。"

两个人说说笑笑着来到板崖村，倒把路上的惊险和困难撂到了脑后。日后，张光荣想起此行板崖村放电影，非常幸运地有了两大收获——不能说枣红马是重要的收获，但因为他结识枣红马在前，所以就暂时把枣红马排在了头一位——枣红马就是他的老伙家。板崖村之行，枣红马的作用太明显了，张光荣回到电影放映公司，把自己用马作为运输工具深入山区为老百姓放电影的体会和想法，给领导细致地说了一遍，得到了领导的支持，公司花钱给他买下了枣红马。领导说了："张光荣呀，你可不要辜负了枣红马。把咱们县的小山村，一个不少地都去转转，让咱们县的老百姓，都能高高兴兴地看电影。"张光荣记着领导的话，他不会辜负枣红马，他和他的老伙家，长年跋涉在全县的沟沟壑壑、坡坡洼洼，很负责地为山区里的老百姓放着电影。

　　张光荣是村村寨寨最受欢迎的"公家人"，他因此还被选为省级劳动模范。

　　除了老伙家，张光荣这次板崖村之行，还收获了个甚宝贝呢？

　　张光荣不好往明白处说，他把这个收获埋在了心底，让他独自享受了好长时间。不是别的，就是果果的母亲蒙点心。啊啊，点心，她父母可是太会起名字了。张光荣认为，她可真是一个让人心尖尖颤抖的点心呢！

　　晚上放电影，依例，张光荣还要冲着麦克风做些其他宣传的，可是这天夜里，张光荣把放电影的家伙收拾停当，拿起麦克风，噗噗轻吹了两口气，板崖村看电影的观众却少有地起了哄。有人举起手来，在电影机放射出的光影里瞎捣乱，有人高声呼叫，说是张光荣说得好听，但绝没有蒙点心唱得好。大家齐声呐喊："蒙点心，唱一个！蒙点心，唱一个！"

　　蒙点心是谁哩，手拿麦克风的张光荣，不尴不尬地环视四周，这就看见一个身材高挑、皮肤白皙的女子被号吵的板崖村人推到了自己跟前。这个女子就是蒙点心。她站在了张光荣的跟前，也不扭捏，也不做作，很自然地从张光荣的手里讨来麦克风，很大方地吼唱了起来。

蒙点心一开口，张光荣就打心眼儿里承认，她唱的的确比他说的好听。

她吼唱的是一曲新编陕北民歌《戴荷包》：

> 送哥哥送在大门外，我身上解下一个荷包来，
> 我身上解下你身上戴，你想起妹妹看荷包来。
>
> 送哥哥送在大门外，清水河上一对鹅，
> 公鹅展翅飞过河，留下母鹅叫哥哥。
>
> 送哥哥送在柳树墩，折根柳枝送亲人，
> 你握钢枪我劳动，妹妹永远都是哥哥的人。

四

又一次，果果蹭上稀毛在电影院里看电影。这时候，果果已经知道，稀毛可是县电视台的一个小头头呢。听说，稀毛最初扛着个沉重的摄像机，整天跟在县上领导的屁股后边，给领导拍新闻。这像拍领导的马屁一样，稀毛把领导拍舒服了，也把自己拍出息了，出息成了一个头头子。他有了一定的人脉资源，还有一定的权力。他所拥有的

这些权力，对果果想要实现拍电影的目标，是很有帮助的。

果果是实际的。尽管她拍电影的想法太过浪漫，甚至虚悬，可她知道要想实现心中的理想，就不得不实际起来。譬如和稀毛的交往——蹭上他看电影，他手上有点儿小动作什么的，她反感着，却也忍耐着。

终于，稀毛的手突破了果果严防死守了好多日的防线，从她的衣襟下伸了进来，扒在她挺耸的乳尖上。这是处女的一摸啊！果果的身子受寒似的颤抖了几下，并且像害了牙疼一般，痛苦地呻吟了一下。

蹭着稀毛看电影时，果果只专注于银幕上的喜怒哀乐和打打杀杀。稀毛却不是。他只在剧情吸引他的时候，两眼盯着银幕看，看上一阵，就会走神。他的眼睛关注的地方，是黑暗的池子里看电影的观众，形形色色，有时候，还真比银幕上的情景要精彩。三心二意的稀毛还指给果果看，让她看池子里的千姿百态——有相拥在一起亲嘴儿的，有手忙脚乱胡摸胡揣的。果果是不看不知道，一看还真是让她吃惊不小，电影院真正看电影的人有几个呀？他们来这里谈恋爱吗，抑或是偷情？果果心里这么想着，脸上便烧得像着了火！一旁的稀毛，又喋喋不休地给果果说，他们中不排除有情意的恋人，但更多的是野鸳鸯。

甚的个恋人？

甚的个野鸳鸯？

果果敏感地想到了自己，还有她蹭着的稀毛。他们该算甚呢，恋人？肯定不是。野鸳鸯？应该也不是。不明不白，这到底算个啥呀？那一刻，果果出气都有了困难，粗粗地喘着。稀毛对她操上了心，问她："咋的了？哪儿不舒服吗？"果果摇着头，给稀毛硬硬地说："咱看电影。"

电影院里的这一切，几乎摧毁了果果拍电影的理想。接下来几天，果果老老实实地窝在县招待所，老老实实地扫地叠被子，这让招待所里的小姐妹们都有些不习惯。还是那个提醒果果蹭人看电影的小姐妹，偷偷地来给果果说了。她说："果果呀，你把稀毛的魂儿勾走了。你不晓得，你几天不去电影院，把人家稀毛那个急呀，像只丢魂的脱毛狗，天半黑就到电影院门口转。他转着就有蹭他看电影的女娃娃，人家稀毛不搭理，人家是在等你哩！"

小姐妹的话，虚虚实实，果果分辨不清。她心里产生了那么点儿感动，想不到稀毛还是个情种。果果不再畏缩，她又树立起拍电影的目标了。

暑日炎炎，傍黑时候，果果把自己洗干净了，换了一身清爽的衣裤，像是去赴一个浪漫的约会一样，到电影院的门前来了。她看见了稀毛，正如小姐妹说的那样，他在电影院的门前失魂地转悠着。果果不声不响，像是大暑中吹来的一股凉风，悄悄堵在稀毛面前，让稀毛好一阵发愣。待看清是果果时，他喉咙里涩涩地憋出一句话。

稀毛说："我还当你入了云，不再看电影了。"

果果没说话，浅浅地笑了一下，转过身去，没有往电影院里走，而是走向县城外边，一直朝着那条蛙鸣声声的小河走。果果不用回头，她感觉得到，稀毛落后了她几步，一步步地跟着她。她甚至感觉得到，稀毛跟得小心翼翼，提心吊胆。小河边满是粗粗壮壮的砍头树。哦，砍头树！果果初听人把这种粗壮的柳树叫砍头树，她的心里大跳了一下，但她后来深深地懂得了砍头树的奇妙和不易。所谓一方水土养一方人，在陕北这个独特的地理环境中，砍头树充分地展现了它不同于其他树木的品格。它是需要被"砍头"的，砍一次不行，要隔上几年被砍一次，再过几年再被砍一次。一棵砍头树，一生不知要被砍多少次"头"。如果不砍它的"头"，它还会死去，而砍过了，它反而生得更有精神，更是葱茏。它被一次一次砍下来的"头"，恰恰又是陕北人建房造屋以至箍窑最需要的橡木木材。面对着小河沟里的砍头树，果果是发过呆的。她甚至问过砍头树，你是甚时就有的，你还要挺立到甚时候？果果的问题，得不到砍头树的答复，因此，她就自问自答起来。她说有了地球就有了你们是吧！地球不老你们也不老是吧！果果这么问答，是因为她打小就见惯了小河沟里的砍头树，县城里有，她们板崖村里也有。一棵一棵都是那么粗壮，常常一个人抱不过来，要两三个人一起抱，才能抱得住。而且，粗粗壮壮、矮矮墩墩的树头上，总是不歇气地生发着一丛丛碧绿的柳树枝，小娃儿的胳膊一般粗细。十几二十几根，兄弟般一起奋勇地朝天长着，让人远看近观，忍不住是要感叹的，感叹一棵砍头树，几乎就是一片森林。

果果选了这样一棵砍头树，背靠着树身站了下来。她等着稀毛走近，对他说："我给你唱一曲信天游吧。"

稀毛仿佛期待已久的样子，冲果果含蓄地笑了笑。

果果还了稀毛一个笑，她提了提神，这便张嘴唱起来了。她张嘴唱的时候，也许想唱另一曲的，可她唱出来的，却是有几分顽皮、更有几分谐谑的《打樱桃》：

> 阳婆婆子上来丈二高，
> 风尘尘不动天气好，
> 叫声那哥哥咱二人去打樱桃，
> 要吃樱桃把树栽，
> 要交那朋友慢慢来，
> 还得哥哥你要先忍耐。
> 黑格丁丁头发，白格生生牙，
> 巧巧的嘴说下一些哄人的话。

稀毛愿意果果蹭着他看电影，但更愿意聆听果果吼唱信天游。稀毛也是土生土长的陕北后生，在相同的地域、相同的环境里，稀毛没少听人吼唱信天游，可他觉得都没有果果唱得好。其他人，干扎野毛，只是嗓门高，不像果果。她唱起来柔柔的，像云彩一样，软软的，像流水一样，但又不失信天游特有的那一份硬朗，刚刚强强，就像耸立在陕北的山山墚墚一样。果果唱得稀毛都呆住了。

当然，稀毛还听到了果果歌声之外的一份性情。

稀毛问果果了："你说，我说下一些哄人的话？"

果果黑溜溜的大眼睛盯着稀毛，她没有回答稀毛的话。

稀毛就又说："是的，我承认给你说了一些哄人的话，但你知道吗，这世上谁又不说哄人的话呢？"

果果的大眼睛依旧盯着稀毛不说话。

稀毛就还说："对了，你说你要拍电影，你知道拍电影的难处吗，要有剧本，要有演员，要有设备，要有……"

果果把稀毛一连串的"要有"劈头堵了回去，她说："怎么那么多的'要有'呀，你说你还有多少'要有'？"

稀毛没有生气，他说："要有资金，你晓得吗？"

果果说："晓得。"

稀毛说："你晓得要多少资金？"

果果说："不晓得。"

稀毛说："这不就对了。听我给你说，拍电影是很花钱的，便是有了钱，也还要有一定的专业人员参与，才可能把一部电影拍摄出来。"

果果歪着脑袋，认真地听稀毛说完话。她表扬他了，说："你不就是专业人才吗？我看你就行。"

也不知道是果果的表扬鼓励了稀毛，还是稀毛自己抖擞起了胆量，他朝果果走近了些，张开双臂，把果果拉进怀抱，搂紧了她，给她耳语似的说了。

稀毛说："你可真是敢想啊！"

五

老马识途。

几乎没用张光荣操心，他的老伙家驮着电影放映机和一台小型汽油发电机，颠儿颠儿地出了县城，走上了去板崖村的路。张光荣在县城电视新闻上已经知道，从县城往板崖村走，是修了一条能通汽车的大马路的。但这条路他没走过，他的老伙家没走过，他们都没走过。于是就任由识途的老马带着张光荣，沿着他们过去走熟了的那条山间小道，艰难而又困苦地走着了。

人的脚跟不上人的心。

张光荣不晓得老伙家可和他一样，身在路上走着，而装在肚子里的心，已经从自己的身体里蹿出来，早早地走到板崖村去了。具体地说，就是走到果果的娘亲蒙点心的跟前去了。

点心现在怎么样呢？

张光荣后悔，自己在县城与果果见了面，就那么简单地问了她妈几句，这能说是自己粗心吗？是自己没心。果果的娘亲，是怎样的一个人呀！冰清玉洁，美丽可人，乖爽齐整……张光荣认真探索着他的记忆，把所有美好的词汇都找出来，都不能完整地形容果果的娘亲蒙点心。张光荣以为，扑闪着两只大眼睛的蒙点心，就像盛开在陕北大地上的一株迎风摇曳的山丹丹，或是蓝花花。

啊啊啊……山丹丹、蓝花花，这些鲜活漂亮的名词，忽然闪现在张光荣的脑子里，使他的脸上露出一抹许久不曾有的笑意。

当初认识蒙点心时，她可不就是一株惹人眼目的蓝花花或山丹丹吗？她是爱看电影的。刚刚二十出头的她，和几个与她年龄相仿的姑娘小伙，在板崖村看了张光荣放的一场电影后，便舍不得抛下张光荣了。他离开板崖村，到碾子湾去放电影，他们就跟着去了碾子湾。在碾子湾放完电影，张光荣转去杨家坪，蒙点心和几个伴儿又跟到杨家坪。那时候的张光荣，也就三十来岁的年纪吧。他的眼睛是好使的，蒙点心他们跟他去了几个村子看电影，他早发现了。他是想说他们几句的，可他找不到说话的机会，更找不到要说的话。他坐在灭了灯的放映场上，操心着"轧轧轧轧"轻响的放映机别出什么故障，让他把电影给大家放好。在文化生活匮乏的乡村，老百姓看一场电影不容易，他可不能因为自己的疏忽，扫了大家的兴。黑黢黢的夜，黑黢黢的人群，张光荣看着跟他一路看电影的蒙点心他们，他说不清自己是该开心，还是该伤心。

张光荣清楚地记得，他那次放映的电影是《黄土地》。这部电影的拍摄地就是陕北，说的事是陕北的事，唱的歌是陕北的信天游。一伙伙的陕北女子，一群群的陕北汉子，在《黄土地》里演绎了一场让人肝肠寸断的情感大戏。在影片放映的过程中，张光荣听得到大家会心的笑声，也听得到大家伤心的哭泣。蒙点心跟着张光荣，连看了几场《黄土地》，每看一场，她都忍不住哭一鼻子。不过，电影放映完了，看电影的人就会离开。但张光荣还要收拾电影放映机和汽油发电机，摘下宽宽大大的幕布和挂得高高远远的扩音喇叭。张光荣收拾这一切的时候，听见有人在夜色朦胧的山路上，如泣如诉地漫着《黄土地》里的信天游：

六月里黄河冰不化，

扭住我成亲是我大（父亲），

五谷里数不过豌豆圆，

人里头数不过女儿可怜。

浮水上鸭子寡水上鹅，

公家人不知我会唱歌，

青杨柳树十八根橡，

想说心事我开口难。

是蒙点心在唱吗？张光荣坚信，在跟着来看电影的一群人里，唯有蒙点心有这样的天赋。为此，张光荣既要赞叹蒙点心，又要赞叹信天游了。他想，陕北的信天游真是太好了，自然天成的比兴手法，一句两句，就能唱进人的心里头。张光荣感觉他自己是懂得陕北信天游的，他相信蒙点心一定把她自己唱感动了——那种亦悲亦喜的歌声，让张光荣也想为她掉眼泪了。

掉眼泪……嗨，张光荣笑话自己了。

又一次转到板崖村放电影时，张光荣得知蒙点心结婚了。她嫁给了村里的小石匠刘铁锤。这个刘铁锤不是别人，就是蒙点心他们一起转村子看电影的小伙子之一。陕北不比平原——村子几乎挨着村子，在这里，不翻一架梁，不越一条沟，是很难见一个村子的。刘铁锤老实陪着蒙点心他们，他把蒙点心陪成了他的新娘，给自己陪出了幸福，陪出了美好。

张光荣到了板崖村，扯开了银幕，发动了发电机。正要拧开电影放映机的开关时，新婚的蒙点心和刘铁锤挤到张光荣的跟前，把一把水果糖塞到他的怀里，然后，还恭恭敬敬地给他鞠了一躬。

这是弄甚哩？张光荣愣愣的，有点儿不知所措。蒙点心便开口说话了。

蒙点心真诚地说："谢谢你哩！"

张光荣结巴着应："谢……谢我个……个甚呀！"

黑压压的一片来看电影的板崖村人，像谁喊了号子一般，这时齐刷刷地回答了张光荣："谢你大媒么！"

张光荣"哦"了一声，他恍然大悟，顺手剥开一颗小糖果，丢进嘴里，很香很甜地吃了起来。他吃得真是享受，然后，拧开电影放映机的开关，给大家放起电影来了。

张光荣来板崖村放了多少回电影呢，他自己是记不清了。但有一次，张光荣死都忘不了。

那一次，村主任柳更成牵着伙家，把张光荣从碾子湾接回板崖村。张光荣很开心地给众乡亲放了电影，电影银幕上那个大大的"完"字，还亮晃晃地在人们的眼前闪着，蒙点心挤到张光荣的跟前，给他说了。

蒙点心说："肚子饿了吧？"

张光荣听得很真，听着就还真的觉出了肚子的饿。可是夜半三更的，张光荣怎好说他肚子饿啊！他没有说，只对黑影里的蒙点心笑了笑。

蒙点心看见了张光荣的笑，她说："我给你做点儿好吃的。"

张光荣知道蒙点心误解了他的笑，他想喊住蒙点心，给她说他不饿。可是蒙点心已麻利地从张光荣身边挤过去，麻利地挤在站起身来、准备散场的人群里了。

麻利的蒙点心，麻利地回到家里，麻利地点火做饭，麻利地做出一盘黏糜子油糕，又麻利地煮热了一碗黏稠的热糜子酒，这就麻利地收拾在一个新编的柳条篮子里，抱在怀里，麻利地送到张光荣借住的村主任柳更成家里来了。面对陕北百姓过年才能吃上的黏糜子油糕、喝上的热糜子酒，张光荣握着她的双手，在嘴里抱怨上了。

张光荣说："你看你这人……你看你这人……"

蒙点心顽皮地笑着打断了张光荣的抱怨，她说："我这人实诚吧？"

张光荣说："你实诚？对，你还就是实诚。"

蒙点心说："你翻山越岭地给咱老百姓放电影，咱老百姓也没啥报答你的，在你肚子饿了的时候，给你弄一碗热的吃喝，怎么说都是应该的。再者说了，你还是我和我家男人的大媒呢，我和我家男人都结婚了，也没找到机会谢你大媒哩！"

张光荣懵懂着没有说啥。

蒙点心也没再说啥，她只是盯着暗夜里的张光荣，痴痴地笑。旁边的村主任柳更成添上嘴说开了。

柳更成说："可不是咋的。蒙点心和刘铁锤，一对儿电影迷，他俩就是攒着你看电影，看出了感情，看成了幸福的小夫妻。"

张光荣"哦"了一声，他恍然大悟，敢情他走村转社，为山沟沟里的乡亲们放映电影，不仅娱乐了大家的业余生活，同时还起着促进自由恋爱的巨大作用。想到此，张光荣快乐地看着谢他的蒙点心。张光荣承认，虽然村主任家的窑洞仅点着一盏罩了玻璃罩的煤油灯，他却觉得一切是那么亮堂，特别是新婚后的蒙点心，简直就如一个天上飞来的神仙人儿。她的眼睛大大的，顾盼而有光辉；她的鼻子翘翘的，喘息时有香气；她的嘴唇厚厚的，嚅动即有神韵。在那样一个瞬间，张光荣晕晕乎乎的，看蒙点心看得都有些呆了。这时的他，耳畔又悠然地响起蒙点心在他放映电影时，被板崖村的乡亲们激励着站起来，用她清幽柔婉的嗓子，吼唱的那支信天游：

正月里来正月正，锣鼓唢呐鞭炮声。

五彩缤纷人欢腾，扭起秧歌迎新春。

黄土地上刮春风，陕北秧歌闹了个红。

大街小巷人潮涌，就像巨龙一阵风。

一个嘟嘟葱，一个嘟嘟蒜，

一个嘟嘟婆姨一个嘟嘟汉，

一个嘟嘟秧歌满街上转，

一个嘟嘟娃娃撑着看，

女娃娃爱打满口口红，脸上又擦雪花粉。

　　蒙点心能唱的信天游太多了，唱一个换一个，张光荣没听过重样的。先听了那曲《戴荷包》，张光荣就喜欢得不得了。后来她唱的这曲《闹秧歌》，依然让他喜欢得不得了。张光荣是想学几曲信天游的。耳濡目染，他后来还真学会了几个，应该说，蒙点心是起了大作用了。

　　"嘚嘚嘚嘚……"是老伙家翻着蹄脚，踩在山路上的声音提醒了张光荣，把他从过去的时光拉了回来，他伸出巴掌在自己的脸上轻轻地抽了一下，笑着自己，跟着他心爱的老伙家，一步都不犹豫地向前走去。

六

　　脸上的汗，擦去一层，没走几步，就又涌出来一层。张光荣怀疑，他这么汗流浃背，一路走着，不等走到板崖村，身上的水分就都会化成汗，流干淌净。腿脚也好像不甚听话，仿佛灌了铅，越走越沉，越走越重。他没有怀疑自己上了年龄，而是埋怨自己腿赖。窝在县城里许多年，哪儿也不走动，把腿脚惯坏了，惯得没有力气了。亲爱的老伙家，它似乎也不如从前了。从前的老伙家，无论多长的路、多长的坡，"嘚嘚嘚嘚"，都走得又精神又快捷。走得高兴了，或是对着一条长河，或是对着一架高岭，它还会情不自禁地啸叫几声。张光荣听得出来，那时的老伙家对长河与高岭有一种轻蔑——再长的河，还能有老伙家的蹄腿长？再高的岭，还能有老伙家的眼界高？老伙家瞧不起长河与高岭。它驮着电影放映机和与小型汽油发电机，目标是陕北山沟里的村村寨寨，它就腿不打闪、眼不旁顾地往前去。可是，老伙家离开了张光荣一些年，这回再重逢，结伴走他们熟悉的路时，老伙家却走得步履蹒跚，和张光荣一样，一身都是汗。那晶晶莹莹的汗珠，从老伙家的毛孔里浸出来，流淌在它红绒绒的毛尖上，一颗连着一颗，像是挂在老伙家身上一串又一串的珍珠配饰。张光荣心疼老伙家，他抬起手，一次又一次地抚摸老伙家的皮毛。他觉得它实在太累，就拽住老伙家的缰绳，让老伙家停住蹄脚，歇上一会儿。

为了让老伙家歇一歇脚，张光荣选择的地方，不是有水，就是有草，而且相对要平坦一些。那样，老伙家就可以饮点儿水，再吃上几口草。如此一来，他们走路的时间就耽搁了一些，直到太阳下山，张光荣和他的老伙家才人困马乏地走到杨家坪。

杨家坪的乡亲们，不太年轻的，都还认得出张光荣。所以，张光荣和他的老伙家满头冒汗、浑身滚水地刚一走到杨家坪的街口上，就有相识的乡亲们围上来，热情地问候上了。

首先迎来的是个秃了顶的汉子。他说："哎哟，好你个张光荣呀，我还说你怕是把来杨家坪的路忘了呢。"

秃顶汉子的话还没落音，留着一撮胡子的半大老汉接话说了："啊呀呀，可把你盼来了。你是不知道，我想看电影，想得心里都长出草来咧！"

七嘴八舌，人们围着张光荣热言热语问候着。他觉得每一个人都是熟悉的，却又不晓得他们分别是谁。张光荣打着哈哈，说他咋会忘了来杨家坪的路呢，他这不是来了嘛，来给大家放电影。

掌声在张光荣的哈哈声里响起来了。

拍巴掌的是个穿着干练的妇人。像围上来和张光荣热乎着的其他人一样，张光荣对这个年纪不算太大的妇人，也有一种似曾相识的感觉。这个似曾相识的妇人，拍着巴掌挤进人群来，从张光荣的手上接过马缰绳，只说："路上辛苦了，咱们总不能干站在街口上，不吃不喝瞎热情吧！"

杨家坪不比板崖村，也不比碾子湾。杨家坪是一个规模不小的镇子哩。人民公社时期，杨家坪是延川县城关公社的所在地，延川县后来改成延川镇，杨家坪自然又成了镇政府的所在地。正因为如此，杨家坪虽然也窝在陕北山沟沟里，却又占了风气之先，便比其他的村子繁华一些。一街两行，看过去，都是这样那样的门脸儿。起早还有国营的商店、医院、邮电所等等。发展到今天，国营的商店、医院、邮电所在萎缩，而私营的超市、旅店、饭馆等则迅速膨胀着，招招摇摇。张光荣只是拿眼一扫，便都看得清清楚楚。当然，他还看见街道上的练歌屋、洗头房、桑拿池等流行着的新玩货。

啊！一切都在变，张光荣生活的县城变了，他多年没来的杨家坪也变了。这种变，张光荣说不准是好还是不好，他只匆匆地把变化了的杨家坪扫了一眼，就捏着他灌了铅的腿，跟着似曾相识的妇人，往她牵马走去的旅店里走了。

是的，张光荣太需要休息了。他暂时还去不了他最想去的板崖村，去看他怀揣在心里的、爱看电影想看电影的蒙点心。一步步地跟着似曾相识的妇人走着，张光荣不忘刚才热情问候的众乡亲，他半回着头，向他们打着招呼。

张光荣招呼说："大家都回去吧，回去喝汤去，喝罢汤看我给大家义务放电影。"

这是张光荣的心里话呢，可他给大家招呼出来，却没有收到他想要的效果。刚才热心热肺问候着他的他们，一个个突然像换了个人一样，全都暧昧地、甚至是嘲弄般地笑了起来。

嘲弄、暧昧，暧昧、嘲弄，满腹狐疑的张光荣，很快找到大家变脸了的根由。

似曾相识的妇人，把张光荣的老伙家，牵进前房后窑的旅店院子，拴在院子里的一根木桩上，吆喝着旅馆里的其他人给老伙家喂草喂水，她自己则亲自上手，来为张光荣准备吃喝了。

这妇人给张光荣弄的是羊肉烩面片，外加一碗热糜子酒。她在操弄这两样吃喝的时候，招呼张光荣洗了手，洗了脸，并且让人给他安排了住宿的房间。她招呼张光荣歇着，说她知道张光荣馋的甚，她会叫张光荣吃得满意、喝得痛快哩。果然如妇人所说，她把羊肉烩面片和热糜子酒弄好，端进张光荣住宿的房间时，一下子就吸引了张光荣的目光。他盯着热气腾腾的羊肉烩面和糜子酒，不由自主地问起妇人来了。

张光荣问："你是店老板吧？"

妇人没说话，只是轻轻地点了点头。

张光荣问："你咋就知晓我馋羊肉烩面，馋热糜子酒？"

妇人笑了，她的笑像那会儿围着他热乎寒暄的众乡亲一样，充满着一股暧昧劲儿。她暧昧地笑着说："贵人多忘事，自然也会不记人。给你说，我是白雪梅，我大是白世峰，你记起来了吗？"

张光荣在自己的额头上拍了一巴掌，说："你是白书记的女儿呀。"

自称白雪梅的妇人说："算你有记性。"

张光荣这便打开话匣子，和白雪梅说上了。他说："我这点儿记性还是有的，你知道吗？那会儿你多小，我来杨家坪放电影，可都是当着公社书记的你大来张罗，你像小尾巴一样，看我倒片放电影，看我调试发电机、电影放映机……当年的毛丫头，现在都做起店老板了。我问你，你大他怎么样？退休了吧？身体还好？人在杨家坪还是去了别的地方？"张光荣一连串的问题，把妇人问得一下子伤心起来。她回答张光荣，说她大革命了一辈子，临退休还在杨家坪的山沟沟里跑着，今天去碾子湾，明天去板崖村，好像那一个一个的小山村，都是他的亲儿子、亲闺女，牵着他的魂，扯着他的心。他那么不知疲倦、无怨无悔地跑着，把自己跑得血压那个高呀，跌了一跤就把自己跌没了。"他跑他的没有错，为了老百姓，一点儿错都没有，可他咋就不知道为我们儿女跑呢？你是住在县城里的人，你看得远，有些干部不像我大，差不多都是嘴上的功夫，嘴上为老百姓跑哩，可心里却是为自己跑着。为自己跑着，他们谁不把自己跑滋润了？我那个大呀，我都不知道怎么说他了，他撒手一走，我能怎么弄呢，就只有开个小旅店，混个有吃有穿算咧。"

是这样！张光荣把羊肉烩面片端起来，往嘴里拨了两个面片片，听白雪梅那么一说，赶紧又放下碗，从他的衣服口袋里摸出一张五十元面额的票子，往白雪梅的手里塞。

白雪梅不接张光荣的钱，张光荣就从口袋里又摸出一张五十元面额的纸钞，合起来往白雪梅的手里塞。白雪梅依然推着不接。

白雪梅说："你把我的话想错咧。"

张光荣停住给白雪梅塞钱的手，睁着眼睛，不解其意，一脸茫然。

白雪梅不要张光荣茫然，她说："你在大街上给人是咋说的？你说你义务给大家放电影！"

张光荣点着头说："是啊，我要义务给大家放电影的。"

白雪梅把张光荣放下的羊肉烩面片端起来，恭恭敬敬地递到他的手上，说："你是个老人了，甭嫌我说话不入耳。我想问你，你有多少钱，你给大家义务放电影？要我说，钱不烧人手，在杨家坪，咱们合起伙来，在技术上，你放你的电影，在经营上，我做我的账。咱们放电影挣钱，挣下钱，你一半，我一半。你说怎么样？"

七

应该说，白雪梅的羊肉烩面做得不赖。张光荣拿筷子挑起几个片片，放进嘴里，没怎么嚼，就从他的喉咙里香香地滑进胃肠里去了。但是白雪梅说给张光荣的话，却没有她做的羊肉烩面好，张光荣仔细听来，也没能觉出顺情顺理，反而逆着他的胃口，让他感到些许反胃。结果是，那么香滑的羊肉烩面，他突然觉得不好吃了。

一大碗热气腾腾的羊肉烩面，张光荣吃了没多少，便脱手放了下来，坚决地给白雪梅撂下一张面额五十元的纸币便出了房子。到了干净整洁的院子里，张光荣把白雪梅招呼旅店服务员卸下来的电影放映机等物件，又小心地搬出来，扎绑在老伙家的背鞍上，牵着老伙家就往旅店门外走了。

张光荣的举动，让白雪梅一脸的迷茫和不解。她在张光荣的身边转悠，给他不断地说着，说她可是为张光荣着想哩。"现在都甚时候了，有付出，就要有收成，咱又不是骗人，真米实曲地在集市上放电影，咱该有咱的收成哩。如果你嫌我开的条件不合理，你可以还的，我四成，你六成怎么样？这该行了吧？"

张光荣闷着头收拾他放电影的行头，一直没有回应白雪梅。就在他牵着老伙家踏出雪梅旅店大门后，他回头给白雪梅说了。

张光荣说："谢谢老板的好意，我来放电影，真的不为钱。"

张光荣被白雪梅请进她的旅店，围在附近街头的乡亲们却站在原地没散，张光荣说给白雪梅的最后那句话的话音刚落下，"哗"地就是乡亲们一阵热烈的掌声，其中还有几声高喉咙大嗓门的喝彩。这喝彩声尽管七嘴八舌，乱糟糟一片，但是张光荣只是一眼，就看到了那个白净面皮的青年人。好像他的喝彩声最为响亮。这让张光荣蓦地想起一个比喻，这个比喻，他曾给板崖村让他牵肠挂肚的蒙点心用过。他说在一堆土豆里挑一个土豆是困难的，而在土豆堆里放进一个西红柿，让人选那个西红柿，就很容易了。可爱的蒙点心就是一堆土豆里的那个西红柿，而今大声为他喝彩的那个人，也该是一堆土豆里的西红柿。西红柿在土豆里是出挑的，青年小伙儿在人群里也是出挑的。他的出挑处不仅是他有别于杨家坪人的穿着，还有洋溢在他脸上的一种气质。

青年小伙喝彩道："人可不敢掉进钱眼儿里，钱眼儿是个无底洞，掉进去就找不到自己了。"

青年小伙喝着彩，挤到张光荣的跟前，鼓励他说："光荣大叔，我佩服你。"他夸奖着张光荣，就还把自己介绍上了。他给张光荣说："我大是柳更成，我是他的小子柳品赞。"

柳品赞这一自我介绍，张光荣就想起他了。长在板崖村的柳品赞，匪得像只小老虎一样，流着永远擦不净的鼻涕，上树抓鸟儿，下河捉王八。他当村主任的老父亲柳更成说，只有张光荣来板崖村放电影时，野家伙才会消停几天。这也是个热爱看电影的主儿。张光荣听说，柳品赞长大了，学习成绩还可以，考大学时，一根筋报的都是与电影有关的专业。不过，他的运气还不错，被西安的一所大学录取了。张光荣很是欣赏地把手拍在了柳品赞的肩上，给他说："我是老了，在咱陕北翻山越岭，没有几年电影好放了。叔看见你高兴啊，以后就指望你们年轻人呢。"

张光荣的话，说到柳品赞的心里了。柳品赞读大学，怀揣一个梦想，就是能够从事与电影有关的工作。放映电影是一个方面，条件成熟时，他还想搞创作、拍电影哩！

柳品赞接过了张光荣的话，他说："那我就给光荣叔当几天助手好了。"

柳品赞说的可不是客气话。趁着暑假，他回到老家来，就是为了寻找素材，为他的大学实践打基础的。他回到老家有几天了，回板崖村给当村主任的父亲柳更成说了半夜的话，便告辞了父亲，到杨家坪来，住在老亲戚的家里。柳品赞以为，作为镇政府所在地的杨家坪，有更多的可能，给他提供他想要的素材。张光荣和他的老伙家，千辛万苦到这里来，义务给大家放电影，这对柳品赞而言，不正是瞌睡遇着了枕头吗？柳品赞忠实地履行起一个助手的职责了。他从张光荣手里接过老伙家的缰绳，在前头牵着走，一直把张光荣接进他老亲戚的家里。从老伙家的背上卸下电影放映机等，柳品赞就一边招呼老亲戚给老伙家准备草料，一边伴在张光荣的身边，帮着做晚上放映电影的准备了。

太阳爬到西边的山顶上，还有点儿不想落下去的意思，但山那边却像有块大坠石牵着太阳，让太阳懒懒地枕在山顶上喘了一口气，就急剧地下坠，倏忽不见了影子。张光荣在柳品赞的帮助下，熟脚熟手地在杨家坪的街筒子上，凭借两棵高高的白杨树，挂起了雪白的大幕布。几乎与此同时，街上爱看电影的人，自觉地抬来了家里吃饭用的八仙桌，让张光荣把电影放映机搁在桌面上，还拉来了电源。接通了电源，这就开始放电影了。

过去，日子不咋好过的时候，有张光荣牵着他的老伙家到处挪转着，杨家坪倒是不缺电影看；后来，日子好过一些了，却不知为了甚就没电影看了。张光荣不来，县上的电影公司也不派别的人来。大家可是盼着有电影看哩，多年不见的张光荣来了，他给大家放电影来了。大家争先恐后地挤在街筒子上，高高低低，长长短短，端来家里的板凳，搀老人、抱孩子。电影还没开演，满街筒子就坐满了人。一言难尽！张光荣真不想说，现在的县电影放映公司，完全成了徒有虚名的空壳壳。张光荣年岁长，提前退了休，比他年轻的，也办了早退，呼啦啦作鸟兽散。大家散伙的理由是，现在有了电视机，谁还热心看电影？电视剧一集连着一集，长的有百集，短的有数十集。天黑了，往家里的电视机前一坐，冬天冻不着，夏天热不着，谁还受罪巴脑地往电影幕布底下钻？没人钻了，还能咋办呢？就只有散了。这一散，让张光荣散得真是心有不甘呀！他在刀下救出老伙家，义务下到山村里来，给大家放电影。事实告诉他，现实并不像电影公司散伙时说的那样，乡亲们还是爱看电影的。

暗夜下的杨家坪，张光荣试了试电影放映机，就在确信能够顺顺利利给大家放电影时，他竟心酸地涌上一股热泪，把他的眼睛都模糊了。他想，他该给大家放些片子的，可他能够带进山里来的电影，还是过去的老片子。想到此，他像过去走村转社放电影时一样，在放映前有必要说几句话了。他这么想着，就嘴对麦克风，给大家说上了。他检讨自己没办法，弄不到新片子、大片子，他就只有委屈大家，和他一起重看过去的老片子了。张光荣的检讨，一点儿都没减弱大家看电影的热情。大家鼓励他了，让他就放老片子，老片子好，百遍千遍看不厌。

在大家的鼓励声中，张光荣架起飞火轮一般的电影胶卷，正式放映电影了。恰在这时，刮风打雷一般，闯进来几个人。他们是乡文化站的张干事，以及乡税务所的刘税收和乡派出所的牛公安。他们还在电影观众的圈子外面，就咋咋呼呼地吆喝张光荣，让他不要放电影了。

他们凶神恶煞一般，也不管坐在银幕前的观众是何感受，便又是手推，又是脚踩，生生地踩踏出一条通道，到了张光荣跟前，不分青红皂白，先把刚刚打出字幕的电影放映机断了电。他们一哇声地声讨张光荣："谁让你占道放电影的？你要知道，文化市场是不允许你私自放电影的，你到杨家坪来，不办证，不纳税，你就放电影了？你这是违法你知道不知道？"憨厚老实的张光荣，吃不住张干事、刘税收和牛公安的这一通申斥，他说不出话来了，倒是给他当助手的柳品赞，挺身而出，来为张光荣辩护了。他对三位言称执法的公家人说："请你们文明点儿。张老师恁大年纪，心系山沟沟的众乡亲，来给大家义务放映电影，他有什么不对了？要你们吆五喝六！"

"咔嚓！"一副亮铮铮的手铐，闪着冷冷的光亮，无情地铐在了柳品赞的手腕上。

关键时刻，又有一男一女站出来为张光荣说话了。男人是谁？张光荣不咋认识，但女人是谁，张光荣一眼就认出来了。她不是别人，正是张光荣不久前在县城见到的果果。

张光荣不甚认识的男人和果果站起来为他说话，一下子带动满街筒子上观看电影的众乡亲，大家都近乎愤怒地吼喊起来为他说话了。众怒不可违，正是大家的吼喊，让张干事、刘税收和牛公安的心怯了一下。可他们嘴上不依不饶，还对众人大喊大叫，威胁说，他们带来的铐子还有几副没用，谁想用就往他们跟前来。

张光荣不甚认识的男人，不像胡喊乱叫的张干事、刘税收和牛公安他们。他从自己的衣服口袋里摸出个深绿色的小本本来，亮给三位执法者看。那是个新闻采访证，是只有县委宣传部的宣传科长稀毛才持有的，他只那么一亮，就像泼给三位执法者的一盆凉水，把三位的气焰，当下灭了下去。稀毛让他们打开铐在柳品赞手腕上的铐子，给他们说："咱不要影响众乡亲看电影，咱们走，借个地方，我采访一下你们。"

纷乱的人群，安静下来了。果果给张光荣说："叔你不要怕，咱放咱们的电影。"

就在张光荣又一次打开电影放映机，要给乡亲们放电影时，他看见了白雪梅。这个曾想与他共同经营电影生意的女老板，恨恨地盯了他一眼，便动作夸张地转过身去，从众人圈里走出去了。

八

白格生生的脸脸水格凌凌的眼，

妹妹的人样儿赛神仙。

麻秆秆呀水沟沟里泡，

哥哥你挑人要往心里头挑。

牵着老伙家，张光荣向板崖村走来了。板崖村啊板崖村，老祖先起的这个名字，可是太名副其实了。一路走来，都是一层压着一层，层层叠叠累积成山的板板石。好像越是接近板崖村，这种板板石叠压而起的山越是高，这种板板石叠压起来的沟越是深。山高了，沟深了，连带起来的自然变化，就是靠着山、靠着沟的路越陡峭、越逼仄了。张光荣年轻的时候，翻爬这样的路，明知道危险，他也是不怕危险的。现在，长年纪了，张光荣再次翻爬这样的路，他会怕吗？不，张光荣是不怕的。尽管老胳膊老腿，翻爬得很是吃力费劲，他心里却是一点儿都不怕的。张光荣，很是豪迈地牵着他的老伙家，奋勇地向前赶着。这使他觉得崎岖不平的石板路，就如他在杨家坪给乡亲们义务放了一场电影这件事，一波三折使他产生了不小的委屈，还产生了不小的愤怒，但总的结果还是不错的。所有的算计、所有的刁难，因为稀毛和果果，还有大学生柳品赞他们的鼎力支持，都化解了。

稀毛、果果和柳品赞，因为电影，与张光荣自然地结伴在了一起。清早起来，他们打点起行囊，浩浩荡荡地出了杨家坪。年轻人，忘性总是大于记性，他们簇拥着张光荣，轮流在路上照顾他。前边是个石台阶，挨得近的，自然伸出手，去扶张光荣一把。张光荣的脸上出汗了，他们谁看见了，就要掏出身上的面巾纸之类，去帮张光荣擦。张光荣非常受用三个年轻人的照顾，他心里受用着，嘴唇上却还与他们拌磕着。张光荣拌磕的话是："我很老了吗，啊？我要你们照顾！"年轻人你一言他一语，话赶话地说："光荣叔不老，真的不老，但我们总是比叔年轻的，出门路上，年轻人有责任照顾年长的人。"

这样的拌嘴，该是幸福的。张光荣流汗的脸上一直挂着不落的微笑。他知道，三个年轻人已经把昨晚在杨家坪的风波忘记了，而他自己，似乎也不怎么去想昨晚的不快。

板板崖的坡坡上，这里一簇，那里一簇，赶着热起来的暑天，生出许多红得耀人眼目的山丹丹。果果最先被山丹丹吸引了。她往前冲了几步，扑向板板崖的坡坡，去采生得灿烂的山丹丹。她扑腾得急，把板板崖坡上的石头蹬落了几块，石头轰轰隆隆地向陡峭似墙的山沟滚下去，这就惊得张光荣一怔，喊着"果果小心"。与此同时，稀毛和柳品赞，一前一后，冲着果果扑爬的山坡坡撵了去。是的，他们俩是去保护果果的，可是没等他俩撵到她的身边，她已采到一束艳红似血的山丹丹，捧在她的胸前，昂起她的白脸脸，对着一山连着一山的旷野，高腔大调地唱起信天游：

> 地上的那个鸟儿欢欢地跑，
> 天上的那个鹞子扑格楞楞转。
> 哥哥你要学那马儿欢欢地跑，
> 万不要学那鹞子划地里转。

果果唱的信天游是《妹妹的人样赛神仙》，她把稀毛和柳品赞唱得直为她鼓掌。张光荣也是要鼓掌的，但他微笑的脸儿，从板板崖的坡坡上收回来，看着他的老伙家，不由自主地想起果果的母亲蒙点心了。

果果太像年轻时的蒙点心了，身条儿像，脸盘儿像，眉儿眼儿像，还有唱信天游的声音，也像得让张光荣几乎分辨不出……果果的母亲蒙点心，就很能唱果果刚才站在崖坡坡上唱的这曲信天游：

> 祖家的板房房比蝴蝶的翅膀单，
> 哥哥的马儿要配快活的鞍。
> 只要哥哥你心一片，
> 你就放开马儿到妹妹的身子边。

张光荣不是木头人，他到板崖村放电影，听了蒙点心唱给他的这曲信天游，他难免心慌心跳。他记得特别死，就像挽在他心里的一个绳疙瘩一样，记下了蒙点心唱的这曲信天游，也记下了他在板崖村放罢电影的那个晚上。

　　是啊，那天像今天一样，也是个溽热难耐的日子。张光荣放罢电影，照例去了村主任柳更成的家。应该说，那个时候的板崖村，村主任柳更成家的条件最好。他家有石头砌的窑洞三孔，还有用砍头树的枝干盖下的三间石板房。张光荣不住在柳更成的家里，还能往哪里住？柳更成安排张光荣住进石板房，房子里有石板盘的炕，炕上有羊毛擀的毡。可是，张光荣躺下去没一会儿，就感到挨着毡垫的脊背痒得他心乱，对着房顶的前胸里心也慌。这是虱子和蚊子合起来对他的肉体发起的攻击造成的。经常下乡放电影的张光荣对此是不奇怪的，在乡村，哪能避开虱子和蚊虫呢？尽管被虱子和蚊虫咬得受不住，可他硬撑着，躺在有毡垫的石板炕上，想要坚持睡下去。蒙点心来解救他了。

　　黑黢黢的夜色中，张光荣先是听到柳更成家狗的叫声，接着就看见一点如同星光一样的火星，渐渐地，他又闻到了一股非常好闻的艾草的香味，悠悠荡荡地来到他睡觉的炕前。张光荣看见了蒙点心。善解人意的蒙点心啊，她把熏蒸蚊子的艾草绳子，在离张光荣比较近的地方挂了起来，拿着燃烧的艾草绳头，用嘴又吹了几吹，使得幽幽暗暗的火星儿，烧得更旺一些。深山老沟，聪明的老祖先，天才地发现把鲜嫩的艾草割回家晒得半干，拧成长长的绳子，收藏起来，到有蚊子的时候点燃了，就能熏跑蚊子，让人免遭叮咬。借着艾草绳头的火光，蒙点心朝躺在炕上的张光荣瞄了一眼，她看见了张光荣大睁的眼睛。天黑着，张光荣不晓得蒙点心的脸红了没有，总之，他感到自己的脸膛烧了起来，仿佛被蒙点心提溜来挂在他头顶上的艾草火头烫了一下，烧得他的脸都要起火了。

　　蒙点心被张光荣大睁的眼睛吓了一跳，但她迅速地镇定下来，声音轻得如远飞的蚊子："身上痒了吧？"

没有蒙点心的提醒，张光荣还扛得住身上的痒，经蒙点心一提，张光荣立即痒得难以忍耐，他呼地挺起身子，在自己的前胸和后背，咬牙切齿地挠了起来。他挠得太狠了，有几处被虱子和蚊子咬过的地方，都被他挠出血来了。

蒙点心看得心疼，她捉住张光荣下死劲挠痒痒的手，给他说："别把你挠成个血人儿，到头来，你放电影娱乐了咱们，却让你血染板崖村。"

张光荣拧着蒙点心捉住的手，说："这痒罪呀！倒比疼罪还难受。"

蒙点心没让张光荣挣脱手去，她说："痒罪不好受，疼罪也不好受。你听我说，你起来跟我走，住到我家里去，我家没有村主任家的条件好，但我家干净，就不会让你下身虱子上身蚊子的，活受罪。"

封闭的、落后的板崖村，对于男男女女间的那点事儿，倒比别的地方开放。白天的时候，村主任柳更成就给张光荣说了，让他住到蒙点心家里去。村主任说："蒙点心的石匠汉子，被热火朝天修筑西延铁路招了工，她家里有地方，干净，不招虱子咬，没有蚊子叮。"村主任柳更成是这么说的，张光荣又哪里好意思。可是现在，他被村主任家里的虱子和蚊子咬得实在受不了，没有办法，就只有乖乖地被蒙点心牵着，去了她空空荡荡，没有虱子咬、没有蚊虫叮的干净的家里。

九

有了躲避虱子和蚊子叮咬的那一次，张光荣以后再来板崖村放电影，就很自然地下榻在蒙点心的家里了。

蒙点心的家确实干净，窑洞的墙壁是她用发了干黄土的稀水漫过的。张光荣住在那样的窑洞里，总能嗅到泥土特有的芬芳。摆放在土窑洞里的桌子、板凳什么的，都被蒙点心擦抹得纤尘不染，露出木头原有的白茬儿。再是炕上铺的，炕上盖的，虽然都是普通的棉布和棉花，却也被她拆洗得干干净净。张光荣睡进那样的被窝，充盈在鼻孔里的，满是肥皂好闻的味儿。这一切仿佛可以催眠似的，让张光荣总能睡得踏踏实实、香香甜甜。

不过，张光荣是要做梦的。他会梦见笑意盈盈的蒙点心，热着身子，钻进他的被窝里来，和他颠三倒四，呻吟呐喊。张光荣梦醒过来，自觉难堪。为此，他没少在心里骂自己，告诫自己可不敢想入非非，想出事端来。然而，事不由人，张光荣竟然梦想成真——蒙点心爽爽利利地钻了他的被窝。

山洼洼里生、山洼洼里长着的蒙点心，没有张光荣那许多的忌讳。能放电影的他，每次到板崖村来，都要堂堂正正地住在她的家里，这让她可是太高兴了，她以为这是她的福气呢！

蒙点心不知道张光荣睡觉会梦见她，但她清楚地晓得，只要张光荣放电影住在她家里，她都要彻夜做梦，梦里的人，跑不了都是张光荣。

啊啊啊！多么爽利干净的张光荣啊！他不仅会翻山越岭来给她和她们板崖村放电影，让大家得到娱乐，知道许多他们不知道的事情，而且，他个儿头魁伟，满头的头发没一丝乱的，他只要轻轻地甩一下头，那头发就偏分着，纹丝不乱地堆在他的头顶上。村里的婆姨女子，看张光荣的眼神，少有不飞不飘的。婆娘女子眼红蒙点心，妒忌蒙点心，逮住机会，就半开玩笑半审问地辱戳蒙点心，说你近水楼台先得月，你把张光荣的被窝钻了吧？蒙点心对婆姨女子的审问一点儿都不臊气，她没有钻张光荣的被窝，因此就很坚决地否认着。这使婆姨女子大为不解，她们就还撺掇蒙点心，要她不要硬撑，抓住机会钻张光荣的被窝。并警告蒙点心，你自己不钻，把门给我们留着，我们轮着钻张光荣的被窝。

婆姨女子可不是说白话。张光荣来板崖村放电影时，她们就放肆地在张光荣跟前发着骚。发骚的婆姨女子，对蒙点心无论如何都是一种刺激，蒙点心还真是把持不住自己了。冬季里的一个大雪天，张光荣来板崖村放电影，他被漫天飘舞的雪花留在了这里。他白日里享受着蒙点心给他精心烹煮的饭菜，晚上又享受了蒙点心给他烧得烫脊背的热被窝。张光荣不晓得，蒙点心在他踏实香甜的酣睡声里，认真地想着他。张光荣是她最崇拜的人，同时又是最为向往的人，而且还有许多说不清、道不明的情愫。蒙点心要有所行动了，这行动是刻不容缓的。她在自己的住窑里，烧了一盆热水，把自己脱光了，打上香皂，洗了一遍又一遍，直到确信把自己洗干净了，就没有再穿衣服，在雪光明亮的夜晚，走出自己的住窑，向张光荣的住窑里去了。雪光里的蒙点心，没有觉出冬天的冷。她在寒气逼人的雪光下，还在院子里静静地站了一会儿。她看见了自己的双乳，翘翘的双乳啊！她看见了自己的小腹，光滑平坦的小腹啊！蒙点心没有什么可迟疑的了，她去了张光荣的住窑，掀开张光荣的热被窝，让自己像只馋嘴的猫儿一样，钻进张光荣的被窝，抱住了张光荣的热身子。

张光荣没有让蒙点心失望。搂抱着的他们很快地合在了一起，蒙点心呻吟起来了，她像冬眠的虫子一样嘤嘤地呻吟着。蒙点心呐喊了，她像火山爆发一样啊啊地呐喊着！

幸福的蒙点心呀！

哀伤的蒙点心呀！

就在张光荣和蒙点心有了那个雪夜之后不久，女儿果果已经两岁半的蒙点心，万分悲痛地失去了她的石匠汉子。为在建的西延铁路开山凿石的石匠汉子，在一声剧烈的山炮声里，遭到一枚杏核大小的石子击打，他仰身朝后倒下来，就再没有站起来。

　　安葬完石匠汉子，蒙点心捎话给张光荣，让他上板崖村给石匠汉子放场电影，也算她给石匠汉子的一点儿安慰。

　　得到信儿的张光荣，没有推辞，更没有迟疑。他牵着老伙家，沿着积雪还没完全消融的山间小路往板崖村走来。这是张光荣走得熟极了的一条路呢，他心想，自己闭着眼睛，任凭老伙家前头带路，瞎摸也能顺顺当当、平平安安地到板崖村来，给因工伤死亡的石匠汉子，放一场电影。但是出事了。在张光荣一点儿防备都没有的情况下，在就要进入板崖村的板板路上，他脚下一滑，这就没法挽救地滑下三十多米深的沟底。张光荣跌得失去了知觉，知情的老伙家，沿着板板石的坡路，下到沟底里，跪趴下来，用它的热身子温暖着张光荣。老伙家要嘶鸣的，它一声一声的嘶鸣，都是为了叫醒张光荣。可是一声一声的嘶鸣，没能把张光荣叫醒。老伙家是执着的，它不放弃自己的嘶鸣，一直用它裂地惊天的嘶鸣，呼唤来了板崖村的人。自然地，其中就有戴孝的蒙点心和她同样戴孝的女儿果果。

　　蒙点心在村里人的帮助下，把昏迷中的张光荣抬回了她的家。村里人说童子尿管用，她就寻来了童子尿，灌给张光荣喝。张光荣在他醒来后知道，蒙点心端着碗，满村子找寻六七岁的男童儿，给他们糖果儿，哄着他们撒了一大碗的童子尿，来给自己喂。在给张光荣往嘴里喂之前，蒙点心把童子尿碗端起来，送到她自己的嘴边，先自抿了一口，她把童子尿噙在嘴里，轻轻地咂巴着，仿佛她在品尝蜂蜜水一般。

　　热热的童子尿灌进了张光荣的嘴里，又慢慢地滑进了张光荣的胃肠，他从童子尿里缓过神，睁开眼睛时，发现他正偎在蒙点心的怀抱里，像个婴儿一样，接受着蒙点心的照顾。

　　万幸没有伤着骨头，张光荣挣扎着给蒙点心的石匠汉子放了电影。送走了亡人，张光荣是决计要走的，但没能拗得过蒙点心，被蒙点心留在家里，好吃好喝地服侍着。她给他煎药，给他按摩，直到张光荣完全康复过来。张光荣要离开板崖村了，村里人发现张光荣脸色的变化——以往经大风里吹、大日头下晒，是黑黑红红的，而现在倒被蒙点心养得白白胖胖，像是脱胎换了一个人似的。

村里人有所不知。养在蒙点心家里的张光荣，听凭蒙点心服侍他时，不止一次地听她给他说："我是殁了一个男人了，我要守好你，让你活得旺旺的，活好！"

可是不管蒙点心怎么说，甚至孤男寡女的他俩，赤身裸体地再次钻在一个被窝里，你搂抱着我，我搂抱着你，两人都恨不能把对方搂进自己的肉里去时，张光荣却拿捏着自己，没再让蒙点心发出一声呻吟，呼出一声呐喊。

> 想你来，想你来，想你想得吹不熄灯，
>
> 灯花花落下多半升。
>
> 想你来，想你来，想你想得我见不上面，
>
> 面对面坐着还想你。

谁在唱《对面坐着还想你》？是蒙点心吗？张光荣吃惊地抬起头来，他抬起了头，还发现老伙家也抬起了头。人和马，四只眼睛茫然地逡巡了一阵，没有看见蒙点心，而是看见蒙点心的女儿果果，正在开开心心地唱信天游。快乐的、爽朗的年轻人啊！他们哪里知道张光荣的心事呀？他们不知道，还在愉快地唱响信天游。

果果的信天游唱得好。她唱罢一曲，还鼓励稀毛和柳品赞也唱起来。显然，两个汉子是心怯的，扭捏着不肯唱，联合起来鼓励果果继续唱。果果没有扭捏，她俯身捡起一枚小小的板板石，抡起胳膊，隔

沟抛了出去。小小的板板石，撞上对面的板板崖，发出一声脆脆的响，好像这清脆的响儿是鼓励她自己起的调。果果就又欢欢乐乐地唱起一曲叫《白头到老不变心》的信天游：

> 一对对红花半崖上开，
> 手里呀想采心里爱。
> 一对对沙鸽一对对鹅，
> 一对对毛眼眼照哥哥。
> 对面洼上杨柳青，
> 甚么人留下一个人想人？
> 河做媒来山做证，
> 白头呀到老不变心。

十

天刚扑黑，以蒙点心家门口为中心，早已挤满了人。一切都如过去一样。张光荣发现，挂着幕布的两边空地，都被摆好的石块、砖块填满了，自然还有凳子——方凳子、圆凳子、长凳子、短凳子、高凳子、低凳子，形形色色搁得住屁股的东西，密密麻麻，好像再多端来一张凳子甚的，就都没地方撂了。好些年不放电影，张光荣来了，他给大家义务放电影，板崖村的乡亲没有不看的道理，这仿佛是个隆重的节日，大家秩序井然地坐在场地上。张光荣一眼望去，就知道大家无一例外地都换了衣裳。老人们有老人的习惯，年轻人有年轻人的时尚，对襟黑色、灰色的衣裳，对应着解放了脖子的西服和自由随意的夹克。姑娘们更是了得，牛仔裤把她们的屁股裹得紧紧的，红色的、黄色的小衬衣把她们的胸口缠得鼓鼓的。看着这一切，张光荣心里感叹不已，他感叹小山村的人，是多么渴望看电影啊！

张光荣是这么感叹的，给他当着助手的村主任儿子柳品赞也是这么感叹的。还有稀毛和果果，都像张光荣一样感叹了。不过，张光荣是多了一项感叹的，他还感叹"世上已百年，而板崖村仅一日"，许许多多的东西，都保持着往日的质朴和纯净，特别是可亲可爱的蒙点心呀，对多年不见的张光荣依然保持着十分的熟悉和温暖。张光荣来到村里，没有任何的障碍，没有任何的禁忌，很自然地被蒙点心接进她干净的家里。她安排他的吃，安排他的住，安排他需要的一切。

活泼开朗的果果和稀毛、柳品赞一起陪着张光荣，快到板崖村时，果果抢先走了几步，赶在几个人的前头，蹦蹦跳跳地先进了村，然后又先闪进了自己的家。她兴高采烈地把张光荣放电影的消息，告诉了母亲蒙点心。果果满面飞霞地给母亲蒙点心说这一消息时，老伙家高亢好听的嘶鸣声也从板崖村的村口上传了过来，传到蒙点心的耳朵里了。因此，不等果果把消息说得很清楚，蒙点心就自己先明白了。

蒙点心自言自语地说："哦，张光荣来了，张光荣来放电影了。"

蒙点心自言自语地说了这两句，也不管女儿果果刚刚回到她身边，她立即麻利地翻开炕头上的漆彩箱的盖子，麻利地翻出一件红色碎花的棉布单衫、一条色气纯正的黑色单裤，把她在家里常穿而穿旧了的衣裤换下来。母亲蒙点心的这一身行头，在果果的眼里是太熟悉不过了。过去，只要张光荣来板崖村放电影，母亲蒙点心就会穿上这套衣裳，过后又小心地浆洗，叠起来，收存在漆彩箱子里。应该说，母亲的这套衣裳，无论款式还是色调，都是陈旧土气的。可是也应承认，母亲只要穿上这套衣裳，她就是新鲜的，而且还十分清爽，十分温暖。

隐隐约约，果果知道了母亲穿这身衣裳的秘密。光荣叔夸过这身衣裳，说母亲穿了这身衣裳，是比开在山坡坡烂漫闪亮的山丹丹还要好看哩！

蒙点心在张光荣的眼里，就是那么迷人。果果小时候还因此和母亲蒙点心产生了些许矛盾，甚至一些冲突。她只要母亲对她一个人好，见不得张光荣来她家里住，见不得母亲对张光荣好。有好几次，张光荣来板崖村放电影，歇在她家，夜深人静时分，和果果睡在一个窑洞里的母亲都会从炕上溜下去，走到张光荣睡着的窑洞去。像只猫咪一样警惕的果果，在母亲进了张光荣住着的窑洞后，她也会悄悄地溜下炕，站在那窑洞的窗台下，细听他们的墙根。有一次，果果还学着一部电影里的细节，把贴着窗花的窗户纸，用唾沫湿出一个小洞洞，把眼睛贴在洞眼上，看窑洞里的母亲和张光荣。果果没有听出母亲和张光荣说甚不堪入耳的话，也没有看到甚不堪入目的事。她听到的，都是母亲蒙点心和张光荣彼此之间关心的话语。那些话语，有许多都是直接关于果果的。母亲蒙点心和光荣叔都心怯怯地关心着她，盼她能够健康地、快乐地成长。

失去了亲生父亲的果果，对这样的话总是敏感的。一句一句，全都装在她的心里。那个时候她想哭，而且她是真的哭了。每一次捂着嘴离开张光荣住着的窑洞口，回到她和母亲蒙点心睡着的窑洞里，她都总是或扶着炕边，或坐在炕上，伤心而又默默无声地流泪。母亲从光荣叔住着的窑洞里转回来了。在她转回来踏进窑洞门的一刹那，哭着的果果总会迅速地抹去泪水，蜷缩着身子，悄悄地睡在炕上——母亲走时她睡什么样子，这时还睡什么样子。

警惕着张光荣和母亲的果果，因为成长，渐渐地理解了母亲，也理解了张光荣。她甚至梦想，让爱看电影的母亲和放电影的光荣叔，走得更近一些，最好能够成为一对恩爱的夫妻。这个想法，果果从在县城里见到张光荣，并且打听到他的境况时，就萌生出来了。知道张光荣从屠刀下救出老伙家，与老伙家一起，驮着电影放映机，再次走上他原来千百次走过的路，下乡义务为山村老百姓放电影之后，果果便敏感地意识到，这是一个机会呢。果果想得到，也做得到。她当即动员和自己熟稔起来的稀毛，拉着他一起尾随张光荣回家来了。果果和稀毛，真是有点儿"不清不白"。她陪着稀毛看电影，她是不白陪的。一起在县城招待所做服务员的姐妹，谁也瞒不住别人的眼睛——她只是陪人看电影，还有人做了更出格的事，偷偷陪住宿的客人睡觉呢！果果拉不下那个脸，她只是陪稀毛看电影。与稀毛一起看得多了，心里有种说不出的情愫在滋生。特别是在县城郊外的那个晚上，稀毛答应果果，可以帮助她实现拍一部电影的梦想之后，她就真把稀毛赖上了。恰好，又在杨家坪偶遇本村的大学生柳品赞，三个有志于拍一部电影的年轻人，一拍即合，相互探讨，选择素材，筹措经费。时间虽然很短，他们却也有了一个大体的目标。

这个目标直对着张光荣和他的老伙家，自然还有果果的母亲蒙点心。

在回板崖村的路上，张光荣和他的老伙家，引起三个年轻人的极大兴趣。有着新闻敏感的稀毛，给果果和柳品赞建议，就以张光荣和他的老伙家为基本素材，再挖掘一些别的内容出来，可不就是一个现成的电影题材吗？果果赞成稀毛的建议。她没有多说什么，但她心里明白，把母亲蒙点心和张光荣之间的故事加进来，这部电影所需的素材就都齐备了。果果说不出她心里想的，柳品赞说得出来。同在板崖村长大，张光荣和果果母亲蒙点心的那点儿事，他可是心知肚明的。在家里，柳品赞当村主任的父亲柳更成，就没少在嘴上说——按他说的，张光荣和蒙点心就该是恩爱的一对儿。柳品赞可不想把他心里的话压着不说，他凑近了稀毛，给他说了果果母亲蒙点心的故事，这便乐得稀毛忘乎所以，自己击掌，自己大笑，直呼巧了，巧了。牵着老伙家的张光荣，不晓得三个年轻人在路上叨咕些甚。听稀毛那么惊惊乍乍地击掌、大笑、喝彩，他在崎岖难行的板崖路面上停了停，叮咛他们年轻人："走路可是要当心哩！别使自己顾了乐，不管脚下，那可是危险的呢！"

果果、稀毛和柳品赞一时还不想让张光荣知道他们的"预谋"，就都应承着张光荣，心里揣着他们的快乐，揣着他们的自得，和张光荣到了板崖村。

柳品赞回家把他在路上的想法说给了当村主任的父亲柳更成。热心的柳更成，马不停蹄地就去找了张光荣，不拐弯，不抹角，端直把蒙点心端出来，给他说："你现在是孤男，蒙点心早就是寡女，要我看，你俩够般配的。怎么样，给我说个痛快话，我来主持你俩的喜事。"张光荣被柳更成追问的时候，手里正拿着蒙点心给他炸的糜子油糕，蘸着雪白的砂糖，一口一口吃得又香又甜。他把柳更成的话，一句不落地听进了耳朵。柳更成原以为他说了那样的话，张光荣可能会吃惊，但张光荣只是更大口地吞咽下蘸着砂糖的糜子油糕，然后感激地给柳更成说了。

张光荣说："想穿媒鞋了吧？好说，就给村主任买双黑牛皮的。"

就在柳更成给张光荣说到这件大事时，果果也在紧锣密鼓地做着母亲蒙点心的工作。果果说话的方式是春风化雨式的，她先自责了自己的不孝：母亲多疼爱她呀！她长大了，却无以报答母亲。接下来才说张光荣，说她从小就看出来了，张光荣的心里是有母亲蒙点心的，母亲蒙点心的心里也装着张光荣。"怎么样，你们都老大不小了，苦着自己图甚呢？女儿不知道怎么孝顺母亲，就让你们有情人相互关照了。"

那么大的一件事，中间只是隔着一层窗户纸，轻轻地一捅，就透了，没有甚可顾虑可拖延的了。在柳更成的强力推动下，就在当晚，就在电影场上，就在板崖村父老乡亲的见证下，大家为张光荣和蒙点心操办了一场别开生面的婚礼。

十一

马上要当新郎的张光荣，正小心地调试着电影放映机。在他的身边，是坐在一张高板凳上的蒙点心。他俩都被头顶上的一盏雪亮的电灯照着，俨然恩恩爱爱的一对子，是那般的亲密和喜悦。稀毛带到板崖村来的轻便摄像机，这时被固定在一个三脚架上，打开的镜头直冲着张光荣和果果的母亲蒙点心。从亮晃晃的摄像机镜头里看过去，被收在镜头里的张光荣、蒙点心，还像初婚的年轻情侣一样，有那么点儿羞涩、有那么点儿紧张。从坡梁上采来的山丹丹花，被果果用一条彩绸扎成一束，捧在怀里。他们是在等着老村主任柳更成发话了。

当了大半辈子村主任的柳更成，在这个特殊的晚上，难得地把他自己也收拾了起来。他一改过去的穿着，在自己的身上套了一身双排扣的新西服，并在白色衬衣上打了一条红色的领带。他不晓得自己的这身打扮有多俗套，只是庄重地、一步一步、稳稳当当地走到调试电影放映机的张光荣跟前。他让张光荣先把手里的活儿停一停，然后拿着麦克风，"噗噗"吹了两声，这便大声喝起礼来。

这是事先设计好的礼仪程序呢！可柳更成用力过猛，把麦克风吹得变了调。他说："果果，给你娘、你大献花！"

果果把她怀里的山丹丹捧着献给了母亲蒙点心和张光荣。

柳更成用同样刚猛的声音说："新郎新娘拥抱亲嘴！"

张光荣听话地张开了臂膀，同时，果果的母亲蒙点心也张开了臂膀。果果和稀毛，还有柳品赞，在这时刻，异口同声地也叫喊了起来，他们向电影场上热闹的人群宣布，他们的电影的开机仪式也正式开始了。

他们说，电影名字就叫：《马背上的电影》。

2011年6月30日　完稿于西安曲江
2011年8月31日　定稿于西安曲江